W0335617

Désir et loyauté

Nos ouvrages sont également disponibles
au format numérique.

Retrouvez notre catalogue sur :
www.cherry-publishing.com

DAISY JANE BAKER

Désir et loyauté

Cherry Publishing

© 2025, Cherry Publishing

ISBN : 978-1-80116-757-4

1

Mia

Ça y est, j'y suis ! Enfin ! Je suis officiellement avocate dans un cabinet. Et pas n'importe lequel !

Pendant des années, je me suis demandé ce que je ressentirais au moment où mon plus grand rêve se réaliserait. J'ai travaillé dur, je n'ai pas compté mes heures, j'ai passé des nuits entières à mémoriser des informations et des définitions qui refusaient de s'imprimer dans mon cerveau. Ma vie sociale en a d'ailleurs pris un sacré coup. De nombreuses amies ne m'ont pas suivie dans ce parcours du combattant, mais je sais au moins que je pourrai toujours compter sur celle qui est restée : Erin, ma meilleure amie – et accessoirement, la sœur de Lawrence, l'homme qui partage ma vie depuis quelques années maintenant.

Pour en revenir à la question que je me suis posée pendant tout ce temps, me demandant régulièrement si ça en valait la peine, je tiens enfin la réponse : OUI ! Oui, ça en valait la peine, même si ces interminables années d'études de droit m'ont coûté une addiction à la caféine ainsi que plusieurs crampes au poignet à force de prendre des notes – non, je n'étais pas encore copine avec la technologie à ce moment-là.

Aujourd'hui, mon rêve se réalise. L'enfant que j'ai été un jour est fière de moi, elle me félicite et me remercie de ne pas avoir abandonné. Elle se sent soulagée, aussi, de savoir qu'il existe, à partir de ce jour, une nouvelle avocate qui se battra bec et ongles pour défendre les injustices auxquelles elle sera confrontée. À partir de maintenant, je me fiche d'enchaîner les nuits blanches tant que j'ai la certitude de contribuer à rendre ce monde un peu meilleur. Je dis bien « un peu », parce que je n'ai pas non plus la naïveté de penser qu'une seule personne peut tout changer. Mais quand même, se battre pour ses valeurs, ça a toujours été mon mantra.

Sept années d'études plus tard, me voilà enfin embauchée. Pour de vrai ! Depuis ce matin, 9 heures, je suis officiellement la nouvelle avocate du prestigieux cabinet de Benjamin Philipps, un ténor du barreau si réputé à New York qu'il a souvent été évoqué comme exemple lors de nos cours. J'ai encore du mal à y croire, d'ailleurs…

Dès l'obtention de mon diplôme, j'ai envoyé des CV un peu partout. Ma priorité était de trouver du travail. N'importe lequel. Dans ce milieu, il est beaucoup question de réputation. Peu importe le nombre de diplômes qui sont encadrés dans votre bureau, personne n'y prêtera réellement attention. En revanche, si vous réussissez à gagner un procès contre tel ou tel requin renommé dans le métier, vous êtes certain de vous attirer immédiatement un respect inestimable de la part de vos pairs.

Ces dernières semaines, j'ai enchaîné les coups de téléphone et entretiens d'embauche. Il m'a fallu augmenter la quantité de mes tenues professionnelles, ce qui n'était pas pour me déplaire. Il paraît que les filles n'ont jamais assez de chaussures, eh bien, je peux affirmer qu'une avocate n'a jamais assez de tailleurs ! Une couleur différente par jour, cela me semble être le strict minimum.

Vivement mon premier salaire pour rentrer dans mes frais...

Il y a une quinzaine de jours, j'ai donc enfilé mon sublime ensemble rose pâle, celui qui met le plus en valeur ma longue chevelure blonde et mon teint clair, et je me suis présentée aux portes du cabinet Philipps. Les jambes tremblantes, je me suis donné un maximum de courage en me répétant à quel point j'étais formidable. Lorsque les portes de l'ascenseur se sont ouvertes sur le septième étage, celui qui m'intéressait, j'ai instantanément eu le sentiment d'être au bon endroit.

Après tout, c'est un peu comme le septième ciel, non ?

Il y a des moments comme ça, dans la vie, au cours desquels notre petite voix intérieure nous murmure de rester là où on est. Ce jour-là, cette petite voix m'a hurlé de tout faire pour être embauchée ici. Ne serait-ce que parce que la moquette des couloirs devait coûter plus cher que tout mon appartement. Ouais, quand on atteint les plus hautes sphères, on commence à devenir vénale.

Après trente-cinq minutes d'attente entre deux salles de conférence, mes fesses étaient incrustées dans mon siège, et je me suis mise à prier intérieurement que je n'y laisse pas ma jupe en me relevant. À chaque fois que quelqu'un passait, mes jambes se croisaient et se décroisaient. Plus pour me donner contenance à vrai dire que par instinct de préservation de mon intimité. Au bout d'un long moment, qui semble toujours interminable à celui qui attend, Benjamin Philipps s'est pointé en personne. Et là aussi, ma petite voix intérieure était satisfaite. L'homme face à moi avait tout du mentor rassurant et charismatique que j'espérais. Son attitude indiquait un savant mélange de bienveillance, d'exigence et de ce mordant qui est primordial dans notre domaine.

En somme, il avait l'air d'un type tout de même arrogant, mais partiellement sexy.

Une fois dans son bureau, il m'a servi un grand verre d'eau. Ai-je hésité à demander une vodka bien tassée ? Oui. Il m'a poliment invitée à m'asseoir dans le fauteuil en cuir beige qui lui faisait face, à peu près quarante-deux fois plus confortable que celui dans lequel j'étais assise précédemment. Patiemment, ne quittant pas mes yeux verts du regard, il m'a écoutée lui retracer les grandes lignes de mon parcours et mes principales motivations. À la fin de mon discours, j'avais l'impression d'avoir concouru pour le prix Nobel.

Une longue série de questions auxquelles j'ai tâché de répondre du mieux possible s'en est suivie, et il a émis un petit sourire à plusieurs reprises. Ensuite… Rien. Je devais attendre « simplement » son retour. Et ça a duré deux semaines !

On dit souvent que dans la vie tout est relatif, et j'aimerais ajouter : surtout le temps. Deux semaines, quand j'étais jeune et en vacances d'été, ça défilait à toute allure. Mais deux semaines, à 25 ans, en attendant une réponse de la plus haute importance… Heureusement que j'ai pu compter sur Lawrence pour me changer les idées ! Ou du moins, essayer de canaliser mon impatience grandissante à grand renfort de paroles rassurantes et de câlins charnels. Ah ça ! Toutes les énergies qui grouillaient dans mon corps nous ont été profitables à tous les deux ! C'était presque comme revivre nos débuts, il y a quatre ans, lorsqu'on ne pouvait pas rester dans la même pièce plus de dix minutes sans se sauter dessus.

Et ce matin, finalement, le téléphone a sonné, et mon avenir a été scellé. J'ai été choisie ! À peine l'appel terminé, je me suis mise à hurler à souhait. Et danser. Et sauter partout. Conclusion : il va falloir gagner en maîtrise de soi d'ici le premier procès.

Maintenant, il me faut réfléchir à la manière dont je vais fêter cette bonne nouvelle. Évidemment, je souhaite partager cette réussite avec les premières personnes qui m'ont soutenue, Erin et Lawrence. Je songe également à inviter quelques amis de ma promo qui, une fois la jalousie passée, seront heureux pour moi. Nous sommes toujours restés très cordiaux, même sur la fin de nos études, mettant un point d'honneur à ne pas nous entretuer. Le monde des avocats est très cruel parfois !

En attendant le retour de mon petit-ami, qui m'a promis de passer directement me voir à l'appartement avant de rentrer chez lui, j'appelle mes parents. Malheureusement, puisqu'ils vivent à plusieurs centaines de kilomètres d'ici – quelle idée aussi, de vouloir habiter au Texas – ils ne pourront pas être présents physiquement pour me féliciter. Cette victoire, c'est aussi la leur ; ils se sont tellement démenés pour me permettre de faire de longues études. Même avec des revenus modestes, ils ont toujours fait passer mes ambitions au premier plan.

Au téléphone, ma mère me dit que c'est parce qu'ils ont toujours cru en moi, et cet aveu me fait monter les larmes aux yeux. Elle m'embrasse chaleureusement avant de passer le téléphone à mon père.

– Alors, ma chérie, ça y est ? Tu as eu ta réponse ?

– Oui, papa ! J'ai été embauchée par nul autre que le cabinet de Benjamin Philipps ! Tu te rends compte ?

Bien sûr, mon père ne s'en rend pas compte. Il m'aime énormément, mais pas au point de s'intéresser à ce monde. Toutefois, il me connaît assez pour savoir que je n'exagère pas facilement, il se doute alors de l'importance de ce premier travail.

– C'est super, ma Mia, vraiment. Ta mère et moi, nous sommes très fiers de toi. Je regrette de ne pas pouvoir te prendre dans mes bras, là tout de suite, et te faire tourner au-dessus de ma tête comme lorsque tu avais 4 ans…

Et voilà, c'est reparti. Les souvenirs nostalgiques d'une époque que j'ai à peine connue. Heureusement, ma mère avait pour manie de me prendre en photo presque tous les jours. Alors, j'ai beau ne pas me rappeler la mini Mia que j'étais, tournoyant dans les bras de son papa, je sais quand même à quoi ressemblait la scène puisque j'ai la fameuse photo devant moi sur la commode de ma chambre.

– … Avec ma petite salopette jaune et mon tee-shirt style marinière. Je sais papa, j'ai le cadre sous les yeux. Moi aussi j'aurais aimé pouvoir vous serrer dans mes bras aujourd'hui, j'ai vraiment hâte de vous revoir… soufflé-je malgré une petite faiblesse dans la voix.

Cela fait dix mois que je n'ai pas vu mes parents. Dans ma tête, c'est au moins l'équivalent de trois ans. Et ces derniers temps, avec ma vie d'adulte qui démarre pour de bon, j'aurais bien eu besoin de les avoir à mes côtés, et mon père le sait.

– Bientôt, ma petite chérie. Bientôt, je te le promets. Je retourne jardiner avec ta mère, sinon elle va dire que c'est elle qui fait tout ici ! Tu la connais… plaisante-t-il. Je t'embrasse fort ma fille, fête ça comme il se doit. Et passe le bonjour de ma part à Lawrence !

– Ce sera fait. Prenez soin de vous tous les deux, à très vite !

Je raccroche, et reste un instant dans le calme le plus complet, à observer ce beau souvenir de mon père et moi. Je retourne dans le salon en traînant un peu des pieds quand j'entends du bruit dans le couloir de mon immeuble. Soudain, je vois la poignée s'abaisser et la porte s'ouvre sur mon incroyable policier. Parce que oui, Lawrence est flic et son côté justicier me fait toujours autant craquer.

Immense dans l'encadrement, le mètre 90 de l'homme qui partage mes nuits s'avance vers moi, les yeux pétillants de fierté. Je me mords la lèvre telle une petite fille qui attend qu'on lui fasse un compliment et je sautille en attendant qu'il arrive à ma hauteur. Mon père n'est pas là, et je n'ai pas 4 ans, mais Lawrence se charge de me prendre dans ses bras pour me faire tourner autour de lui. J'ai l'impression de peser à peine plus que deux plumes réunies. Sans me laisser le temps de parler, il plaque ses lèvres contre les miennes dans un baiser passionné qui me signifie combien il est heureux pour moi.

Lorsque je m'éloigne de lui pour reprendre mon souffle, je chuchote :

– Ce baiser valait toutes les récompenses du monde. Merci d'être venu directement ici !

– Tu plaisantes ? Je ne voulais pas manquer ça ! J'étais tellement fier de toi en recevant le message, je l'ai même dit à plusieurs collègues !

Je rigole et le serre une nouvelle fois dans mes bras.

– Tu avais quelque chose en tête, pour ce soir ? Je me disais qu'on aurait pu… commencé-je, sur le point de lui proposer d'inviter Erin et quelques amis.

– Justement, me coupe-t-il, j'y ai pensé et figure-toi que j'ai réussi à réserver une table pour deux à l'Atera ! C'est une chance, d'habitude il faut appeler bien en avance !

Je suis à la fois touchée par une telle attention de sa part, et en même temps un peu déçue qu'il n'ait pas jugé utile de me consulter. Balayant ces pensées négatives d'un revers de la main alors qu'il attend ma réponse, je m'entends lui dire :

– Oh c'est génial ! T'es un amour d'avoir eu cette idée ! Je vais vite filer sous la douche et me faire toute belle pour l'occasion !

J'aurais aimé qu'il me réponde que je suis toujours belle, ou qu'il offre de joindre son corps au mien sous l'eau, mais Lawrence est du genre petit-ami discret dans ses déclarations. C'est souvent moi qui amorce nos parties de jambes en l'air endiablées, et je me fais parfois l'effet d'être une nymphomane ! Mais on ne peut pas nier qu'il est gentil et attentionné, en plus d'être incroyablement séduisant. C'est juste que parfois, j'aimerais qu'il me dise un peu plus souvent ce qu'il pense.

Allez, Mia, c'est pas le moment d'analyser votre couple !

– Parfait ! Je retourne rapidement chez moi pour me changer aussi, et je te donne rendez-vous devant le restaurant pour 19 h 30. À tout à l'heure, ma petite avocate ! me dit-il avant de m'embrasser tendrement.

Aussitôt dit, aussitôt parti !

Je n'ai pas le temps de m'attarder sur le vide que produit son absence dans mon appartement. J'ai moins de deux heures pour choisir une tenue et me pomponner, autant dire que c'est très court. Je ne voudrais surtout pas donner raison aux stéréotypes féminins, mais lorsque l'occasion l'exige… J'aime prendre mon temps pour faire les choses bien.

Je n'ai que quelques pas à faire afin d'accéder à ma chambre/dressing. Face à moi, de nombreuses robes sont exposées, toutes plus jolies et inconfortables les unes que les autres. J'en élimine quelques-unes, que j'associe à d'autres souvenirs, et choisis la plus élégante de toutes : une longue robe en soie rouge devant laquelle j'ai déjà surpris mon petit-ami baver plus d'une fois. Il est temps de lui accorder ce plaisir ! Et qui sait, peut-être qu'on reprendra du dessert chez moi, ce soir…

Mia ! Tu es incorrigible !

Une interminable douche plus tard, suivie d'un maquillage en bonne et due forme, je ferme la porte de l'appartement derrière moi alors que je m'élance joyeusement dans les escaliers. J'essaie de ne pas tomber avec mes talons aiguilles vertigineux tout en me tenant à la rambarde. Dans tous les cas, cette courte descente me confirme que je n'ai aucune envie de marcher jusqu'au restaurant. Ma tenue glamour est tout indiquée pour un taxi.

La voiture jaune typique s'arrête à ma hauteur, je grimpe à l'intérieur et donne l'adresse du restaurant au chauffeur, qui démarre sans avoir prononcé le moindre mot. Une fois arrivé, il me tend la main pour que j'y dépose la somme indiquée sur le compteur. Je décide de faire l'impasse sur les mots à mon tour, et descends du véhicule à la hâte.

Lawrence, magnifique dans son costume marron foncé, m'attend à l'entrée du restaurant. Son regard admiratif me détaille de haut en bas et je sens mon bas ventre s'échauffer.

Lorsque j'arrive à sa hauteur, il se penche pour me souffler à l'oreille :

– Heureusement que je t'ai invitée au restaurant, parce que dans ton appartement, cette robe n'aurait pas fait long feu…

Moi qui me plaignais qu'il n'était pas souvent entreprenant, je suis agréablement surprise. Pour toute réponse, je lui lance mon regard le plus aguicheur, celui qui signifie « la soirée ne fait que commencer ».

Nous pénétrons d'un même pas dans le restaurant, redécouvrant les couleurs chaudes et l'ambiance raffinée du lieu. En quelques secondes, un serveur tout aussi élégant vient nous saluer et nous emmène à notre table, un peu excentrée de la pièce principale. Nous y serons parfaitement à notre aise. En passant devant les plats déjà dressés sur les tables, l'eau me monte à la bouche.

Une fois assis l'un en face de l'autre, Lawrence tend sa main vers moi, le long de la nappe, et je la saisis.

– J'espère que tu n'es pas déçue qu'on soit entre nous ce soir. Je voulais vraiment que ça soit spécial.

Mon cœur fond en entendant sa voix quelque peu hésitante.

– Tu plaisantes ? Une soirée comme celle-ci, avec un amoureux et des plats de qualité, je ne pouvais pas rêver mieux ! m'empressé-je de le rassurer. En plus, ça me laissera l'occasion de le fêter une seconde fois avec Erin.

– D'ailleurs, il va falloir que ma petite sœur calme ses ardeurs ! J'ai déjà reçu deux SMS de menace pour t'avoir arrachée à elle ce soir.

Je ris.

– Ah ah ! Décidément, vos parents ne vous ont vraiment pas appris à partager…

Bien que le frère et la sœur s'adorent, je sais que par moments, ce triangle n'est pas facile à gérer pour eux. Parfois, ma meilleure amie a les infos en exclusivité, parfois c'est mon petit-ami. J'essaie de ne pas trop prêter attention à leurs états d'âme, et de rester aussi neutre que possible.

– C'est quand même moi qui t'ai vue le premier ! réplique Lawrence avec une moue boudeuse.

– C'est vrai. À une minute près ! précisé-je en rigolant.

– La minute qui a changé ma vie… souffle-t-il en redevenant tout à coup très sérieux.

Mince, l'atmosphère vient de changer dans ce restaurant, ou juste à cette table ?

J'ai rencontré Lawrence lors de mes études, pendant un stage au commissariat, et ce jour-là, Erin était venue déjeuner avec lui.

Alors que je me demande quelles seront ses prochaines paroles, et surtout si elles vont me plaire, le serveur revient vers nous pour nous demander si nous sommes prêts à commander. N'ayant pas jeté un seul coup d'œil à la carte, nous nous laissons guider par ses explications détaillées. Cinq minutes plus tard, il repart, et je retrouve le regard bleu océan de Lawrence posé sur moi, dans une expression indéchiffrable. J'ai presque l'impression d'y lire de la vulnérabilité, mais ce n'est pas vraiment le genre de la maison.

Nous discutons encore quelques instants de tout et de rien, quand enfin il se décide à me dire ce qui le démange depuis tout à l'heure. Il serre ma main dans la sienne, prend une grande inspiration et se lance.

– Si j'ai voulu t'emmener ici ce soir, sans nos amis, c'est aussi parce que j'avais quelque chose à te dire. Voilà... J'y ai beaucoup songé ces derniers temps, et je pense que...

Soudain, la sonnerie de son téléphone retentit bruyamment dans le restaurant. Instinctivement, je referme la bouche que j'avais laissée ouverte, prise par le suspense de sa possible déclaration.

Eh merde...

Par obligations professionnelles, mon petit-ami est très rarement en mode silencieux. Il me lance brièvement ce regard que je connais par cœur et qui signifie « je suis vraiment navré ma puce, je n'ai pas le choix ». Il décroche et baisse la tête pour se concentrer sur sa conversation.

– Hum, d'accord. C'est une bonne nouvelle, oui. Si on peut tenir ce pourri de DiNatale... Tant mieux pour nous ! Oui, j'arrive.

La suite de ce rendez-vous censé être romantique n'est qu'un scénario trop bien connu : comme à chaque fois, le travail de Lawrence le rattrape et il part en courant. Mais cette fois-ci, je me tiens tranquille et je ne dis rien, car dans les bribes de conversation que j'ai pu entendre, un nom m'a fait frissonner.

DiNatale.

Le clan mafieux italien le plus actif à New York, ou pour ceux qui se voilent encore la face, une des familles les plus influentes dans les jeux d'argent sur Atlantic City.

Et accessoirement ? Un client du cabinet Philipps...

Une fois qu'il a raccroché, Lawrence lève des yeux navrés vers moi, mais avant même qu'il n'ouvre la bouche, je prends les devants.

– Ça va, Lawrence. File retrouver tes collègues.

– Je...

– Je sais, tu es désolé. Ce n'est pas grave. Une autre fois, hein ?

– Je te le promets !

Je me force à faire bonne figure et je lui souris. Les sourcils froncés, son masque de policier de nouveau greffé sur le visage, le bel homme romantique d'il y a quelques minutes laisse place à un robot qui se lève pour m'embrasser chastement sur la joue au moment où le serveur revient avec nos plats et boissons. Après s'être excusé plusieurs fois, Lawrence jette quelques billets sur la table, puis me souhaite un bon appétit avant de partir rapidement.

Tu parles d'un bon appétit...

J'hésite à appeler Erin pour qu'elle vienne me rejoindre, mais je ne veux pas lui donner l'impression de jouer les remplaçantes.

Quitte à être venue jusqu'ici, et puisque mon preux chevalier – mouais – a déjà réglé l'addition, autant se mettre à table et ne pas gâcher la nourriture. Après tout, j'ai un nouveau job à fêter !

Je repense à la mention des DiNatale dans sa conversation et mes pensées vagabondent.

Depuis des décennies, cette famille fait la une de la presse locale et nationale. Hommes d'affaires pour les uns, ayant pignon sur rue dans les environs, et grande famille mafieuse pour les autres, avec un potentiel de violence et de magouilles assez impressionnant. Paris truqués, trafic de drogue, blanchiment d'argent par le biais de leurs casinos… Je comprends que mon petit-ami policier soit sur le coup nuit et jour. Lorsqu'on est face à un clan comme celui-ci, il vaut mieux réagir au quart de tour. Surtout dans une ville comme New York, où le moindre conflit d'intérêts peut facilement se transformer en bain de sang.

Mon nouvel employeur travaille pour eux. Par extension, maintenant, moi aussi. Ce n'est pas vraiment un secret, mais généralement ils préfèrent être discrets sur les avocats qu'ils emploient, et je ne suis pas sûre que Lawrence ait encore fait le rapprochement.

Je sens que je vais en entendre parler quand il le saura.

Même si j'ai conscience que cela va être difficile de mettre mes compétences au profit des DiNatale, je n'ai pas le choix. Je suis avocate, et même si je préférerais défendre la veuve et l'orphelin, je vais devoir aussi en passer par ce genre de personne.

Je soupire.

Mais ils ne doivent pas être si « méchants », non ?

2

Mia

Le ventre rempli – on pourra au moins dire que j'ai bien mangé – je quitte la table. Je salue les serveurs en partant, qui ont été aux petits soins avec moi depuis le départ de Lawrence. Ils m'ont permis d'oublier un peu que mon repas à deux s'est encore terminé en tête-à-tête avec moi-même, et en plus, l'un d'eux était particulièrement mignon.

Le retour en taxi est plus agréable qu'à l'aller. Décidément, les étoiles se sont alignées pour me faire oublier cette soirée gâchée. Le chauffeur me fait la conversation, il me demande depuis combien de temps je suis à New York. Je lui réponds machinalement, mais ça me permet de faire une petite pause dans mes pensées.

Une fois arrivée, je monte les escaliers jusqu'à la porte de chez moi, me débarrassant sans tarder des escarpins qui ont fini par rendre mes pieds douloureux. À choisir, j'aurais préféré que Lawrence me les retire… Ça, et tout le reste !

J'ouvre la fenêtre, laissant entrer l'air frais de ce milieu de soirée, et m'installe sur le petit tabouret qui me permet d'observer la ville du haut de mon petit appartement. D'ici, tout paraît plus calme, et pourtant l'agitation d'en bas parvient jusqu'à mes oreilles. En fait, c'est simplement apaisant d'avoir autant de recul.

Pumpkin, mon petit chat roux, vient se blottir sur mes genoux et se met rapidement à ronronner. Enfin quelqu'un qui est content de me voir !

Toute à la contemplation des lumières incessantes et en mouvement, je me laisse aller à toutes les pensées négatives qui se bousculent dans mon esprit. Le sentiment qui en ressort est toujours le même : l'inquiétude. Depuis que nous nous connaissons, notre quotidien est rempli de concessions avec Lawrence. Ou plutôt, c'est moi qui les fais. Il a toujours cette fâcheuse – et obligatoire – tendance à disparaître au milieu d'un repas, d'un câlin, d'un événement, d'une promenade… C'était déjà compliqué de concilier nos emplois du temps lorsque j'étais étudiante, alors maintenant que je suis à mon tour dans le monde du travail, je me demande ce que cela signifie pour notre couple.

Quinze minutes plus tard, un immense nœud d'angoisse dans la tête, je me décide à appeler ma meilleure amie. Elle sait toujours trouver les mots pour m'apaiser.

À la troisième sonnerie, sa voix rassurante résonne dans le combiné :

– *Hello darling !* Alors, tu m'appelles pour me raconter à quel point le repas était succulent ? L'Atera, c'est pas rien…

– Le repas était excellent ! Mais il aurait été encore meilleur avec ton frère… soupiré-je.

Erin marque une légère pause avant de me répondre, elle comprend sans que j'aie à lui expliquer que Lawrence a été rappelé par le travail.

– Oh non, pas ce soir… compatit-elle. Je suis désolée pour toi !

Je sais qu'elle se retient d'ajouter « je savais que j'aurais dû venir ! » et c'est à ce genre de silence que je sais qu'elle tient sincèrement à moi. En amitié, le bonheur de l'autre passe avant le fait d'avoir raison. Je choisis ce moment pour lui faire part de mes inquiétudes :

– C'est fou, aujourd'hui j'ai obtenu le job de mes rêves, tu sais combien j'ai galéré pour l'obtenir, et j'étais tellement heureuse ! Mais ce soir... J'ai terriblement peur pour mon couple. On a déjà du mal à s'organiser depuis un moment et maintenant il va falloir jongler avec mon nouveau travail.

– Je comprends, c'est vraiment pas évident... Mais maintenant que vous allez vivre à deux, ça devrait quand même aller beaucoup mieux, non ?

Elle parle d'une voix naturelle, et pourtant j'ai l'impression qu'il me manque une information essentielle pour vraiment comprendre ce dont elle parle.

– Euh... Quoi ?

Nouveau silence de l'autre côté du combiné.

– Oups ! Le réseau fait des siennes... Je t'entends mal ! Allô ? Mia ? répète-t-elle d'une voix faussement nasillarde.

Le réseau n'a pas fait des siennes depuis 2009. J'ai le sentiment qu'encore une fois, ma meilleure amie a parlé trop vite. C'est un peu sa marque de fabrique. Et je suis bien décidée à ne pas la laisser s'en sortir aussi facilement.

– Je te connais par cœur. Dis-moi tout ! la poussé-je à avouer.

– Lawrence va me détester... Bordel, je me déteste aussi ! Qu'est-ce que je peux être conne avec ma grande bouche...

J'entends à sa voix qu'elle regrette sincèrement sa bourde. Et les pièces du puzzle s'assemblent lentement dans mon cerveau. Est-ce pour ça que mon petit-ami paraissait si vulnérable tout à l'heure ? J'avais bien l'impression qu'il voulait m'annoncer quelque chose.

Alors, il veut vraiment qu'on vive ensemble ?

– En fait, c'est pour ça qu'il a voulu te voir seule ce soir. Il voulait profiter de l'occasion pour te proposer d'emménager avec lui. Ça fait un moment qu'il m'en parle, mais comme il sait que tu tiens à ton indépendance, il hésitait beaucoup. Mais s'il te plaît, ne lui dis pas que je t'en ai parlé… Il m'en voudrait tellement d'avoir gâché la surprise !

– Je comprends mieux... soufflé-je. Ça change la donne, c'est sûr.

– Niveau organisation, ça sera plus facile de se voir en se couchant ensemble tous les soirs !

Et en couchant ensemble tous les soirs, c'est vrai !

Je rassure rapidement mon amie sur le fait que je garderai son secret et raccroche. J'ai besoin de quelques instants pour digérer cette dernière information qui pourrait bien, en effet, tout changer. Vivre avec Lawrence… J'y ai pensé parfois, c'est vrai. Ça serait tellement plus simple. Et troquer la place vide dans le lit contre un torse chaud et musclé à souhait, c'est plus qu'alléchant. Pourtant, une petite boule au creux de mon ventre se demande si c'est réellement une bonne idée.

J'ai à peine le temps de me poser davantage de questions que mon téléphone sonne de nouveau. M'attendant à voir le prénom de ma meilleure amie, je suis très surprise d'y trouver le nom de mon nouveau patron. Inquiète, je réponds aussitôt et n'ai pas le temps de parler. La voix agitée de mon mentor se fait déjà entendre :

– Mia, je sais qu'il est tard. Je ne t'appellerais pas s'il ne s'agissait pas d'une urgence. J'ai besoin que tu m'accompagnes chez Gabriele DiNatale. Une voiture sera en bas de chez toi d'ici dix minutes.

Et il raccroche.

Wow… Visiblement, je ne peux pas dire non.

Tout à coup, l'annonce d'un possible emménagement passe au second plan. L'urgence de ma nouvelle vie fait battre mon cœur plus vite. C'est donc ce qui m'attend, désormais : des imprévus par-dessus les imprévus, une disponibilité sans limites, et surtout, un sacré conflit d'intérêts à venir... Le copain policier et la copine avocate, tout de suite, ça prend une autre dimension.

Je suis tellement impatiente – et un peu stressée – que je ne prends même pas la peine de me changer. Puisque la robe rouge n'a pas eu le succès espéré avec mon petit-ami, il est trop tôt pour la ranger !

De nouveau perchée sur mes hauts talons, je me dirige vers la limousine qui attend en bas de chez moi, portière déjà ouverte. J'ai l'impression d'être dans un film !

Je suis presque enjouée de la situation, mais la mine inquiète qui m'accueille me ramène bien vite à la réalité. J'imagine que tout ça a un lien avec la joie de Lawrence, tout à l'heure. Forcément, quand tout va bien d'un côté, les choses sont moins sympas de l'autre.

– Je ne te fais pas le topo sur la famille DiNatale. J'imagine que tu sais parfaitement tout ce qu'implique ce nom, me balance Benjamin d'une seule traite. Tu sais aussi qu'être avocate, c'est faire passer les besoins de son client avant ses propres convictions.

Il marque un temps d'arrêt, me regardant avec insistance.

Oh non, j'ai un bout de salade coincé entre les dents ?

– Tu n'es pas d'accord, reprend-il ?

Je fronce les sourcils, curieuse de savoir de quoi il parle, puis je rebranche mon cerveau et lui réponds à temps.

– Si si, bien sûr, évidemment !

– Bien. Ravi qu'on soit sur la même longueur d'onde. Alors, pour te la faire courte, le clan DiNatale souhaiterait importer son business à New York, de la même manière qu'il le fait à Atlantic City depuis de nombreuses années...

– Ah oui, maintenant que la loi a changé pour New York,

ils sont libres d'ouvrir un casino ici ! m'entends-je dire avec une insupportable voix de première de classe.

Tais-toi, Mia, on sait bien que tu as appris tes leçons !

Effectivement, il y a un an de ça environ, l'État de New York a lancé un processus pour attribuer trois nouvelles licences de casinos commerciaux dans la région de New York même, alors qu'avant ça, c'était interdit. Forcément, ces licences sont très convoitées et les potentiels acquéreurs se bousculent à la porte.

– En effet, oui. Le problème, c'est qu'ils ne sont pas les seuls sur le coup. Et il semblerait que dans leur hâte d'obtenir les autorisations nécessaires, ils aient dû commettre quelques erreurs. En tout cas, c'est ce qu'on leur reproche aujourd'hui. Ils sont accusés de corruption. Des personnes très haut placées sont impliquées…

Ha, rien que ça…

Je comprends mieux l'inquiétude de mon mentor, ainsi que l'appel nocturne. Déjà, en temps normal, j'imagine qu'on ne refuse rien à Gabriele DiNatale. Mais si en plus, il est dans la sauce jusqu'au cou…

Le mélange d'excitation et d'appréhension que je ressens arrive à son paroxysme lorsque nous arrivons sur la propriété des DiNatale. Heureusement que la limousine poursuit sa route, car je pense qu'il nous aurait fallu au moins vingt minutes à pied pour parcourir le chemin jusqu'à la porte d'entrée.

Bordel, mais c'est immense !

J'essaie de me demander combien de fois mon appartement pourrait tenir ici, mais ça me donne rapidement le vertige. De petites lumières bleues, installées le long de l'interminable allée, rendent le lieu encore plus solennel et presque froid. Je me sens réellement minuscule, tout à coup.

Le chauffeur s'arrête, et Benjamin me met une légère

pression sur le bras pour me ramener à la réalité. J'espère qu'il n'a pas vu le filet de bave couler le long de mes lèvres !

Nous sortons tous deux du véhicule, et gravissons les quelques marches qui nous séparent de l'entrée de cette incroyable propriété. J'observe le grand avocat du coin de l'œil, cherchant dans son regard un quelconque signe d'intimidation, mais sa *poker face* est intacte. Il doit avoir l'habitude de ce genre d'endroits !

La lourde porte s'ouvre sur un couloir interminable, avec une hauteur sous plafond qui me donne à nouveau le vertige. De nombreux tableaux de famille ornent les murs et me mettent encore plus mal à l'aise. J'ai l'impression que toutes ces personnes me jugent et que, comme moi, elles se demandent ce que je fous là.

Des bruits de pas précipités se font entendre, et enfin l'objet de cette visite tardive se matérialise. Gabriele DiNatale en personne. Waouh. C'est donc à ça que ressemble un chef de mafia ! Costume noir impeccable, cravate violette ajustée au millimètre près, 1 m 95 de charisme, démarche assurée, visage fermé.

OK, là tout de suite, j'aimerais beaucoup disparaître !

Sans un regard pour moi – peut-être que mon vœu a été exaucé – il s'avance vers Benjamin pour lui serrer la main.

– Depuis quand tu ramènes tes conquêtes ici ? demande-t-il avec froideur.

Mince, c'est moi qu'il prend pour une conquête ? Je n'aurais jamais dû laisser cette robe pour venir ici... Je ne sais vraiment pas ce qui m'a pris !

– Il s'agit de ma nouvelle associée, Mia. Puisqu'elle travaillera avec nous à partir d'aujourd'hui, j'ai jugé important qu'elle m'accompagne ce soir, se justifie Benjamin.

– Eh bien tu as mal jugé, lui répond Gabriele d'un ton tranchant. Elle reste ici.

Je pensais avoir déjà donné, niveau humiliation, quand Ryan Hoppers, mon premier petit-ami, m'a quittée devant tout le collège parce que, disait-il, j'embrassais mal. Ou encore quand, au lycée, bonne retardataire, j'ai eu mes premières règles à la piscine. Vraiment, niveau malaise et grosse gêne, je pensais pouvoir rivaliser avec les héroïnes de chaque film, et avoir payé ma dette karmique. Mais à cet instant, je réalise que j'étais loin du compte. Le chef d'un clan mafieux ultra important vient de renier mon existence même, sans avoir pris la peine de me jeter un seul coup d'œil. Je peux réellement disparaître, à présent, ça ne changera pas grand-chose.

Et bien sûr, il n'y a pas un seul fauteuil dans ce maudit couloir !

Je commence à faire les cent pas, mais l'écho de mes talons sur le sol en marbre m'insupporte rapidement.

Merde, c'est vraiment pas le bon jour pour être moi !

Et alors que je pense être arrivée au comble de la malédiction, de nouveaux bruits de pas se font entendre, et une voix me parvient.

– Alors, tu t'es perdue ?

3

Matteo

Allez, encore un verre… Pour maintenant, ça ne changera pas grand-chose !

Je fais un signe de tête à Fabio, qui se hâte de retourner derrière le bar pour me servir lui-même un énième Bourbon.

Ici, c'est moi le patron, n'en déplaise à mon père. Ce club, je l'ai acheté et je paie chaque personne qui y travaille. Avec *mon* argent, pas le sien. Et pourtant, il agit toujours comme si j'étais son pantin.

Sa dernière lubie ? Me demander d'épouser Meghan, la fille Callahan. Ou plutôt, *exiger* que je l'épouse. Sans amour, sans préliminaires, rien. Juste parce qu'elle fait partie d'un clan rival, et que ça serait sympa d'éteindre les tensions entre nos deux familles pour pouvoir implanter plus rapidement notre casino en ville. En gros, l'Irlande et l'Italie doivent être unies par les liens sacrés du mariage pour qu'on puisse blanchir encore plus d'argent. Et moi, dans tout ça, je dois obéir.

Ah, forcément, s'appeler Matteo DiNatale, ça doit en faire rêver plus d'un ! S'ils savaient… Ouais, les soirées à gogo, les filles qui se mettent en quatre – ou à quatre – pour mon seul plaisir, l'argent illimité et la sensation d'être *quelqu'un*, c'est chouette. Mais avoir des fils invisibles au-dessus de ma tête depuis la naissance, ne pas pouvoir prendre une seule décision par soi-même et toujours devoir rendre des comptes, c'est beaucoup moins glamour.

Bien sûr, Meghan est une chouette nana. Bien gaulée, intelligente – ce qui va rarement de pair, j'ai l'impression – elle serait une femme très acceptable. Et en plus, on s'entend bien. Mais je n'ai pas envie de me marier ! Et encore moins sous la contrainte. Je me demande dans quel univers parallèle mon père évolue pour me demander un truc pareil.

Enfin, malheureusement, je le sais. C'est les joies de la mafia, du plus fort, des compromis, des solutions qui arrangent tout le monde sauf les principaux concernés.

Ce soir, donc, il m'avait expressément demandé de libérer mon emploi du temps et d'aller rejoindre Meghan, pour me rapprocher d'elle, et pourquoi pas, m'a-t-il suggéré « lui faire sa fête ». Sur le principe, je n'y vois pas d'inconvénient. Mais je n'ai pas vraiment l'habitude de baiser pour faire plaisir à mon paternel. En fait, ça me la coupe même. Et c'est pour ça que j'ai choisi de venir ici, accompagné de quelques strip-teaseuses et de beaucoup de whisky. Mais je commence à fatiguer, tous les culs se ressemblent, et j'ai envie de rentrer.

Une fois mon verre rempli du précieux liquide ambré, je me dis que quitte à être ici, il faut bien profiter un peu du spectacle. Je lève une main pour attirer l'une des filles qui se trémousse pas loin, et lui mets une grosse liasse de billets dans le soutien-gorge. J'en profite aussi pour tâter la marchandise et lui dévoiler la moitié d'un sein. C'est plus sexy comme ça. J'ai alors droit à un lap-dance au cours duquel elle prend directement mes mains pour les mettre sur elle. J'en connais une qui aimerait bien la totale, mais je l'ai déjà baisée la semaine dernière et c'était pas fameux.

Je lui claque les fesses une dernière fois, jette une nouvelle poignée de billets sur la table pour montrer que je peux acheter toutes les personnes autour de moi si j'en ai envie, et je rejoins la limousine qui m'attend sur le parking privé du club.

Une vingtaine de minutes plus tard, nous franchissons l'immense portail et remontons l'allée. La voiture sombre stationnée devant la maison m'indique que mon père est rentré, et qu'en plus il a de la visite. Fait chier. Aucune envie de le voir et de répondre à ses questions à la con. Je demande au chauffeur – dont j'ai encore oublié le prénom – de faire le tour de la propriété.

Rentrer par-derrière, ça me connaît.

Bonjour les murs froids, bonjour les lumières qui t'éclatent la rétine. Pas de doute, je suis à la maison ! Sans bruit, je projette de monter les escaliers pour aller prendre une douche dans mes appartements, quand des bruits de talons hauts résonnant dans l'entrée m'interpellent.

Putain, elle peut pas être plus discrète, quand elle fait les cent pas ?

Malgré tout curieux de voir quelle nouvelle conquête mon père a choisi de se payer ce soir, je décide d'aller voir. En général, il a du goût. C'est peut-être d'ailleurs l'un de nos seuls points communs.

Plus j'approche, plus ça se confirme. Il s'est encore mis une bien jolie demoiselle sous la dent. Pas forcément la taille mannequin qu'il affectionne en général, mais celle-ci a des formes, et ça la rend encore plus alléchante. Et puis, faut dire que la robe qu'elle porte près du corps est clairement un appel au vice. Rouge, en plus. Comme le taureau que j'ai probablement dû être dans une autre vie, cette couleur m'excite et me donne envie de jouer un peu.

– Alors, tu t'es perdue ?

Ça y est, elle se retourne enfin. Nickel, c'est aussi intéressant de face que de dos. Quand je pense que c'est mon père qui va se la taper...

Un peu confuse, elle ouvre la bouche sans réussir à prononcer le moindre mot. C'est comme ça que je les préfère. Silencieuses et prêtes à œuvrer pour le plaisir de chacun.

– Toi, il a dû te payer cher, le paternel. Mais pas pour ton QI, visiblement.

Ah, une nouvelle émotion passe sur son visage. Serait-ce de la colère ? Intéressant.

– Rien ne vous autorise à me manquer de respect ainsi, réussit-elle à articuler malgré la rougeur de ses joues.

Miam.

– En fait, si, justement. Je suis chez moi, ce qui me donne à peu près tous les droits. Et puis, vu la manière dont t'as choisi de gagner ta vie, franchement... J'ai pas tellement de leçon de morale à recevoir.

– Ho ! C'était quand même un peu osé de votre part, tout de même, de me parler de QI alors que clairement le vôtre est inexistant.

Non, mais j'hallucine ! Personne ne me traite ainsi !

– OK, le jeu est terminé. Si tu ouvres encore une fois la bouche devant moi, crois-moi, ça ne sera pas pour parler. J'ignore combien mon père t'a payée, mais je peux te proposer le double. N'importe quoi même, pour te faire taire.

J'ai prononcé ces derniers mots en me rapprochant d'elle. Ma colère se transforme en excitation lorsque son parfum sucré vient me chatouiller les narines. Sa poitrine se soulève de plus en plus vite à mesure que mon souffle se rapproche du sien. Tiens donc, pour une professionnelle, elle se laisse facilement emporter...

J'ai toujours eu du succès auprès des femmes. Je ne cherche pas à me vanter, c'est simplement la vérité. Au-delà de mon nom de famille, de mon mètre 85 ou des milliers de dollars sur mon compte en banque, je crois que ce qui leur plaît le plus, c'est que j'arrive toujours à deviner leurs désirs inavoués. Et la belle blonde qui devient de plus en plus fébrile face à moi, c'est sûr, elle doit en avoir des tas à combler…

Histoire de lui montrer ce qu'elle va rater si elle ne passe pas la nuit avec moi, je m'approche d'elle, comme un prédateur fondant lentement sur sa proie maintenant qu'il sait qu'elle ne lui échappera plus. Mes doigts frôlent la naissance de sa poitrine et la douceur que je ressens me surprend.

Merde, c'est de la peau ou de la soie, ce truc ?

Ça me donne envie de prendre possession de tout le reste. Ma main se dirige maintenant vers son cou, j'y approche les lèvres pour y déposer un baiser. Mademoiselle halète toujours plus, prise au piège, déboussolée. Et j'avoue, moi aussi je suis envoûté par sa chaleur. Je m'appuie contre elle pour la pousser contre le mur, ne laissant aucun millimètre entre nos deux corps. Ma jambe est plantée entre ses cuisses, que j'aime savoir écartées. Surtout par moi.

Finalement, sa voix me surprend lorsqu'elle parvient faiblement à lâcher quelques mots.

– Jamais de la vie je ne terminerai la nuit avec un type aussi arrogant. Reculez. Tout de suite.

– T'es sûre de toi ? Aucune ne l'a jamais regretté, soufflé-je dans son cou avant de remonter la bouche pour lui mordiller légèrement le lobe de l'oreille.

Cette fois-ci ça y est, j'ai carrément l'impression que ses jambes vont lâcher. Et j'avoue que l'idée de la relever pour la porter jusqu'à ma chambre est carrément en train de me faire durcir. Bon Dieu, j'ai fait un retour en arrière express, j'ai de nouveau 15 ans.

Toujours sans oser me regarder dans les yeux, elle s'éloigne brusquement de moi en entendant une porte s'ouvrir dans mon dos. Suivie de la voix de mon père. Super, tu parles d'une douche froide ! Ah pour le coup, plus rien ne s'agite sous la ceinture.

Je me retourne pour lui faire face et le découvre accompagné de son avocat, Benjamin Philipps. Une cinquantaine d'années, pas très grand, mais qui impose le silence lorsqu'il arrive dans une pièce. Pas autant que mon père, bien sûr, mais il est plus charismatique que la plupart des avocats que je connais. Il compte beaucoup sur les apparences et sa réputation, ça se sent. Je n'arrive pas vraiment à le cerner, mais mon père dit que c'est un type futé, qui n'a pas son pareil pour nous sortir de la merde. Et en plus, ça fait des années qu'il bosse pour nous, et aucune de nos affaires confidentielles n'a fuité. Alors, je lui accorde le bénéfice du doute. Nous nous serrons la main lorsqu'il arrive à ma hauteur, et je le vois approcher sa main du dos de la jeune femme en soufflant « on y va, Mia ».

Merde, j'ai dû rater un épisode. C'est lui qui va la baiser, ce soir ?

Je ne les quitte pas des yeux alors qu'ils s'éloignent vers la porte d'entrée. Bordel, ce cul… Je savais que j'aurais dû mettre la main dessus lorsqu'il était à ma portée. Je ne le pensais pas comme ça, le Philipps. Mais il a de bon goût. Et malgré la frustration que ça me procure, je ne peux m'empêcher de le respecter davantage pour ça.

Les fesses flamboyantes et l'avocat finissent par disparaître pour de bon de mon champ de vision, et je me retrouve seul avec mon père. On est loin de l'ambiance torride d'il y a quelques minutes.

– Bonsoir, Matteo. J'espère que la soirée a été enrichissante. Comment va Meghan ? me demande-t-il avec son habituelle voix glacée.

– Bonsoir. Elle va bien, je te remercie. Toutefois je ne l'ai pas vue, elle avait un truc à faire… dis-je pour couper court à la conversation.

– Tu la verras demain, dans ce cas. Je n'ai pas besoin de te rappeler les enjeux derrière ce mariage, assene-t-il d'un ton qui, cette fois, clôture réellement la discussion.

D'ailleurs, il part sur ces mots, considérant comme toujours que je n'ai de toute façon rien à redire.

Merde ! Il m'a encore mis de mauvaise humeur. Entre lui et la mystérieuse blonde qui ne finira pas dans mon lit – pas ce soir en tout cas – j'ai vraiment besoin de me changer les idées.

Je cherche dans le répertoire de mon téléphone l'une des dernières escorts que j'ai vues cette semaine et lui envoie un message pour lui dire de rappliquer aussi vite que possible. Je vais aller l'attendre à l'étage, les gars de la sécurité la connaissent, à force. N'empêche, c'est là qu'on voit qu'ils font bien leur taf. J'ai ramené des dizaines de filles différentes ces dernières semaines, et ils savent toujours reconnaître un visage qu'ils ont déjà eu sous les yeux. La première fois, c'est toujours un peu impressionnant pour les nanas, elles se font toutes petites. Le plus drôle, c'est lorsqu'une heure après, elles repassent devant les mêmes gars – peut-être un peu envieux parfois – avec les cheveux décoiffés.

Le temps de faire couler un bain, je m'observe un instant dans le miroir. Cette pause narcissique ne m'arrive pas souvent, mais de temps en temps, ça fait du bien d'apprécier ce qu'on a. Des années de musculation et sports en tout genre m'ont permis de développer un physique plus qu'avantageux. Les femmes raffolent de ces épaules carrées, bras fermes et abdos apparents. Elles ne le disent pas, mais je le ressens à leur manière de me toucher lorsqu'elles grimpent au-dessus de moi.

Mon regard remonte jusqu'à mes sourcils froncés. Je ne

peux pas m'empêcher de ruminer. Je repense aux paroles de mon père, à cette insupportable frustration qu'il m'inflige depuis tant d'années. Je m'imagine marié, père de famille, organisant des dîners auxquels je n'ai pas envie d'assister. Je m'imagine devenir comme lui, et cette pensée me rend malade.

Des petits bruits de pas se font entendre derrière moi, un corps chaud vient se coller dans mon dos et deux mains parfaitement manucurées m'enlacent. Stacy est arrivée. Mon défouloir a répondu présent. Soulagé de sa présence, je la laisse prendre les commandes. Ses doigts trouvent tout seuls ma queue déjà dure, et entreprennent de la caresser de plus en plus vite. Ce n'est pas suffisant. Là tout de suite, j'ai besoin de plus, et aucunement le temps ou l'envie de l'exprimer avec des mots. Je me tourne face à Stacy, une belle rousse aux yeux bruns, et exerce une légère pression sur ses épaules pour l'inciter à se mettre à genoux. En bonne professionnelle, elle s'exécute et me prend entièrement dans la bouche. Ses cheveux dans la main, contre sa tête, je lui indique le rythme à suivre. De l'autre main, je me tiens au mur.

Et je repense aux lèvres de l'inconnue en robe rouge… Mia. Je repense à ses seins, que je me serais fait un plaisir de lécher. À ses fesses, que j'avais envie de claquer. À cette robe que j'aurais dû arracher.

Merde, bordel, ça me fait un de ses effets !

L'excitation est telle que je me déverse dans la bouche de Stacy en très peu de temps. Un peu surprise, elle avale quand même le tout goulûment, avant de lever les yeux vers moi avec un air de « et moi, alors ? »

T'inquiète pas, ma belle. Tu sais très bien que t'y auras droit aussi !

Je l'entraîne dans la baignoire, elle prend une nouvelle

fois soin de moi et me savonne de haut en bas. Puis, à ma demande, elle s'éloigne un peu pour se masturber sous mes yeux. Il n'en fallait pas plus pour me redonner des forces. De nouveau dur et prêt à prendre possession de son corps, je l'embarque avec moi sur le lit de la chambre et fonds sur elle comme un affamé. Pas le temps pour les embrassades à la con, je la retourne et là, à quatre pattes, le cul tendu vers moi, elle est plus sexy que jamais. J'attrape une capote dans la commode, l'enfile et la pénètre entièrement. Doucement d'abord, puis quand je sens que son corps en redemande, j'y vais de plus en plus fort. Stacy ne contient pas ses cris, et je songe un instant que mon père doit peut-être l'entendre. Tant mieux, il saura que je ne serai jamais l'homme d'une seule femme.

De nouveau en sueur, je donne des coups de reins de plus en plus rapides contre les fesses de Stacy, rougies par mes mains qui la pétrissent. Demain, lorsqu'elle aura du mal à s'asseoir, elle pensera à moi. Et ça, c'est ma signature.

Encore quelques instants de ces gémissements qui me caressent l'oreille, et je jouis une nouvelle fois.

Toujours nue, la rousse se lève déjà pour aller récupérer ses vêtements dans la salle de bain. Pas un mot, pas un regard, elle connaît parfaitement sa place. Je trouve mon portefeuille dans un coin de la chambre, en sors quelques billets que je dépose au milieu du lit, et enfile un peignoir pour aller griller une cigarette sur la terrasse. Quand je reviendrai dans la chambre, Stacy et l'argent auront disparu. Du moins jusqu'à la prochaine fois.

Prendre des escorts pour assouvir mes désirs, c'est la facilité. Elles connaissent leur job, n'en attendent pas trop en dehors de leur salaire, et surtout elles savent la fermer.

L'air frais me fait du bien. Plus encore que la nicotine. Toutes les tensions dans mon corps ont disparu, pourtant je pense encore à cette Mia. Il faut vraiment que je me la sorte de la tête. C'est toujours pareil, avec moi. Dès qu'une femme me résiste – ce qui n'arrive presque jamais – je deviens complètement obsédé. Ça doit être une déformation professionnelle. La réussite avant tout, aussi bien pour le business que pour la baise. Et cette femme, je me fais un devoir de la baiser. Bientôt.

De retour dans la chambre, que j'aère encore un peu pour atténuer l'odeur de sexe qui flotte dans les airs, je m'empare de mon téléphone. Retrouver une personne à New York est un jeu d'enfant… En associant les mots « Mia » et « Benjamin Philipps » j'apprends que l'inconnue du hall d'entrée n'avait rien d'une prostituée. Au contraire, c'est une avocate qui vient tout juste d'être embauchée par le cabinet Philipps. Bordel… J'ai encore plus envie d'elle. À l'option « sacrément sexy » vient s'ajouter la case « hors d'atteinte », puisque mon père m'a toujours appris à ne pas mélanger les affaires et le plaisir. Oui, mais ça… C'était avant Mia !

Grâce à l'obtention de son nom de famille, Cooper, je la retrouve rapidement sur Facebook.

Trop chou, la photo avec le petit copain !

J'ai hâte d'enlever toute la niaiserie de son visage pour lui montrer ce que ça fait, d'être avec un vrai homme. Le type à ses côtés a tout du mec propre sur lui, mais qui ne vaut pas grand-chose dans l'intimité. Une espèce de Ken qu'on aime bien se trimballer, mais à qui il manque cruellement du piquant.

Malheureusement, je n'ai pas accès à beaucoup plus d'informations. Son profil est privé, première preuve qu'elle est douée d'un minimum d'intelligence. C'est pas forcément la qualité qui m'intéresse le plus chez elle, mais ma foi, si l'avocate qui doit défendre nos intérêts pouvait ne pas être trop stupide, c'est vrai que ça m'arrangerait…

4

Mia

Un pied devant l'autre, Mia, un pied devant l'autre.

Mes talons font une fois de plus un bruit monstre, ils retentissent de manière odieuse sur le marbre de cet interminable couloir, et font écho aux battements de mon cœur qui sont passés en mode « accéléré » depuis plusieurs minutes.

Derrière moi, je sens le regard des DiNatale, père et fils, qui m'écrase et me juge. L'un, parce qu'il se dit que je suis une bonne à rien, et l'autre, parce qu'il était à quelques centimètres de ma poitrine, il y a à peine quelques secondes. J'aimerais lâcher le plus gros soupir de l'histoire, mais je ne peux pas. Je suis avocate. Je garde la face. Quoi qu'il arrive.

Mais quand même, quand j'y pense… Cette soirée a été riche en rebondissements, et la énième difficulté se joue à cet instant. Réussir à quitter le manoir dans lequel j'ai doublement été humiliée sans tomber tête la première et fesses en l'air.

Quoique, il y en a un à qui ça plairait…

Heureusement, Benjamin a posé une main bienveillante dans mon dos pour me guider. J'essaie tant bien que mal de masquer ma gêne, mais j'imagine bien la tête que j'ai en ce moment : celle d'un feu rouge.

Une fois dans la limousine, à l'abri des impitoyables DiNatale, je baisse les yeux pour éviter le regard de Benjamin. Je ne veux pas que mon trouble lui fasse regretter mon embauche. Après tout, il n'est sans doute pas trop tard pour me remplacer ! Eh oui, forcément, dans ces moments-là, on pense toujours au pire.

Nous quittons l'immense allée en silence, bercés uniquement par le bruit des pneus dans les graviers. Peut-être que si j'arrête de respirer, ma présence sera vraiment oubliée.

Allez, on essaie ! Concours d'apnée !

– Mia... Je tiens à te présenter mes excuses concernant le comportement de Gabriele, me dit Benjamin d'une voix posée. J'aurais dû me douter qu'il n'apprécierait pas une tierce personne pour un rendez-vous comme celui-ci.

Eh merde, c'est raté ! Il va falloir se concentrer.

– Oh, ce sont des choses qui arrivent... Au moins, je connais l'adresse ! tenté-je de plaisanter pour dédramatiser la situation.

– C'est certain, souffle-t-il d'un air las.

Mince, j'ai encore dit quelque chose de mal ? J'aimerais le pousser à m'en apprendre plus sur l'affaire, mais puisqu'on m'a clairement fait comprendre que mon implication n'était pas nécessaire, j'hésite sur la marche à suivre. Pourtant, quitte à m'avoir fait faire le trajet, ce serait vraiment sympa de me mettre dans la confidence. Qu'est-ce qui a bien pu se dire dans ce bureau privé, il y a quelques instants ?

Pendant que j'étais jetée en pâture au loup le plus sexy de la forêt. Euh, dangereux... Le loup le plus dangereux.

Je lève finalement les yeux sur Benjamin, et je sens qu'il a envie de me dire quelque chose, je pourrais presque le jurer. Je le vois ouvrir la bouche puis la refermer, me laissant dans un suspense insoutenable. Alors que je m'apprête à lui demander ce qui cloche, il met fin à mon supplice :

– Je n'ai pas pu m'empêcher de remarquer que tu étais proche de Matteo, lorsque nous sommes revenus.

– Ce n'était pas volontaire ! assené-je pour mettre les choses au point. C'est un grossier personnage et...

Je me tais soudainement, puisque je réalise à cet instant que ma voix part dans les aigus, et surtout, que je ne suis pas censée dire du mal de nos clients. Décidément, ce soir, c'est bourde sur bourde.

– Pardon, continué-je en optant pour un timbre de parole plus neutre, je n'aurais pas dû dire ça. Je ne le connais pas, mais il m'a prise pour une prostituée de son père. C'est tout.

« C'est tout. » Oui, bien sûr, si on oublie son allure de prédateur, son corps de champion de boxe, ses lèvres douces à souhait et le feu qu'il a fait naître entre mes jambes. Oui, « c'est tout ».

– Oh, ça ne m'étonne pas, soupire Benjamin, visiblement rassuré. Eh bien, le père comme le fils t'auront fait une grande impression, ce soir. Je suis plutôt soulagé de savoir que tu ne t'intéresses pas à Matteo. Au-delà du fait qu'il s'agisse de l'un de nos clients, ce n'est pas tout à fait... un type correct, pour le dire poliment.

– Ha bon... ? demandé-je l'air de rien.

– Je connais la famille depuis un moment. C'est un électron libre. Il semble ne répondre de rien, même lorsque les directives viennent de son père. Et en termes de femmes... Disons que sa réputation est bien installée à New York. Pour le dire simplement, il ne respecte rien ni personne.

Eh bien. Sacré portrait. Ça donne envie !

– Je ne suis pas étonnée. Un type aussi arrogant, c'est rarement de bon augure.

Enfin, tout dépend de quel côté on se place. Forcément, en termes de boulot, j'imagine qu'il ne va pas nous simplifier la tâche. Mais le *bad boy* qui refuse de se plier aux ordres, faut dire aussi que ça réveille certains instincts…

– Quoi qu'il en soit, ajouté-je d'un ton professionnel, j'espère que le père finira par m'accepter. Je ne suis pas devenue avocate pour faire office de tapisserie…

Benjamin esquisse un léger rictus, puis m'adresse un regard désolé.

– Je suis certain que ta présence ne sera bientôt plus un souci. Il est juste très méfiant. Terriblement méfiant, même. Il faut dire aussi que lorsque tu côtoies autant de personnes qui veulent te planter un couteau dans le dos, et que tu uses de magouilles depuis toujours pour te faire un nom… Le terme « paranoïaque » devient un peu léger.

– Des magouilles ? répété-je pour qu'il m'en dise un peu plus.

– Tu t'en doutes certainement, on n'est jamais vraiment *clean* dans ce milieu. Comme on dit, on ne fait pas d'omelettes sans casser des œufs… Là, c'est pareil. Sauf que l'omelette, c'est une montagne d'argent, et que les œufs, c'est toutes les personnes qu'il a fallu convaincre, m'explique-t-il.

– Et j'imagine que lorsque les personnes sont difficiles à convaincre… supposé-je à haute voix.

– Exactement. Il faut réussir à passer outre leurs refus, et bien souvent, cela implique de faire quelques investissements qui sont, dirons-nous, à la limite de la légalité.

OK, si je comprends bien, Benjamin Philipps est en train de m'avouer à demi-mot que les DiNatale sont réellement coupables de corruption de hauts gradés. Et je suis censée acquiescer ? Parce que, si on y réfléchit, ça veut dire quoi, concrètement « à la limite de la légalité » ? Dans mon jargon, ça va du chantage à la violence. Et c'est jamais positif. Et puis, de qui on parle, exactement ? Des investisseurs immobiliers les plus réputés de la ville ? Des banquiers ? Des personnalités politiques ? Les suggestions défilent les unes après les autres dans mon esprit. Je me demande dans quoi je me suis embarquée.

– Le maire Davis est impliqué, lâche tout à coup mon mentor. Gabriele me l'a avoué ce soir. Il a tout fait pour ne pas en arriver là, mais il était le dernier pion sur l'échiquier, en quelque sorte, qui refusait de tomber. Et comme les DiNatale veulent les licences de casinos à tout prix, ils sont allés taper sur l'épaule de la personne la plus influente possible.

Rien que ça !

Le maire Davis, tout le monde en parle depuis quelques années. Homme respectable, père de famille, politicien depuis sa sortie d'études il y a de cela plus de vingt ans. Son programme prône la transparence et les valeurs conservatrices. Je comprends qu'il ait tiqué, lorsqu'il a entendu parler de casinos et de mafia !

Pourtant, il s'est laissé embarquer… Comment ont-ils réussi à le coincer ? Un pot-de-vin ? Des menaces ?

– Et comme il prépare son futur mandat, poursuit Benjamin, les éclaboussures de ce genre ne sont pas les bienvenues. Si ça fait la Une de la presse, il peut dire adieu à son investiture pour être maire de nouveau. On va tout faire pour les sortir de là. Lui, et Gabriele.

Son ton n'appelle pas à la discussion, alors, effectivement, je me contente d'acquiescer. La campagne électorale a démarré il y a quelques semaines déjà, et je n'arrête pas de voir son visage passer à la télé. À peine 50 ans, un sourire rassurant, des cheveux poivre et sel. Le candidat idéal. *Ou presque.*

– Mais comment les autorités ont su que les DiNatale ont… euh… corrompu quelqu'un ? demandé-je en hésitant à utiliser ce mot qui ne semble pour autant pas choquer Benjamin.

– Quelqu'un les aurait balancés. Gabriele est sur le coup

pour savoir de qui il s'agit. Plus on en saura, mieux on pourra préparer notre défense. Car pour l'instant, on ne sait pas trop qui est la vipère qui nous attaque en douce.

J'acquiesce doucement, me retenant de soupirer.

En résumé, je viens de passer sept années à sacrifier les doux plaisirs de la vie pour, aujourd'hui, permettre aux méchants de s'en sortir ? J'ai dû louper quelque chose, là. Quand j'ai choisi de me positionner du côté de la défense, je m'imaginais en train de sauver des gens qui le méritent. Jamais je n'aurais pensé devoir trouver un moyen de « blanchir » de la corruption. De sauver la réputation de types qui ont réellement fait ce qu'on leur reproche. Toutes ces années, lorsque Lawrence me parlait des hommes et femmes sans scrupules qu'il arrêtait, je me disais que c'est contre ce genre de personnes que j'allais me battre. Et finalement, il s'avère que c'est *pour* eux que je vais m'épuiser. Et ça, ce n'est pas vraiment ce que j'avais prévu.

En même temps, je ne peux pas tout abandonner dès la première difficulté. Ce cabinet, le prestigieux nom de Philipps, la garantie d'avoir trouvé un emploi dès ma sortie d'études. Je ne peux pas tout plaquer uniquement parce que cela ne correspond à mes attentes. *Ni à mes valeurs…* Tout n'est pas blanc ou noir, n'est-ce pas ? C'est sur la nuance que je compte. Elle seule saura dire si j'ai fait les bons choix jusqu'ici.

Je repense au coup de fil qu'a reçu Lawrence au restaurant. Il semblait tellement ravi d'avoir enfin trouvé de quoi inculper Gabriele DiNatale. Depuis le temps qu'il travaille sur cette affaire ! Et j'en sais quelque chose, puisque toutes ces histoires me condamnent à passer beaucoup de soirées toute seule. Je ne sais pas trop comment amener notre future discussion. « Eh, mon cœur, mon nouveau job c'est de ruiner le tien. Tu veux faire quoi, ce soir ? »

Je me masse légèrement le front, comme si ça avait vraiment le pouvoir de calmer la tempête qui est en train de se jouer en dessous.

Toute à mes pensées, je remarque à peine que nous sommes arrivés au pied de mon immeuble. Je m'en rends compte lorsque Benjamin m'ouvre la portière et m'invite à descendre.

– Je te dis à demain, Mia. Tâche de passer une bonne nuit, nous avons du pain sur la planche !

Encore trop sonnée pour réussir à prononcer le moindre mot, je me contente d'un sourire professionnel et sors de cette limousine porteuse de mauvaises nouvelles.

L'air frais me fait du bien, je reste quelques secondes sur le trottoir. La différence de température me fait rapidement frissonner, et j'imagine les bras rassurants d'un homme venir m'entourer pour me réchauffer…

Merde, pourquoi cet homme a la tête d'un Italien et un insupportable sourire en coin ?!

N'importe quoi !

Je secoue la tête pour reprendre mes idées et grimpe les étages (façon de parler, hein, je prends l'ascenseur) jusqu'à mon appartement. Ouf ! Enfin chez moi. Enfin en terrain connu, et enfin nue.

Le temps d'une douche express, j'enfile une nuisette, un peignoir, et je plonge fesses les premières dans le lit. Mon téléphone entre les mains, que j'ai délaissé toute la soirée, je fixe tristement l'écran vide sous mes yeux. Rien. Pas d'appel manqué, pas de notification, pas de message. C'est toujours la même chose, lorsque Lawrence me laisse en plan, ce sont les montagnes russes émotionnelles : j'oscille entre espoir et déception. D'accord, il est super occupé. Mais m'envoyer un SMS, me dire qu'il pense à moi, ou juste m'envoyer un émoji cœur, c'est trop demander ? Un tout petit cœur, franchement, si je chronomètre, en moins de dix secondes c'est fait. Dix secondes, vraiment, qui ne les a pas ? Bien sûr, je pourrais faire le premier pas, et lui envoyer quelques petites attentions de mon côté. Mais je l'ai fait tellement souvent, que je commence à m'en lasser. Surtout quand le silence me fait face.

J'ai du mal à croire que c'est cet homme qui est prêt à me proposer d'emménager avec lui. A-t-il vraiment pesé le pour et le contre ? Est-il conscient de ce que ça implique, de s'engager autant ? Je ne comprends pas qu'il me porte si peu d'attentions et qu'en même temps il ait envie de m'avoir constamment chez lui. Mais c'est peut-être juste parce que là tout de suite, je vois tout en noir.

Cette soirée et même cette journée ont été bien trop riches en événements, découvertes, sensations. C'est trop pour moi ! L'embauche, le restaurant toute seule, l'idée de vivre avec mon petit-ami, la visite nocturne chez les mafieux, le sex-appeal de l'un d'entre eux, les révélations de mon boss, la sensation de m'être trompée sur toute la ligne quant à ma vocation… Oh ! J'aimerais bien souffler, là. Et surtout, j'aimerais bien que mon petit-ami soit ici pour me changer les idées.

J'essaie de m'abreuver de pensées positives, de me dire que demain sera meilleur. Dans la nuit, Gabriele DiNatale aura peut-être choisi d'implanter ses casinos dans un autre État, ou, avec un peu de chance, sur un autre continent. Il ne sera plus un client de Benjamin Philipps, et par extension ni moi ni mon petit-ami n'aurons d'affaire liée à lui. J'imagine d'ailleurs le coup de téléphone de Lawrence dans quelques heures pour m'annoncer qu'il arrive avec le petit-déjeuner, viennoiseries bien chaudes et café serré. J'imagine la partie de jambes en l'air torride qui va suivre, toujours meilleure lorsqu'elle est matinale. Je ferme les yeux et joue dans ma tête ses baisers sur ma peau, sa langue qui me goûte…

Et lorsqu'il relève la tête vers moi, son visage est celui de Matteo. Il s'approche de moi, me souffle quelques mots à l'oreille, me faisant frémir d'envie. Son allure de mâle alpha ne le quitte pas, il me toise de toute sa hauteur avant d'ôter son tee-shirt d'un seul geste, dévoilant une carrure digne des plus beaux calendriers. La tension monte, mon ventre se tord dans tous les sens, son odeur de débauche se répand sur tout mon corps…

Puisque ce scénario me plaît bien plus que le premier, je m'endors sur ces pensées censurées.

5

Matteo

L'expression « au saut du lit », je crois qu'elle a été inventée pour moi. Parce que c'est littéralement comme ça que je me réveille tous les matins. En sautant. D'un seul coup. Gueule de bois ou pas, nanas à poil dans le lit ou pas, dimanche ou pas, c'est comme ça. Honnêtement, de manière générale, il n'y a pas grand-chose dans ma vie qui ressemble de près ou de loin à une routine, mais ça, j'y tiens. J'ai besoin de ce coup de fouet matinal pour avoir les idées bien en place.

Je fais le moins de bruit possible pour que personne ne sache que je suis réveillé pendant que je me prépare. Bien sûr, c'est purement psychologique, puisque vu le nombre de mètres carrés de cette maison, ça m'étonnerait qu'on m'entende faire couler l'eau ! Mais j'ai décidé d'être invisible aux yeux de mon père, que je n'ai vraiment pas envie de croiser. Je ne suis pas prêt pour le deuxième – ou millième – round.

Il est à peine 7 h 30 lorsque je descends les escaliers et me dirige vers la porte de derrière. Le chauffeur a intérêt à être prêt, parce que j'ai la dalle !

Jusqu'ici, le plan fonctionne à merveille. Je suis propre, beau, et j'ai réussi à atteindre l'extérieur de la maison sans tomber sur le daron. On peut dire que je suis un homme libre. Ou presque…

– Ah ! L'unique, le tombeur de ces dames, l'insolent, l'implacable… Matteo !

On pourrait penser qu'une énième conquête vient me cueillir au saut du lit pour remettre le couvert, et d'ailleurs j'aurais bien aimé soulager la gaule matinale comme ça, mais non. Cette espèce de lécheur de bottes n'est autre que Lucas, mon meilleur ami.

– T'en as pas marre de me baiser les pieds comme ça ? Un peu de dignité merde ! lui lancé-je tout en lui donnant une légère accolade. Qu'est-ce que tu fais là aussi tôt ? Tu voulais me surprendre avec le petit-déj' au lit, c'est ça ?

– Maintenant que tu le dis, je me déçois, j'aurais dû y penser ! Un café noir pour l'âme sombre de mon ami, plaisante-t-il. Ça sonne bien…

– Mais bordel, tu ne t'arrêtes jamais…

– Tu sais que tu m'adores ! Et puis, j'essaie de te dérider un peu, parce qu'il faut qu'on cause, toi et moi.

Tiens, Lucas avec une tête sérieuse, c'est bizarre. J'ai l'impression de voir le père Noël habillé en bleu.

– Ouais, d'accord on va discuter, parce que tu m'inquiètes un peu là. Mais avant, laisse-moi me remplir l'estomac ! Puisque tu as oublié les croissants…

Je fais mine de lui envoyer un coup de poing dans le ventre et l'invite à me suivre dans la limousine. Vu son air soudainement ravi, je me doute que lui non plus, il n'a pas encore pris le temps de manger.

Arrivés au niveau de la devanture du Hector's Café, nous descendons du véhicule. Le chauffeur est en double file, ça m'est égal. Il nous attendra.

Alors qu'on pénètre dans cette espèce de *diner* à l'ancienne, je me demande toujours de quoi on est censés discuter. Parce que j'ai déjà le sentiment que ça ne va pas me plaire. Je commande mon traditionnel petit-déjeuner à base d'œufs et de viennoiseries, ainsi qu'une double dose de café.

– Bon, ça y est, on peut discuter ? me demande Lucas en s'asseyant face à moi.

– Bah, techniquement j'ai toujours pas mangé. Mais puisque ça ne va pas tarder, fais-toi plaisir... ronchonné-je.

– Te mets pas déjà à râler, j'ai même pas encore commencé. Et crois-moi, ça ne me fait pas particulièrement plaisir d'aborder le sujet avec toi. Mais il faut bien que quelqu'un d'autre que ton père le fasse, me lance-t-il en redevenant très sérieux.

Et là, je capte.

– Putain, me dis pas que tu vas t'y mettre aussi ! m'énervé-je soudain.

– Eh, calme-toi. Tu sais très bien que personne n'a le choix, dans cette histoire.

L'avantage de connaître quelqu'un depuis aussi longtemps, c'est qu'on peut parler à demi-mot. Je sais exactement de quoi il me parle, pourtant il ne l'a pas encore dit.

– J'en ai rien à foutre, des autres. Je veux juste pas me retrouver avec une femme que j'ai même pas choisie.

– Et là, tu te comportes en gamin capricieux, me reproche Lucas. Tu t'écoutes parler, parfois ?

– Et toi ? Combien t'a payé mon père pour me faire chier à ce sujet ?

Mes yeux lancent des éclairs et mon ami, de toute évidence vexé par ma dernière réflexion, ne répond pas. Et bien sûr, c'est ce moment que choisit la serveuse pour arriver avec nos plateaux. D'abord souriante, elle se laisse vite gagner par l'atmosphère pesante qui plane au-dessus de nous et repart sans un mot. Je l'aurais bien remerciée, mais si un son doit sortir de ma bouche dans l'immédiat, ce sera pour insulter l'espèce de traître qui se tient face à moi.

En attendant que mes nerfs soient un peu moins à vif, je croque férocement dans un petit pain. Comme s'il y était pour quelque chose.

Au bout du troisième, je me canalise un peu. J'attaque les œufs – c'est important de prendre des forces – et relance le dialogue.

– Un « gamin capricieux » ne serait pas à même de gérer toutes les affaires qui me sont confiées. Tu crois que je suis bon qu'à payer des nanas et les baiser ? T'as même pas idée de tout ce que je dois faire, pour la famille...

– Si, justement. Je suis ton ami, que ça te plaise ou non, et je suis bien au courant de tous les sacrifices que tu as déjà faits. Et le mariage, c'est un coup dur, je suis d'accord. Ça te fait chier, t'as aucune envie de t'engager, je l'entends. On est pareils toi et moi, n'oublie pas. Mais moi, j'ai pas le destin de ma famille sur les épaules, contrairement à toi...

– Merci de me le rappeler. Je te rassure, j'étais pas près d'oublier, soufflé-je ironiquement.

– Je me passe de tes sarcasmes, gros malin, répond Lucas en me regardant comme si j'étais le dernier des abrutis. C'est pas suffisant de t'en souvenir. Là, il va falloir agir. En plus, ça va, Meghan... T'es clairement pas tombé sur la mocheté du coin.

– Manquerait plus que ça ! m'exclamé-je, outré. Mais bon, suffit pas d'être belle et sympa, dans un mariage...

– Belle, sympa, fille de la famille Callahan... En fait, tous les critères sont réunis. C'est bon, tu peux l'épouser demain ! me coupe Lucas.

Il plaisante, je le sais, pourtant une boule désagréable se forme au creux de mon ventre. M'imaginer avec la bague au doigt, sur ordre de mon père qui plus est, me fout presque la gerbe.

– Ouais, ils sont la famille Callahan, répété-je. Mais bordel, nous on est la famille DiNatale ! Depuis quand on s'abaisse, comme ça ? Depuis quand on est obligés de se marier pour faire bonne figure ? Sérieux, il pouvait pas trouver une autre solution, le grand Gabriele ? J'ai la haine… Putain, j'ai tellement la haine ! Tu sais comment ça s'appelle, quand on couche avec quelqu'un pour servir les intérêts de quelqu'un d'autre ?

– Attends, je l'ai sur le bout de la langue… Une personne qu'on paie… murmure Lucas en faisant mine de réfléchir, alors que je sais qu'il se fout de moi. T'en as plusieurs dans ton répertoire… Ah oui ! Une prostitu…

– Une pute, ouais ! Tu peux le dire ! Mon père me prend pour sa pute.

J'ai crié cette dernière phrase, et plusieurs personnes se sont retournées pour me regarder. Mais en captant qui je suis, elles ont le bon goût de ne pas s'attarder. Tant mieux. J'avais pas envie de devoir faire une scène.

Mon ami reste silencieux. Il aime souvent se faire l'avocat du diable, mais là, il comprend ce que je veux dire. Et tous ses beaux discours n'y changeront rien. J'ai raison et il le sait.

– D'accord, reprend-il calmement. Vu comme ça, on est bien d'accord, c'est la merde. Mais Meghan, tu crois que ça l'arrange aussi ? Franchement, si vous vous mariez pour calmer les familles et que chacun trouve un intérêt commun, ça ne veut pas dire qu'ensuite vous devez passer votre temps collés l'un à l'autre. Personne ne t'empêchera d'avoir une vie à côté…

Mouais, c'est pas con ce qu'il dit. C'est pas comme si je croyais aux liens sacrés du mariage. Épouser une nana et en baiser une autre, si personne n'y voit d'inconvénient, moi non plus…

Soulagé d'avoir enfin trouvé les bons mots, Lucas se détend un peu. Sous sa tignasse blonde, ses traits se déridentenfin. Ça y est, l'orage est passé. Il a dit ce qu'il avait à me dire, et d'ailleurs il a bien fait. C'est pas mon meilleur pote pour rien. Une discussion désagréable, une mise au point nécessaire, ça ne lui a jamais fait peur. J'ai toujours pu compter sur lui.

Lui et moi, on se connaît depuis plus de quinze ans. On allait dans la même école. Sa famille avait beaucoup moins d'impact que la mienne, bien sûr, mais il était suffisamment important pour que mon père le respecte un minimum. Ma mère et la sienne s'entendaient très bien. D'ailleurs, après l'accident qui m'a privé de la seule femme au monde pour qui j'aurais donné ma vie, la famille de Lucas m'a un peu pris sous son aile. Ouais, parce que t'as beau avoir 9 ans et pleurer tous les jours, c'est pas pour autant que ton père va te prendre dans ses bras. Lui, il a continué à aller bosser, comme si rien ne s'était passé. Il a gardé le même masque impassible. Et il s'est mis à enchaîner les nanas.

Tous les matins, je me réveillais d'un nouveau rêve dans lequel ma mère était vivante. Et tous les soirs, je voyais une nouvelle femme passer la porte d'entrée. Je crois aussi que c'est à ce moment-là, que j'ai compris que l'amour c'était surfait, et qu'il fallait à tout prix s'en tenir éloigné. Alors dès que j'ai été en âge de le faire, j'ai suivi le modèle du père. Une nana différente toutes les nuits.

Durant toute cette période, Lucas a été là pour moi. Il se taisait quand je n'avais pas envie de discuter, m'écoutait pendant des heures quand il sentait que j'avais besoin de vider mon sac, et même quand je suis devenu le roi des queutards, son regard n'a pas changé. Sur nos histoires de famille, c'est pareil. Il a toujours su se montrer discret et à la hauteur. Rien n'a jamais fuité de son côté. Il défend notre nom comme si c'était le sien. En fait, c'est pas seulement un ami. C'est un frère.

Nous abordons des sujets plus légers en terminant le petit-déjeuner, puis nous regagnons la limousine, qui a dû se faire klaxonner une paire de fois depuis tout à l'heure. J'ai hâte de recevoir les contraventions.

– Et sinon, pour remettre ton père sur le tapis, reprend Lucas alors que nous sommes dans l'intimité du véhicule. Il va être temps de faire quelque chose, non ? Les DiNatale en prennent un sacré coup en ce moment. Si la corruption est prouvée, et on en n'est pas loin, il y aura procès, et vous allez prendre cher. En plus de quoi, vous pourrez dire adieu aux casinos dans New York. L'opinion publique commence déjà à tourner sa veste.

– Ouais, je sais. Ça me plaît pas quand notre nom est traîné dans la boue comme ça. Il nous faudrait marquer le coup. Je sais pas si t'as vu, il y a une association bien en vogue en ce moment. Pour l'accès des enfants à une éducation partout. Ils sont plutôt innovants, je les vois à fond sur les réseaux. Si on leur fait un don que personne ne peut ignorer, ça pourrait être le bon plan… On redorerait l'image de la famille déjà.

– Pas vraiment, non, lâche mon ami. Là, on ne rigole plus. L'opinion publique, ça passera en second. Maintenant, tout de suite, il faut taper plus fort. J'ai cru comprendre que même Philipps, l'avocat, était inquiet. Et pourtant, ton père lui a toujours fait confiance.

– C'est vrai. Pas plus tard qu'hier soir, il était à la maison, raconté-je. Accompagné d'une jolie poule d'ailleurs, mais c'est pas le sujet… Et vu la tête qu'avait mon père quand il est parti, j'ai pas l'impression qu'ils aient trouvé une solution.

– Tu m'étonnes. Les avocats n'ont pas de baguette magique, hein. Puis surtout ils ont un peu les mains liées, à cause de leur chère justice. Il va falloir s'en charger nous-mêmes.

Lucas affiche son air déterminé, celui des mauvais jours, qui m'indique qu'il est prêt à faire ce qu'il faudra.

– Ce que je ne comprends pas, explique-t-il, c'est qui peut vous avoir dénoncés. J'ai parlé à ton père en arrivant ce matin, et même Philipps l'a confirmé : votre nom a été livré sur un plateau d'argent à la police… Ils savent que vous avez graissé la patte de personnes influentes pour obtenir les licences des casinos. Ils ne vont pas mettre longtemps à découvrir que le maire Davis est impliqué. Et ça, ça va être un énorme scandale. D'habitude, les soupçons planent, mais personne n'a jamais osé prononcer le nom des DiNatale ouvertement. Les temps changent vraiment si on peut se permettre de jouer les balances aussi facilement.

Je bondis sur mon siège à l'entente de cette nouvelle information.

– Depuis quand on fait appel à la police, sérieux… Les trois quarts sont des pourris, et les autres sont stupides. Comme tu le dis, les règles du jeu ne sont plus les mêmes.

– Et c'est bien ce qui rend la situation encore plus complexe. Quelqu'un a décidé de ne pas les respecter… soupire Lucas.

– T'inquiète, moi, j'ai bien l'intention de revenir aux anciennes pratiques. Parce qu'on sait tous les deux ce qu'on fait aux traîtres.

– D'abord on les retrouve… devine mon ami.

– Ensuite on leur fait passer un message, continué-je, les dents serrées.

Un frisson me parcourt. Bien sûr, c'est ainsi que les choses doivent être faites, chez les mafieux. Personne n'y échappe. On ne peut pas être au sommet sans avoir un peu de sang sur les mains.

– Je sais que c'est pas ta partie préférée, avance mon meilleur ami. Mais là, encore une fois, on n'a plus le choix.

– Je sais, soufflé-je seulement pour couper court à la discussion.

C'est maintenant que ça commence. Il va falloir retrouver la personne qui nous a dénoncés et s'intéresser de près à sa famille. Quand on aura traqué le maillon faible de son entourage et qu'on lui sera tombé dessus, ça sera un jeu d'enfant de faire sortir le coupable de l'ombre… Bah ouais, c'est dur de faire l'autruche quand son cousin ou son frère a la gueule amochée et un genou pété.

De retour à la maison, je gravis les marches de cet interminable escalier et me rends sur le balcon de ma chambre. Je ne perds pas de temps et appelle directement mon détective privé. Pas celui de mon père, non. Le mien. Au moins, je suis certain de sa loyauté. Quand je lui demande de déterrer tout ce qu'il peut dans cette affaire de corruption, il ne tique pas. Je lui demande de faire le point avec moi toutes les douze heures, et nous raccrochons.

De retour à l'intérieur de la pièce, je me dirige vers la commode qui me fait face. Tout en bas, côté gauche, je fouille à l'aveugle derrière quelques piles de vêtements pour mettre la main dessus. Ma boîte à souvenirs. Le seul témoin de mon passé.

Ça m'a un peu remué, de penser à ma mère. Ça faisait longtemps. Au fil des années, je suis devenu particulièrement doué pour refouler tout ce qui ne m'est pas agréable. Tout ce qui me rend *humain*. La plus haute insulte à mon orgueil. Je suis un DiNatale, on est connus de tous. Craints à l'internationale. Et dans ces conditions, qui pourrait se permettre d'être vulnérable, hein ? Si nos ennemis venaient à apprendre que j'étais une pleurnicheuse qui pense à sa défunte mère, je n'imagine même pas les répercussions que ça pourrait avoir. Alors le masque de mon père, celui qui a conditionné toute mon enfance, est finalement devenu le mien. Les émotions ont disparu. Sauf la colère, bien sûr, le moteur de notre famille. Je suis devenu un robot, moi aussi, capable de passer des mois sans même songer à la femme qui l'a mis au monde.

J'ouvre la boîte que je tiens entre mes mains et son visage apparaît, là, souriant, face à moi. J'ai l'impression de ressentir un coup de poignard dans le ventre.

Bordel, alors c'est ça, la culpabilité ?

Souvent, je me demande ce qu'elle penserait de moi. Est-ce qu'elle serait fière que je marche sur les traces de mon père ? Ou au contraire, est-ce qu'à travers tous les câlins qu'elle me faisait, elle n'espérait pas que je devienne un peu plus… sympa ?

Ma mère, c'était une boule de tendresse, rien à voir avec le reste de la famille. D'ailleurs, j'ai jamais compris pourquoi elle avait choisi cette vie-là. Un mari absent et autoritaire, une belle-famille froide et manipulatrice. Et pourtant, elle souriait tous les jours. Elle me prenait dans ses bras, m'entourant de son parfum rassurant, et me racontait les plus belles histoires qu'elle connaissait. Elle me disait tous les soirs que je ferais de grandes choses, plus tard.

Est-ce qu'être un super coup au lit, ça compte ?!

Je jette un dernier coup d'œil à son regard aimant, et j'imagine sans peine toute sa déception. Elle était qui était romantique et pacifique… Elle n'est décidément pas tombée sur le bon fils. Est-ce qu'elle aurait honte de moi, si elle était encore vivante ?

La réponse que me souffle ma conscience est insoutenable. Voilà ce qu'il se passe, lorsque le masque s'écaille. Les regrets s'engouffrent à travers les failles, et je doute de tout.

C'est clairement pas le bon plan.

Je repasse en mode robot, ferme la boîte d'un geste sec et replace ma mère au fond de la commode, là où, je l'espère, elle ne peut pas me voir.

À dans quelques mois, maman. Ou pas.

6

Mia

– Aucune femme n'a jamais regretté de finir la nuit avec moi, je te le promets, Mia…

Ses lèvres contre mon cou, pleines et gourmandes, n'en finissent pas de créer des frissons sur ma peau. Dans mes oreilles, cette promesse exquise, celle d'une nuit que jamais je n'oublierai.

Me plaquant contre le mur derrière lui, son corps écrase le mien et sa main remonte entre mes cuisses. Ses doigts trouvent le chemin de mon string et le baissent férocement. Monsieur a faim, ça tombe bien. Sans perdre une seconde de plus, il se met à genoux devant moi et garde ma robe relevée. Face à mon intimité, Matteo ne perd pas une seconde et ses lèvres plongent sur les miennes, sa langue tournoie sensuellement autour de mon bouton de plaisir, de plus en plus intensément. J'ai du mal à retenir les cris qui sont au bord de mes lèvres. Je suis sur le point d'exploser, je m'agrippe à ses cheveux, refusant que son visage s'écarte d'entre mes jambes. Lorsqu'il ajoute un doigt, je suis prise dans un tourbillon exquis de plaisir, je me laisse aller à la jouissance et…

Oh !

Qu'est-ce qui vient de se passer ?

J'ouvre les yeux, ce qui ne m'aide pas beaucoup puisque je suis dans l'obscurité nocturne de ma chambre. Ma propre voix vient de me réveiller, je me suis entendue crier. Quelques instants me sont nécessaires pour retrouver le fil de mes pensées. Apparemment, m'endormir en pensant à Matteo était judicieux, puisque je viens de vivre l'un de mes meilleurs rêves érotiques. Bordel, ce cunni… J'en frissonne encore de plaisir ! C'est fou, le pouvoir des rêves. Et le pouvoir des inconnus, d'ailleurs…

Maintenant que je me suis réveillée en sursaut, ça risque d'être compliqué de retrouver le sommeil. Mon cœur bat si vite. Ravie de cet orgasme nocturne, je ne peux toutefois pas m'empêcher de m'en vouloir un peu. Qu'en penserait mon petit-ami ? Pire encore, comment me justifier si cette scène arrive lorsque nous vivrons ensemble ?

Un coup d'œil à mon écran de téléphone me rassure aussitôt : pour le moment, Lawrence ne pense pas à moi. Je peux donc bien penser à qui je veux…

Il est à peine 4 heures du matin, et je me sens particulièrement en forme. Autant rendre ce moment productif. Je me lève, enfile un peignoir et me rends dans la cuisine qui fait également office de bureau. Je sors de ma pochette le dossier DiNatale et me plonge dans un long travail de remise à niveau. Je reprends de manière chronologique tous les derniers événements, essaie de comprendre, de me mettre à la place de toutes les personnes impliquées. Je tente, aussi, en bonne avocate que je dois devenir, de trouver une faille, même la plus infime. Je dois faire mes preuves, c'est indispensable. Sinon, jamais je ne me ferai respecter de Gabriele DiNatale. Et je n'ai pas l'intention de passer plus de temps dans l'ombre.

Les heures défilent, je remarque sans réellement y prêter attention que la lumière du jour est en train d'illuminer la cuisine. Toute mon attention est focalisée sur une information qui m'avait échappé jusqu'ici, et qui semble avoir échappé à Benjamin également. Un détail, pour certains, et pourtant…

Bam !

Tiens, est-ce la porte de chez moi qui vient de claquer ?

Aïe… Mon cou !

– Ah, t'es déjà réveillée !

Bon, il va être temps de remettre les éléments dans l'ordre : je me suis visiblement endormie en travaillant sur l'enquête DiNatale ; la table de la cuisine, pour un petit somme, ce n'est réellement pas confortable ; mon petit-ami vient d'arriver chez moi, et il a l'air d'une humeur massacrante.

C'est le début d'une belle journée…

– On dirait oui ! lui réponds-je enfin en tâchant de recouvrir très rapidement les dossiers sur lesquels je travaille. Tu as passé la nuit au poste ?

Le regard qu'il me lance en dit long. Heureusement, il préfère faire les cent pas dans mon appartement plutôt que s'intéresser à moi, donc j'ai largement le temps de cacher tout ce qu'il ne doit pas voir.

Une fois cette mission matinale effectuée, je m'occupe de la seconde, tout aussi importante : préparer le café. Pour moi, et aussi pour monsieur qui semble en avoir un grand besoin. D'ailleurs, ça aurait été sympa que ledit monsieur, que je n'ai pas vu depuis qu'il m'a laissée tomber au restaurant, songe à me saluer. M'embrasser, me dire que je lui ai manqué, qu'il est encore désolé, qu'on va se rattraper… Ces choses-là, quoi.

Au lieu de ça ? J'ai vue directe sur sa veste en jean et sur sa nuque, pendant qu'il observe la ville depuis ma petite fenêtre. Et même de dos, je peux sentir à quel point il est tendu. Finalement, était-ce bien la peine de venir directement ici après le boulot s'il n'a pas l'esprit prêt à me supporter ? Quitte à ne pas encore vivre ensemble, je préfère encore avoir le loisir de ne profiter que des bons moments. Le mec qu'il faut aider à décompresser à peine réveillé, non merci !

Mais bon, puisque c'est *mon* mec… Je vais encore devoir mettre de l'eau dans mon vin. Ou plutôt un mug de café dans ses mains.

– Merci, finit-il par souffler. Désolé de débarquer chez toi dans cet état... Viens là.

Et comme ça, d'un instant à l'autre, il laisse tomber l'attitude de connard pour redevenir un amour. Il me prend longuement dans ses bras, me dépose plusieurs baisers dans le cou et me dit, *enfin*, que je lui ai manqué. Il était temps ! La colère que je sentais enfler dans mes veines est en train, elle aussi, de disparaître. Je me détends dans ses bras, et réalise à quel point lui aussi, il m'avait manqué depuis la veille. J'ai vécu trop de choses depuis son départ hier soir, trop de choses que j'aimerais oublier ou pouvoir lui confier. Deux options inenvisageables, à mon grand regret…

Emportée par un élan matinal de sensualité, je me mets à l'embrasser de plus en plus langoureusement. J'ai envie de plus. J'ai envie de lui, là, maintenant. J'attends ça depuis hier soir…

– Non, attends... murmure Lawrence en me repoussant doucement. Je ne suis vraiment pas d'humeur.

Moi qui commençais justement à culpabiliser du rêve érotique d'il y a quelques heures… J'ai l'impression que cette nouvelle frustration est ma punition karmique. Enfin, quand je dis « nouvelle frustration »… Malheureusement, cette scène arrive assez souvent. On dirait que je suis tombée sur le seul mec de l'univers qui n'arrive pas à faire passer ses problèmes au second plan pour passer un bon moment avec sa copine. Enfin merde, je pensais que les hommes étaient toujours partants... Ou en tout cas, un peu plus souvent !

Un peu vexée, entre son refus de maintenant et l'abandon d'hier soir, je retourne m'installer sur une chaise, prenant au passage quelques céréales que je mange machinalement. Elles n'ont plus de goût depuis une semaine, mais vu la journée qui se profile, ça fera largement l'affaire. Mon petit-ami souffle, comme si soudainement il était devenu celui de nous deux que je devais plaindre, et s'assoit face à moi. Je scrute son visage, distant. Ses traits sont tirés, ses yeux sont rouges de fatigue et j'ai le sentiment qu'il a passé la nuit à serrer les dents. Bon, d'accord... Il est peut-être temps de mettre mon ego de côté pour savoir ce qui le préoccupe autant. Parce qu'aux dernières nouvelles, il était plutôt content du coup de fil reçu, hier soir.

– Tu veux m'en parler ? demandé-je en tendant la main vers son bras.

– Comme si ça allait changer quoi que ce soit ! s'exclame-t-il en reculant brusquement. C'est encore ce fumier de DiNatale... Putain. Quoi qu'il fasse, j'ai l'impression qu'il s'en sortira toujours... Faut croire que ça paie plus d'être une raclure, aujourd'hui !

En entendant ce nom, que j'ai lu une bonne partie de la nuit, mes joues rosissent légèrement. Heureusement, tout à son dégoût, Lawrence ne le remarque pas. J'aimerais réussir à lui répondre quelque chose, mais les mots ne viennent pas. En même temps, comment est-ce que je pourrais lui expliquer que...

– Mais c'est pas tout ! reprend-il, toujours aussi furieux. Tu veux savoir la meilleure ? Je te la donne en mille ! Hier soir, pendant que j'ai dû annuler notre soirée pour bosser sur son cas, ton nouveau boss est allé là-bas !

Merde, il est au courant ! Est-ce que Philipps est suivi ?!

Cette fois-ci, ce n'est plus un léger voile rose qui recouvre mes joues. C'est une armée de pivoines au complet qui vient les colorer ! Qu'est-ce que je peux bien répondre à ça ? Est-ce qu'il sait que j'étais là-bas, moi aussi... ?

Allez Mia, enfin, trouve quelque chose à dire, n'importe quoi !

– Mon... nouveau boss... ?

Ah bah oui, tiens, jouer les perroquets, c'est toujours une bonne solution !

– Oui, Benjamin Philipps ! C'est lui qui défend le dossier DiNatale. Ne me dis pas que tu n'étais pas au courant, assene férocement Lawrence.

– Je... J'ai... Mais... bégayé-je.

– Ça ne te fait rien que ton nouveau cabinet, celui dans lequel tu es si fière d'avoir été embauchée, travaille pour des types comme lui ? lâche-t-il.

Tout à coup, je me sens personnellement attaquée. Et me faire cueillir de la sorte au saut du lit – ou de la table – même après un demi-mug de café, ça ne passe pas.

– Déjà, je te remercierai de ne pas te montrer méprisant envers mon nouveau travail. Ensuite, on s'est toujours promis que ton travail n'aurait jamais d'impact sur notre couple, et regarde où on en est ! Je me retrouve seule au restaurant, je n'ai même pas UN SEUL message de la soirée, et ce matin, tu débarques chez moi pour me crier dessus, comme si j'y étais pour quelque chose !

– Tu n'y es peut-être pas pour quelque chose de manière directe, mais le cabinet Philipps, lui...

– Laisse mon boulot en dehors de ça ! hurlé-je à mon tour. J'y suis depuis moins de quarante-huit heures, d'accord ? Toi et moi, on est ensemble depuis plus de quatre ans, je te rappelle ! C'est vraiment comme ça que tu veux que ça se passe entre nous ?

Et à ce moment-là, je dois avouer que moi aussi, je me demande si c'est vraiment comme ça que j'ai envie que ça se passe entre nous…

– Mais là, Mia, il n'est pas question de nous, reprend-il plus calmement, avec ce ton condescendant que je déteste. Lorsqu'il est question de sécurité, d'intégrité, de danger au niveau national, pardon, mais notre couple n'est pas la priorité.

Le regard que je lui jette à cet instant doit lui faire réaliser à quel point il est allé trop loin, car il n'ose plus ouvrir la bouche ni même lever les yeux vers moi.

Ah, puisque c'est comme ça ! Tu parles d'un homme qui veut vivre avec moi… Un pauvre type, oui !

Trop énervée pour continuer à discuter, mais trop bien élevée pour lui balancer le reste de café que j'ai entre les mains à la figure, je lui jette un regard noir. La tête qu'il tire me ferait éclater de rire si on n'était pas en plein milieu de l'une de nos plus grosses disputes.

Après quoi, je prends avec moi ce qu'il me reste de fierté – et de céréales sans goût – et me dirige dans la chambre. Inutile de préciser que je claque la porte au passage.

Plusieurs minutes s'écoulent, j'entends du bruit dans la cuisine. Ensuite, je l'entends farfouiller dans les placards. Vas-y, fais comme chez toi surtout ! Puis j'entends ses pas se rapprocher de ma chambre… Et faire demi-tour. OK. On a donc un mec stupide enrobé de lâcheté. Le rêve de toute femme !

Allez, Mia, calme-toi…

C'est dingue, parce qu'en général je suis la première des deux à me calmer, mais là, je n'arrive pas à faire redescendre la pression. Bien sûr, je pense que les derniers événements n'aident pas. Et je suis terriblement inquiète. Si ce genre de scène se produit après à peine une journée en tant qu'avocate au sein du cabinet Philipps, qu'en sera-t-il dans quelques mois ? Ai-je vraiment envie d'emménager avec un homme à qui je devrai tout cacher ?

Bien sûr, j'imagine que DiNatale n'est pas notre seul client, et heureusement… Parce que j'aurais également beaucoup de mal à croiser de manière répétée cet insupportable Matteo, aussi arrogant que séduisant. Mais je crois qu'il n'a rien à faire dans mes pensées à cet instant… Allez, du balai !

Au bout d'un quart d'heure à peser le pour et le contre, je me décide enfin à quitter la chambre. Et aussi, il faut dire que j'ai sacrément envie de me soulager la vessie !

Après un passage obligatoire aux toilettes, je rejoins la cuisine pour affronter Lawrence.

C'est parti pour le round 2.

D'abord de dos lorsque je m'approche, il finit par se retourner pour poser sur moi deux mitraillettes bleues. Si c'est pour faire la gueule… Je ne comprends pas pourquoi il est resté ! Bon… Je dois m'en tenir à mes bonnes résolutions. Calmer le jeu. Relativiser. Essayer de le comprendre.

– Écoute Lawrence, il va falloir que l'on mette en place des règles pour que nos travails respectifs ne viennent pas entacher notre relation.

Lorsqu'il entend le mot « travail », le fusilleur se réveille.

– C'est pas mon objectif non plus, lâche-t-il enfin. Mais qu'on le veuille ou non, notre travail fait partie de qui on est. Tu ne peux pas enlever de ta personnalité le besoin de vouloir défendre tout le monde, et je ne peux pas oublier que j'ai choisi d'œuvrer pour la justice de ce pays.

Tiens, c'est marrant, mais j'ai l'impression que dans sa bouche, son boulot vaut bien mieux que le mien. Tandis que monsieur œuvre pour la paix dans le monde, il semblerait que mon unique job soit de foutre la merde. J'ai l'impression que mes résolutions ne vont pas tenir bien longtemps…

– La justice de ce pays a autant besoin d'avocats que de policiers, argumenté-je.

– J'ai l'impression que tu as déjà choisi ton camp… crache-t-il avec un regard dégoûté.

– Il n'est pas question de camp ! crié-je alors. Tu n'imagines pas à quel point j'ai eu de la chance d'être recrutée dans ce cabinet ! Je ne peux pas tout foutre en l'air dès le début, juste parce qu'un nom ne te revient pas… Ce n'est pas comme si je l'avais choisi !

Bordel, c'est pas le moment d'avoir encore ce satané visage arrogant à l'esprit…

– Toi, tu ne l'as pas choisi. Mais eux, t'inquiète pas, je sais très bien pourquoi ils t'ont choisie… me balance Lawrence avec une méchanceté que je ne lui connaissais pas.

– Je peux savoir où tu veux en venir ? me risqué-je à demander.

– À ton avis ? Vu les affaires qu'ils traitent, il valait mieux prendre la petite blonde fraîchement sortie des études que le gars expérimenté…

– Pardon ?!?

Ma voix monte dans les aiguës. Cette dispute vient de prendre un tout nouveau tournant. Si seulement j'avais encore du café dans les mains, c'est sûr que je lui enverrais à la figure, cette fois-ci !

– Attends, je rêve, ou t'es vraiment en train d'insinuer que j'ai été embauchée seulement pour ma gueule et ma prétendue naïveté ?

– Ce n'est pas ce que j'ai dit…

– C'est pourtant ce que tu as sous-entendu ! Tu ne t'en tireras pas comme ça ! Je ne suis pas une espèce de criminelle dont tu peux retourner le cerveau à ta guise. Tes méthodes à la con ne m'impressionnent pas. Tu dégages de chez moi. Tout de suite ! hurlé-je en le poussant jusqu'à la porte.

– C'est bon, je m'en vais. T'es pas obligée de faire une scène, marmonne-t-il comme si j'étais la folle de l'histoire.

À peine son corps a-t-il franchi l'encadrement de la porte que je la reclaque violemment derrière lui. Ah, puisqu'il a décidé que je faisais une scène, autant lui en donner pour son argent !

La violence de ses paroles me laisse sous le choc. Il était là, toutes ces années. Il a bien vu à quel point j'ai galéré, à quel point je me suis donnée, à quel point j'ai tout fait pour être prise au sérieux dans ce milieu. Sans blague ! Toutes les nuits blanches que j'ai enchaînées, les fois où je m'endormais avant même qu'il arrive. Il sait très bien que ça a été compliqué pour moi. Et hier, alors que l'un des plus grands cabinets de la ville m'a accordé sa confiance, j'étais la plus heureuse. Mieux encore, j'étais *fière* de moi. Cet appel, c'était la consécration. Et Lawrence le sait. La preuve, il se réjouissait avec moi il y a moins de vingt-quatre heures. Comment les choses ont pu à ce point basculer… ?

Toujours derrière la porte d'entrée, je ne sais pas quoi faire de moi-même. Je suis dans un état de rage rarement égalé. Mes pensées fusent à mille à l'heure, je fulmine, mon cœur bat à tout rompre. Je déteste être comme ça ! Si je m'écoutais, je crois que je casserais tout dans cet appartement, sur-le-champ. C'est sûr que ça me ferait un bien fou, à défaut de pouvoir me défouler sur la personne concernée.

Mais cette espèce d'idiot ne mérite pas que je m'en prenne à mes propres affaires. Non. Je vais plutôt aller courir, et lorsque je reviendrai, je reprendrai le cas DiNatale là où je l'ai laissé cette nuit. On va voir si la belle blonde peut se rendre utile. Préparez-vous, monsieur le policier. Vous venez de vous trouver une adversaire de taille.

7

Matteo

Cette séance de muscu m'a fait un bien fou. Soulever des poids, réfléchir à sa respiration, se dépasser un peu plus à chaque fois. Et surtout, entretenir ce physique qui plaît tant. C'est souvent la solution à la plupart de mes maux. Et l'avantage, quand on vient d'une famille aussi aisée, c'est qu'en général, on a accès à une salle de sport privatisée. Bon, dans mon cas, j'en ai au moins trois, éparpillées dans New York, avec plusieurs coachs disponibles à chaque fois.

De retour à la maison, je m'assure que la limousine de mon père ne soit pas dans les parages. La voie est libre. Tant mieux ! Les qualités culinaires de notre nouveau chef sont à se damner. Et ce midi, aucun doute sur le fait qu'il va encore se surpasser, lui aussi.

J'ai déjà pris une douche à la salle, donc je peux directement passer à table. Et bordel, ça sent sacrément bon, une fois de plus ! Un mélange d'épices et de viande rouge me parvient aux narines. J'ai vraiment bien fait de rentrer !

Enfin… Cette pensée disparaît lorsque j'arrive dans la grande pièce. Deux assiettes sont installées l'une en face de l'autre. Pourtant, j'ai l'habitude de manger seul ici. J'en déduis donc que…

– Matteo. Je suis ravi que tu sois rentré. Nous devons parler.

Bon sang ! Il a rendu sa voiture invisible pour me piéger ou quoi ?

– Tu as l'air surpris de me trouver ici, devine mon père, planté face à moi. La limousine avait besoin de quelques réparations…

– Comme par hasard… marmonné-je.

– Je te demande pardon ?

– Non, rien. En fait, je crois que je n'ai plus très faim.

Je m'apprête à faire demi-tour, mais sa main me retient fermement. Posée sur mon bras, elle applique une légère pression. Ce geste, si souvent répété chaque fois qu'il a voulu asseoir son autorité, c'est le contact physique le plus élaboré qu'on n'ait jamais eu. Puisque je n'ai vraisemblablement pas le choix, je fais le tour de la table pour aller m'installer à ma place. Décidément…

En plus d'être sa pute, je suis aussi son toutou. Super polyvalent, le fils !

– Nous pouvons faire honneur à la cuisine de Daniel ensemble, reprend mon père. En adultes civilisés. Qu'en penses-tu ?

Ça, c'est un truc qu'il maîtrise à la perfection. Faire comme si j'avais le pouvoir de décider de quoi que ce soit, alors qu'on sait parfaitement tous les deux que ce n'est pas le cas. Je lui offre mon plus beau sourire forcé, largement exagéré. Impossible qu'il passe à côté de l'ironie.

– Quand tu auras fini de faire l'enfant, nous devons vraiment discuter, ajoute-t-il.

– T'en as pas marre de me condamner tous les jours à la même discussion ?! lâché-je alors, ouvertement saoulé.

– Oh, si. J'en ai plus qu'assez de devoir me battre quotidiennement avec les caprices de mon fils, assene-t-il d'un ton sec.

Décidément, tout le monde s'est mis d'accord sur le fait que j'étais capricieux, aujourd'hui. C'est ma fête ou quoi ?

– Ce ne sont pas des caprices... tenté-je de protester.

– La situation a changé, m'apprend mon père. Depuis hier, les choses se sont empirées... Ce mariage devient de plus en plus nécessaire. Indispensable.

Je lève les yeux vers lui pour tenter de déterminer s'il bluffe, mais j'ai l'impression qu'il est sincère. Il a l'air réellement soucieux. Merde. Qu'est-ce qui a bien pu se passer encore ?

Deux nouvelles employées dont j'ai oublié le prénom arrivent à ce moment dans la pièce pour nous apporter les plats. Et franchement, si je peux me permettre cet aparté, ils ont l'air excellents. Un *tagliata* de bœuf. L'un de mes repas préférés. Au moins, ça aura le mérite de rendre ce moment un peu plus agréable. Si c'est possible...

Les deux dames-mystères repartent en silence, et sans un mot, nous commençons à manger. Ou plutôt, pour ma part, à déguster. Me laissant profiter de ces quelques minutes de répit, mon père reste silencieux.

Qu'est-ce que c'est sympa, quand il ne parle pas !

Mais puisque toutes les bonnes choses ont une fin...

– Je suis sérieux. Depuis ce matin, ou plutôt cette nuit, j'ai mis tous nos hommes sur le coup. Nous n'avons aucune preuve tangible, bien sûr, mais il semblerait que les Callahan soient impliqués dans les accusations qui pèsent sur notre famille. Honnêtement, je n'ai pas besoin d'en avoir la preuve. Je les en crois largement capables.

– Merde. Quelle bande de connards ! explosé-je. En plus de vouloir nous doubler, ils font appel à ces pourris de flics... Et tu crois vraiment que ça me donne envie de rejoindre leur clan ?

– Il ne s'agit pas de rejoindre leur clan, soupire mon père. Il s'agit d'apporter une certaine stabilité entre nos deux familles. Je sais bien que tu n'as aucune envie d'épouser Meghan, pas plus que je n'ai envie de leur serrer la main. Mais cette nouvelle alliance entre leur fille et toi-même les obligera à nous respecter, et au même titre que nous n'aurons plus le droit d'empiéter sur leurs plates-bandes, ils n'auront plus non plus le droit de nous attaquer. Les affaires sont les affaires, je te l'ai assez répété.

Un peu ouais ! Je crois que j'entends ce discours depuis mes 6 ans. Là où les autres enfants rêvaient de devenir astronautes, j'avais juste le droit d'apprendre à faire un nœud de cravate, « pour plus tard ». Parce que je savais bien que je ne deviendrais jamais astronaute. Non. Je serais un homme d'affaires, officiellement. Et chef de gang, officieusement.

N'empêche, le sort s'acharne. Avec ces nouvelles informations, l'étau se resserre autour de mon annulaire. Que je le veuille ou non, cette bague, il va bien falloir la passer. Et la porter. À moins que…

– Mais attends, reprends-je dans un élan de motivation, est-ce que l'ennemi qu'on recherche n'essaie pas plutôt de nous faire croire que ça vient des Callahan pour brouiller les pistes ? Quand on y réfléchit, franchement, pourquoi ils nous feraient ça ? C'est pas tellement leur manière d'opérer.

– Te fatigue pas. Je sais que ce serait plus simple pour toi de croire que ça vient d'une tierce personne, mais ce n'est pas le cas. Et détrompe-toi, ils ont toujours étroitement collaboré avec la police. Là où nous, DiNatale, qui avons un minimum d'honneur, nous avons longtemps évité de nous en remettre à eux, de leur côté, ils ont privatisé tout un tas de commissariats, dans les environs. Mais c'est vrai que d'habitude on ne se balance pas les uns et les autres aussi facilement. Après, les licences des casinos en font baver plus d'un. En matière de blanchiment de fonds, c'est une aubaine inespérée que d'être dans New York, même sans plus passer systématiquement par Atlantic City. Et visiblement, ils sont prêts à tout pour les obtenir, quitte à nous rouler dessus.

– Travailler main dans la main avec des poulets. Putain, on voit bien qu'ils viennent du Nord !

Le constat est sans appel. Je dois entrer dans une famille de petites couilles irlandaises molles sans valeurs. Sinon, la mienne sera toujours salie. Et puis, l'objectif final, c'est quand même d'avoir la main sur les casinos dans New York même. Avec cette implantation, l'argent sera blanchi trois fois plus facilement, et beaucoup plus rapidement. Et peut-être, enfin, que tout le monde arrêtera de nous faire chier.

– C'est ça, souffle mon père. J'ai toujours préféré miser sur les avocats. Ils en ont plus dans le crâne. Enfin, pour autant, ils n'ont pas toujours de solution miracle non plus... D'ailleurs, je vais retourner voir Philipps cet après-midi. Lui remettre un peu la pression, qu'il se rappelle pour qui il travaille.

À l'instant où j'entends le nom de l'avocat, un truc se passe dans mon bas ventre. Ça y est, j'associe Benjamin Philipps à sa nouvelle recrue en robe rouge. La connexion est inévitable. J'imagine qu'en bonne employée fraîchement recrutée, elle ne va pas lésiner sur les heures à faire. Donc je suis à peu près certain qu'elle va passer la journée au bureau. Je suis curieux de voir comment elle s'habille, là-bas... Est-ce que notre rencontre d'hier soir lui fera un peu passer l'envie de se vêtir comme une prostituée ? Je n'espère pas !

Maintenant, il faut vendre l'idée à mon père. Il n'aime pas forcément m'avoir sur le dos, je le sais. Et la plupart du temps, il garde ses affaires privées. Mais là, je crois qu'il s'agit d'une exception.

– Je vais t'accompagner, lui annoncé-je d'un ton ferme. Si cette histoire doit précipiter mon... *mariage* avec Meghan, j'aime autant avoir tous les tenants et aboutissants.

Je n'ai pu m'empêcher de prononcer le mot sacré avec une grimace, qui n'échappe pas à mon père. Surpris de cette initiative, il hausse les sourcils. Avant même qu'il ne songe à balayer cette idée d'un revers de la main, j'en remets une couche.

– Et puis, vu ce qui se trame en ce moment, je préfère autant assurer personnellement ta sécurité. Tes gardes du corps sont bien gentils, mais personne ne protège mieux un père que son propre fils.

– Très bien, finit-il par consentir. Tu pourras m'accompagner. Mais aucune fantaisie ne sera tolérée. Tu restes silencieux, tu n'interviens pas dans nos discussions.

– Bah oui, évidemment, mon seul rôle dans cette famille c'est de me faire baiser !

Ouais, je sais que je suis pas censé m'énerver là maintenant, mais il me gonfle. Ras le cul d'être toujours traité comme un gosse. Faut savoir, soit je suis un homme et toute la famille compte sur moi, soit je suis un gamin qu'on laisse tranquille dans son coin.

Impassible, mon paternel se contente d'ignorer ma dernière remarque. Ça lui fait ni chaud ni froid, de savoir ce que je ressens. « Les affaires sont les affaires. »

L'heure du café accompagné de cigare a sonné. Au moins, ça, ça nous met d'accord. Nous sortons déguster le tout sur la terrasse, silencieux, mais sans animosité apparente. Pour une fois. Ensuite, la limousine revient et nous emmène jusqu'au cabinet Philipps.

Les choses sérieuses reprennent.

Sur la route, je repense à notre discussion du midi. Je sais qu'à ce stade, je n'ai plus vraiment le choix… Lucas avait raison, ce matin. Je dois faire ce qui est bien pour ma famille, et tant pis si ça me semble injuste. Il est plus que temps de renouer des liens de bon voisinage avec les

Callahan, j'en suis convaincu. Pourtant, chaque fois que j'imagine nos deux familles réunies pour notre mariage, j'ai l'horrible sensation d'étouffer. La perspective de dire « oui » de manière solennelle me fait encore plus flipper que l'idée de me réveiller sans pénis demain ! J'aimerais avoir une baguette magique sous la main – pas seulement dans le pantalon – qui me permettrait de trouver LA solution qui arrangerait tout le monde !

Nous avons atteint Manhattan et plus précisément Wall Street. Ça grouille de personnes en costume sur mesure et de voitures luxueuses, par ici. Le cabinet se fond parfaitement dans le décor. Je comprends pourquoi mon père les a choisis. Même d'ici, ils puent le fric. Et on le sait tous, c'est rare que l'argent et l'intégrité jouent bien longtemps dans la même cour. La petite Mia, d'ailleurs, je me demande ce qu'il faudrait pour l'acheter… *Miam.*

Elle a joué les effarouchées, hier soir, mais je sais d'expérience que personne ne résiste à l'appât du gain bien longtemps. Tout le monde est corruptible. Absolument tout le monde. Sinon, impossible que des mafieux comme nous aient réussi à s'implanter aussi solidement au fil des générations, n'est-ce pas ? Quand j'étais plus jeune, je me demandais pourquoi autant de personnes semblaient me détester, et pourquoi j'avais en permanence besoin d'une garde rapprochée. Maintenant, je sais : la jalousie, l'envie. Le regret, de ne pas être né dans la même famille. J'ai beau être celui qu'on adore détester, je suis aussi celui qu'on aimerait bien remplacer, ne serait-ce que pour une journée.

Et cette espèce d'ingénue, la jeune avocate à la robe flamboyante… Mon Dieu, je me ferais un plaisir monstre de lui offrir vingt-quatre heures de débauche ! À la fin, elle me supplierait de recommencer… Et moi, en galant personnage, je n'aurais pas d'autre chose que de la contenter. Je nous y vois déjà ! Elle, et ses fesses aussi rouges que sa robe une fois que...

– Tu as ta tête des mauvaises idées, me surprend soudain mon père de sa voix toujours plus ferme et intrusive.

« Ma tête des mauvaises idées », c'est un concept qu'il a inventé il y a plus de vingt ans, maintenant. Par exemple, il y a eu cette fois où, quelques minutes avant ma communion, j'ai songé à diffuser grâce à mon téléphone une chanson paillarde dans l'église. Bien évidemment, il a anticipé en me rappelant à quel point un tel endroit était sacré. Il a aussi jugé utile de m'obliger à lui remettre mon téléphone le temps de la cérémonie. Il prétend savoir chaque fois que je prépare un mauvais coup. Le pire, et ça m'emmerde vraiment de l'admettre, c'est qu'il a souvent raison...

– Une fois de plus, je ne vois pas de quoi tu parles, lui réponds-je d'un air faussement indigné. C'est ma tête de personne professionnelle et concentrée, mais j'imagine que tu n'as pas l'habitude, puisque tu t'évertues depuis toujours à me voir comme un gosse. Un jour, peut-être, il va falloir que tu te fasses à l'idée que je grandis, hein...

Ouais, j'en rajoute un peu, pour la forme.

– Effectivement, je n'ai pas l'habitude, confirme-t-il. Mais dans ce cas, tu pourras travailler avec notre assistante en communication, histoire qu'elle te montre à quoi doit réellement ressembler une personne professionnelle et concentrée. Je peux t'organiser un rendez-vous pour demain matin.

– Si tu estimes que c'est nécessaire. J'irai avec plaisir !

Eh merde...

Ça m'apprendra, à fantasmer alors que mon père est en face de moi. Vraiment aucune limite, le type !

Allez, on arrive, il faut que je me ressaisisse. Le chauffeur nous ouvre la portière, je baisse la tête pour sortir du véhicule et respire à pleins poumons l'air pollué qui nous entoure.

L'immense rez-de-chaussée du cabinet nous fait face, mon père et moi y pénétrons d'un pas synchronisé et décidé. Quelques employées, nous reconnaissant, font battre exagérément leurs cils en bavant dans notre direction. Les hommes d'affaires qui nous ont repérés, eux, sont plus subtils dans leur manière de témoigner leur respect. Ils baissent la tête par réflexe. Il ne faut pas être n'importe qui, pour oser affronter le regard des DiNatale.

Dans l'ascenseur, les mâchoires serrées, nous nous tenons aussi droits que la justice. Si ça, c'est pas ironique…

8

Mia

Depuis que je suis arrivée au cabinet ce matin, je travaille seule dans mon coin. J'aimerais pourtant vivement faire part de mes découvertes à Benjamin, mais ce dernier n'a littéralement pas encore eu une seule seconde à m'accorder. Sa vessie doit vraiment être sur le point d'exploser, quand je pense à tous les cafés qu'il s'est enfilés pour survivre à ses rendez-vous de la journée. Il n'est pas encore allé aux toilettes une seule fois ! Ce type est un robot. Je veux bien croire qu'à New York, sa réputation de requin lui vaille le respect de tous nos confrères, mais en ce qui me concerne, c'est cette prouesse-ci que je trouve la plus admirable !

Les clients défilent face à lui depuis 8 heures, j'ai un accès direct sur eux puisque mon bureau se trouve juste à côté du sien. Mes vitres, intégralement transparentes, m'offrent un vis-à-vis imparable sur tout ce qui se passe dans le couloir. En revanche, derrière la porte de M. Philipps, tout doit rester secret. Les murs qui l'entourent sont épais et opaques. Je n'entends absolument rien. Secret professionnel oblige !

Cela fait donc plusieurs heures que je trépigne d'impatience de lui soumettre la solution que j'ai trouvée pour sortir Gabriele DiNatale de ses problèmes actuels. Je visualise la scène pour me donner une contenance. Le regard ébahi qu'il me jetterait, la joie qui en résulterait. Le respect que je lirais ensuite dans les yeux du grand DiNatale en personne, étonné à l'idée qu'une si jeune avocate ait pu le tirer des griffes de la justice. On pourrait même imaginer, après ça, un dîner pour me remercier…

OK, je délire complètement. Mais vu la dispute que j'ai vécue ce matin et les mauvais sentiments qui m'animent depuis, toute pensée agréable à laquelle je puisse me raccrocher est la bienvenue ! Et si ça implique m'imaginer en train de réduire à néant le travail de Lawrence, soit. C'est même, à vrai dire, la cerise sur le gâteau !

D'ailleurs, en parlant de cet irresponsable, j'ai dû mettre mon téléphone personnel en silencieux. Chaque fois qu'une notification arrivait, j'avais le cœur qui battait à cent à l'heure. Pas d'excitation, non, mais de colère. Il ne manquerait plus qu'il revienne à la charge, avec ses reproches à la con !

Tout à coup, m'arrachant un bref sursaut, je vois Benjamin sortir de son bureau. C'est certain, il va courir aux toilettes ! Pourtant, non. Il se dirige droit sur moi. Ça y est, mon quart d'heure de gloire arrive, je vais pouvoir tout lui dire !

– Mia, bonjour, me salue-t-il précipitamment. J'ai besoin de toi, tout de s…

Il n'a pas le temps de terminer sa phrase, car il aperçoit quelque chose, ou plutôt quelqu'un derrière moi qui lui coupe la parole. Intriguée, je me retourne pour poser le regard à mon tour sur… Gabriele DiNatale. Accompagné de son fils, qu'il est impossible de rater avec son costume sur mesure violet foncé. Oui, oui, violet. Personne ne porte cette couleur. Sauf lui. Et pour tout dire… Je dois avouer que ça lui va très *très* bien.

Lorsque je me retourne pour faire face à Benjamin, il me

regarde avec une drôle d'expression. Merde. Est-ce que mes joues sont écarlates ? Ou pire... Ai-je pensé à haute voix ?! Je n'arrive plus à raisonner correctement.

Benjamin semble avoir besoin de réfléchir, mais le temps n'est pas étirable à l'infini. En effet, les DiNatale sont désormais à quelques pas de nous. Mon mentor se dirige vers la porte, transformé. Ça y est, il a remis son masque d'avocat impénétrable. Doucement, je me lève de ma chaise, m'apprêtant à le suivre dans une attitude professionnelle. Non, je ne materai pas le fils durant tout l'entretien. Non, je ne me ferai pas remarquer pour les mauvaises raisons. Je serai toute petite, presque invisible, mais quand même utile. Ce sera l'occasion idéale pour leur faire part de ma découverte de la nuit passée. Et *enfin*, Gabriele DiNatale sera contraint d'au moins me regarder. Et Matteo se rendra peut-être compte que j'ai un cerveau avant d'avoir un corps...

Ce plan est avorté lorsque Benjamin se retourne vers moi, d'un air interrogateur.

– Où vas-tu comme ça, Mia ?

– Euh... Je te suis ?

Ça y est, il me fait hésiter.

– Désolé, reprend-il. Ça m'embête vraiment de devoir te demander ça, mais je pense que c'est préférable que tu restes ici. Vu ce qu'il s'est passé hier soir... En plus, Gabriele veut me voir deux jours de suite, ce n'est pas anodin. Évitons de le contrarier davantage.

– Mais j'avais trou... commencé-je à protester.

Cette phrase restera inachevée. Benjamin est déjà dans le couloir, à serrer la main de son client le plus important, probablement. Et moi ? J'observe la porte se refermer sous mes yeux. Le même sentiment d'humiliation ressenti la veille revient de plein fouet. J'ai les yeux qui piquent.

Pourtant, je dois vite me redonner une contenance. À

quelques mètres de là, j'observe Matteo vivre exactement la même scène. Il se fait refouler par son père à l'entrée du bureau de Benjamin. Les deux hommes disparaissent alors derrière les murs opaques, réaffirmant leur supériorité.

J'aimerais avoir le temps de bouger. Être rapide. Avoir des murs épais moi aussi, et pas des vitres transparentes. À cet instant, j'aurais juste voulu être un peu moins visible. Un peu moins *exposée*. Mais comme je suis pour le moment réduite à une immobilité complète, j'observe la scène qui se déroule sous mes yeux sans pouvoir intervenir.

Matteo, qui affiche une attitude clairement saoulée, pivote alors sur lui-même, peut-être grâce à ce sixième sens qui serait apparemment capable de nous le faire savoir lorsque quelqu'un nous observe. Je vois son corps tourner au ralenti, aussitôt suivi par son visage, puis son regard. Et enfin, ce dernier se pose sur moi. C'est à ce moment-là que je voudrais être en pleine possession de mes capacités pour pouvoir courir me cacher sous le bureau. Mais non. Madame la statue est maintenant soumise au jugement du mafieux le plus sexy de New York.

Avant de prendre la peine de relever les yeux jusqu'à mon visage, il les fait lentement glisser sur mes escarpins, mes chevilles, mes cuisses, mon entrejambe, qui me brûle tout à coup, ma poitrine… Et enfin, ses iris m'envoient des éclairs. C'est carrément électrique. Et vu la flaque dans laquelle je suis en train de me noyer, ça peut devenir très dangereux !

Ça pourrait en rester là, et ce serait d'ailleurs largement suffisant pour me garder éveillée un moment ce soir. Mais non. Matteo ouvre légèrement la bouche, se mord la lèvre sans me lâcher du regard, et je crois que ces préliminaires viennent d'atteindre un niveau de sensualité jamais égalé. Celui-là, il n'aurait pas besoin de me toucher pour me faire jouir, je pourrais en mettre ma main à couper.

Ou la sienne, du coup…

Toujours incapable de bouger, figée dans cette léthargie qui me donne envie de me foutre des claques, je l'observe faire quelques pas vers moi et mettre les doigts sur la poignée. Toujours aussi lentement, tel un prédateur qui sait exactement ce qu'il est en train de faire, il pénètre dans mon bureau. Ça y est, nous respirons le même air. Ça doit être pour ça d'ailleurs que j'ai l'impression, tout à coup, d'en manquer.

– Alors ma belle, t'as repensé à moi depuis hier ? me demande-t-il sans lâcher mes lèvres du regard.

Je toussote une ou deux fois, car j'ai la gorge terriblement sèche.

– Dans tes rêves, oui… soufflé-je tant bien que mal, décidée à le tutoyer aussi.

S'il savait qu'en fait, c'est lui qui a peuplé les miens. Et pas n'importe quels rêves, d'ailleurs…

– Oh oui, bébé… Toi et moi, dans mes rêves, on avait de quoi te faire rougir, je peux te le garantir…

Il prononce ces derniers mots en réduisant la distance entre nous. Seuls quelques millimètres nous séparent désormais. La chaleur de son corps irradie, je la sens s'écraser contre ma peau. Les scénarios qui fusent dans ma tête n'aident absolument pas à faire redescendre ma température corporelle. C'est marrant, parce qu'il a dit « rougir », et encore une fois, j'ai pensé « jouir ». Bordel, ce type m'inspire décidément bien trop de fantasmes… On va mettre ça sur le compte de l'aventure interdite, hein.

– Tiens, pas de repartie bien sentie, aujourd'hui ? me relance-t-il, souriant face à mon silence.

– Non, j'étais trop concentrée à me demander comment un mec comme toi, arrogant et superficiel, pourrait réellement combler une femme.

Sa réaction ne se fait pas attendre. Ses yeux s'écarquillent, je vois que j'ai réussi à atteindre son ego. Tant mieux ! Mais il ne recule pas pour autant, au contraire. Il brise la barrière invisible qui nous séparait en collant son corps contre le mien, passant une main dans le bas de mon dos pour me rapprocher encore plus de lui. La chaleur qui m'inonde devient intenable.

– Tu veux me voir à l'œuvre ? chuchote-t-il contre mon oreille avant d'y déposer un baiser. Il ne faut pas se fier aux apparences... Tu devrais le savoir, pourtant.

– Mais chez toi, tout n'est qu'apparence justement, proféré-je en le repoussant brusquement.

Je m'en veux un peu de le juger si durement, mais je dois garder la face. Et surtout, je n'aime pas ses manières. Pour qui est-ce qu'il se prend, ce type, pour poser la main et la bouche sur moi alors qu'on ne se connaît pas ?

Dit-elle...

– C'est marrant, reprend-il d'une voix suave, ta bouche m'insulte, mais ton corps me veut...

Il s'approche à nouveau, passe un doigt sous mon menton pour me forcer à relever le visage et soutenir son regard. Je n'avais pas remarqué, hier, à quel point ses yeux étaient foncés. C'est presque impossible de déterminer à quel endroit commence l'iris. C'est réellement perturbant, et surtout très hypnotisant. J'ai envie de rester comme ça très longtemps. C'est comme si je me perdais dans la contemplation du tableau le plus intéressant du musée...

Mais enfin, reprends-toi ! T'as de la bave au bord des lèvres, carrément !

– Oserais-tu me dire le contraire ? m'interroge Matteo en me regardant toujours aussi intensément. Je n'invente rien... Ton corps réagit au mien. D'ailleurs, je suis sûr que si on se débarrassait de ce tailleur, tes tétons te trahiraient.

Ah non, là c'est trop !

Je sors de cet état complètement niais de fille qui perd ses moyens, mets un bureau d'écart entre lui et moi et je lisse trois fois ma jupe de mes doigts tremblants.

En réalité, je ne saurais dire si j'ai trouvé sa dernière remarque vraiment trop déplacée, ou si j'ai eu peur de ne plus pouvoir me faire confiance, face à ses mots aguicheurs.

– J'ai l'impression que tu apprécies un peu trop ce jeu du chat et de la souris, lui dis-je d'un ton ferme. Mais je tiens quand même à préciser que j'ai un petit-ami.

– Et ? me demande-t-il, indifférent.

– « Et ? » répété-je. Et c'est tout ! Il n'y a rien à ajouter ! Je te remercierai d'adopter un comportement approprié. J'en ai assez, de cette famille qui se croit tout permis !

Aussitôt, je regrette d'avoir prononcé cette dernière phrase. Non seulement je n'ai pas réussi à modérer l'intonation de ma voix, mais surtout, je ne suis pas censée me plaindre des DiNatale ! Avant d'être nos clients, ils sont surtout… des mafieux ! Dans la liste des choses à éviter, on peut placer tout en haut « énerver la mafia italienne ». Et dans mon cas, on peut tout de suite la rayer…

À l'instant, je regrette l'atmosphère pesante de tout à l'heure. Parce qu'en quelques secondes, l'air est devenu irrespirable. Peut-être que j'ai regardé trop de films, peut-être que je n'en ai pas regardé assez. Aucune idée. Est-ce que je viens tout juste de sceller mon destin ? Qu'est-ce qui se passe, à la télé, quand il est question de déshonneur public ?

Calme-toi, Mia, tu pars trop loin…

– C'est… revigorant, lâche alors Matteo, visiblement perplexe.

– De quoi est-ce que tu parles ? réussis-je à demander d'une voix quasi inaudible.

– C'est la première fois que j'entends quelqu'un dire du

mal de ma famille en me regardant droit dans les yeux.

– Je sais… J'ai parlé trop vite. Encore une fois. Je te demande pardon, ce n'est pas ce que je voulais dire…

Je me tords les mains tout en regardant ses pieds, et ça doit l'amuser puisque je l'entends ricaner.

– Non, vraiment, il n'y a pas de quoi, reprend-il. J'étais sincère. C'est revigorant d'être avec quelqu'un qui respecte à peine mon nom.

Je suis à deux doigts de défaillir, mais heureusement, il choisit d'éclater de rire. Je relève enfin les yeux vers lui et constate qu'il semble sincèrement détendu.

– Tu… Tu es sérieux ? bégayé-je.

– Ben oui ! Enfin… Je veux bien croire que je t'agace, puisque t'essaies de me résister alors que t'aimerais te jeter dans mes bras…

Il marque une pause et tente d'analyser ma réaction. Heureusement pour moi, j'ai retrouvé un minimum de self-control et je laisse courir l'information comme s'il s'était agi d'une remarque sur la météo. *Humide, d'ailleurs.*

– … Ce que je ne comprends pas en revanche, reprend-il, c'est ce que tu as à reprocher au reste de ma famille.

Il fronce les sourcils et croise les bras, réellement curieux, attendant une réponse de ma part. Je me mords discrètement la lèvre tout en réfléchissant à toute vitesse. Puis-je réellement me permettre d'émettre la moindre critique concernant son père ? Est-ce que je ne risque pas plutôt d'aggraver mon cas ?

– Je t'en prie, prends le temps de la réflexion, me raille-t-il. J'imagine que Philipps et mon père en ont encore pour un moment.

– Voilà, justement ! m'emporté-je à nouveau. J'aimerais savoir pourquoi on ne me juge pas assez bien pour aller de l'autre côté, avec eux !

– Ma belle… Je veux bien croire que l'ego féminin soit très compliqué, mais réveille-toi s'il te plaît. Je suis Matteo DiNatale. Le fils de Gabriele. On ne peut pas faire plus proche. Est-ce que tu me vois dans ce bureau ?

Merde. Il a raison. Si même la descendance directe n'a pas sa place dans une telle réunion, de quel droit irais-je réclamer une quelconque attention ?

– Et ça ne te gêne pas, d'être mis à l'écart comme ça ? l'interrogé-je, soudainement très curieuse.

– Oui et non… En fait, ça me saoule parce qu'il me laisse l'accompagner, jusqu'au bout il sous-entend que je pourrai assister à l'entretien… Et au dernier moment, il me claque la porte au nez. Mais bon, c'est sa manière de faire. Il a besoin de se prouver tous les jours à quel point il est important. Et puis, j'imagine qu'à tout moment il s'attend à apprendre une nouvelle information difficile à encaisser, et qu'il préfère être seul pour cela. Il ne faudrait pas que je découvre toutes les failles trop vite… Enfin, c'est surtout ce que je me dis pour justifier son comportement de connard !

Matteo s'arrête alors de parler, apparemment surpris lui-même de s'être livré avec autant de facilité. Il se racle la gorge et réajuste son costume déjà parfaitement lissé. C'est plutôt troublant, de voir un aspect quasi vulnérable de lui. Ça n'enlève rien à son côté connard et prétentieux, mais ça pourrait presque le rendre… *attachant.*

– J'imagine que ça ne doit pas être facile tous les jours d'être le fils du grand Gabriele DiNatale… soufflé-je pour moi-même. Ce qui me tue, quand même, c'est que j'ai bossé toute la nuit pour lui. Pour *vous* !

Ouais, bon, c'est sûr, on est loin de la nana qui a une vie ultraglamour, hein, si elle passe ses nuits à bosser… Heureusement, mon rêve érotique est venu pimenter le tout ! Qu'est-ce qu'il était doué, avec sa langue… Je me demande si c'est réellement le cas. Oh non ! Il me regarde curieusement. Est-ce que le désir se lit à ce point sur mon visage ?

– C'est vrai que j'avais d'autres projets pour toi, la nuit dernière... me lance Matteo d'une voix qui appelle une nouvelle fois à la débauche. On aurait pu faire plus ample connaissance sans même se dire un mot. Si tu vois où je veux en venir...

– Ce serait dommage d'avoir fait sept années d'études et ne de pas comprendre ce sous-entendu à peine masqué ! Franchement, niveau subtilité, tu pourras repasser, lui lancé-je sèchement.

– Ah, je vois ! Tu t'imagines que je parlais de sexe, peut-être ? Petite perverse !

Là, c'est certain, il se fout de moi. En tout cas, il a l'air d'avoir compris qu'il n'avait plus le droit de me toucher. Mais ça ne l'empêche pas de tourner autour de moi et de me regarder sous tous les angles. Pas du tout gênant, le type. J'ai l'impression d'être mise à nu, complètement offerte à lui.

– En fait, je parlais de cinéma ! Pas besoin de parler, au cinéma ! Mais si tu insistes... J'avoue, si t'étais assise à côté de moi dans la pénombre, j'en profiterais pour d'abord poser la main sur ta cuisse, comme ça...

Finalement, il joint le geste à la parole et pose sa paume chaude sur ma jupe, exerçant une légère pression sur ses doigts. J'aimerais avoir la force de le repousser, mais ce simple contact m'électrise des orteils jusqu'à la pointe des cheveux. Purée, s'il est capable de me faire cet effet avec juste une main, ça promet...

– Et ensuite, reprend-il, je pourrais glisser cette même main sous ta jupe, très lentement, et découvrir enfin ce qui se cache entre ces magnifiques jambes...

Sa main commence à suivre le trajet indiqué, il l'appuie

contre l'intérieur de mes cuisses et entreprend de remonter aussi doucement que si quelqu'un avait mis le film au ralenti. Je n'arrive pas à retenir un léger gémissement, et c'est à ce moment-là qu'il choisit de reprendre sa main et de s'éloigner de quelques centimètres.

– Mais bon, comme tu l'as dit, t'as un mec, lâche-t-il d'un ton cinglant.

Wow. Qu'est-ce qui vient de m'arriver ?

Encore en état de transe, j'ai beaucoup de mal à revenir à la réalité. Ce mec m'a hypnotisée, ou quoi ?

Je tente de mettre en application une vieille technique de méditation qu'on m'avait apprise, et cherche à nommer cinq objets autour de moi. Le bureau. Très bien. Une armoire. On y arrive. Le couloir… Bordel ! Heureusement que personne n'a eu la mauvaise idée de se promener dans le couloir il y a quelques secondes… J'ignore à quoi devait ressembler la scène de l'extérieur, et je ne suis vraiment pas sûre de vouloir le savoir !

C'est à mon tour de me racler la gorge pour me redonner un peu de contenance, et de remettre en place ma jupe qui, pour le coup, en avait bien besoin.

– Pas mal ton scénario, tu devrais songer à te lancer dans le cinéma, justement ! répliqué-je d'une voix que j'espère cassante. Mais puisqu'il est très clair que tu n'auras pas mon corps, ça t'intéresserait pas un tout petit peu de savoir ce que mon cerveau a bien pu dénicher ?

– Personne n'est dupe, Mia… chuchote-t-il sans me lâcher des yeux. Mais puisque tu n'es pas encore prête, je n'insiste pas plus. Raconte-moi tes prouesses d'avocate.

– Comment ça « pas encore prête » ? ne puis-je m'empêcher de demander.

– À vivre la vie que tu mérites.

– Pff. Toi, c'est clair, t'as regardé trop de films à la con !

Ma vie a beau être un peu chaotique en ce moment, elle n'en est pas moins géniale. J'ai le métier de mes rêves, des parents aimants, un petit-ami…

Je m'arrête soudain, réalisant qu'il me toise avec un large sourire.

– C'est presque mignon, ce besoin de te justifier, se moque-t-il.

Eh merde, je suis clairement tombée dans le panneau. Il est plus que temps de reprendre les choses en main. Après tout, ce métier de rêve, il faut le mériter !

– Plus sérieusement… Je suis tombée sur quelque chose d'intéressant en épluchant le dossier. Déjà, il semblerait que l'un des témoins ait beaucoup à gagner dans cette histoire. Et en général, quand il est question d'intérêts personnels, on est rarement sur une grande objectivité. Mais il s'agit de personnes encore une fois très haut placées, je ne suis pas vraiment certaine de ce que ça pourrait donner, expliqué-je hâtivement.

– Ouais, ça m'étonne pas. On s'en doutait un peu, tu sais. Aucun nouvel élément, alors ? me demande-t-il, affichant un air déçu qui me fait beaucoup plus de peine que prévu.

– Si. Enfin… Ce n'est pas grand-chose, c'est même presque trop beau pour être vrai. Moi-même, j'ai eu du mal à y croire, et je comprends que personne ne l'ait remarqué avant, parce que c'est vraiment minuscule, et…

– Mia ? m'interrompt-il.

– Oui ?

– Tu peux la faire courte, s'il te plaît ?

– Bien sûr, désolée… Il y a un vice de procédure. Tout bêtement.

– Tout bêtement ? répète-t-il. Tout bêtement, n'empêche que tu es la seule à l'avoir trouvé ! J'en reviens pas. C'est super rare, le combo « sexy, gros QI ». Je suis impressionné.

– Ah ah ! Tu regrettes de m'avoir prise pour une prostituée, alors ?

– Non, quand même pas. J'ai besoin que ce fantasme existe dans mon esprit, assene-t-il avec un sourire en coin.

Nous rions tous les deux, quelques instants, comme si nous étions dans un univers parallèle. Cet échange est lunaire. Puis Matteo sonne la fin de la récréation en devenant tout à coup très sérieux.

– C'est fini, d'être mis à l'écart. Suis-moi.

9

Matteo

J'en reviens pas. Cette nana, que je trouvais simplement sexy hier (enfin, carrément baisable), a en fait un cerveau. Un vrai, qui fonctionne correctement, qui lui fait faire des trucs intelligents ! La combinaison est tellement rare, j'ai l'impression d'être face à une licorne. Et en plus, cette licorne va peut-être nous sortir de la merde…

Son regard confus est posé sur moi, elle ne sait pas bien où je veux en venir. Je sors de son bureau, répétant le geste de la main pour être certain qu'elle me suive, et me retrouve planté devant la porte de Philipps, là où mon père et lui discutent comme s'ils étaient les deux êtres les plus importants de l'univers. Ou en tout cas, les seuls.

Quand j'ai dit à mon père que je l'accompagnais à son rendez-vous, j'avais au moins espéré pouvoir être témoin de cet échange. Mais c'était mal connaître le grand Gabriele, qui passe sa vie entière à faire planer le mystère. Franchement, je me suis retrouvé con, devant cette porte fermée. Mais c'est terminé. Cette fois, il va être obligé de m'écouter.

Sans prendre la peine de frapper, j'appuie sur la poignée et nous nous retrouvons, Mia et moi, sous les regards à la fois agacés et pleins d'interrogations des deux hommes qui nous font face. Sur le visage du paternel, je lis une espèce d'incrédulité teintée d'un millier de reproches. Du type « mais qu'est-ce qu'il fout là, cet abruti de fils ?! » Mais c'est encore pire lorsqu'il pose les yeux sur Mia. Son expression est particulièrement mauvaise, et pour le coup, on peut presque l'entendre penser « de quel droit cette vermine insignifiante ose-t-elle interrompre le cours de ma vie ? »

D'ailleurs, Mia s'en aperçoit également. Si c'est possible, j'ai l'impression de la sentir se rapetisser à mes côtés. Si nous étions dans un cartoon, on verrait bientôt un trou dans le sol à sa place. Je compatis presque. C'est vrai qu'il en impose, le daron. Il le sait et il en joue.

C'est pour ça, j'imagine, qu'il se lève d'un air impérieux et nous demande de sa voix la plus sévère :

– J'ignore ce qui a bien pu se passer dans vos cervelles d'incapables pour imaginer que votre présence ici était requise, mais je vous assure que…

– Ouais, on sait, on est des bons à rien, le coupé-je sèchement, largement saoulé de son insulte. Mais alors, comment le grand Gabriele DiNatale peut-il expliquer que Mia, ici présente, d'ailleurs ce serait pas mal de la considérer un minimum, ait réussi à trouver un vice de procédure qui peut potentiellement changer la donne ?

Cette dernière information fait l'effet d'une bombe dans le bureau. Le visage soudain pâle de Philipps contraste avec son imposant bureau acajou. J'ai l'impression qu'il ne s'attendait pas à ce que l'élève dépasse le maître aussi rapidement. Mon père, quant à lui, a complètement changé d'attitude. D'excédé, il est passé à extrêmement curieux. Je le lis dans son regard. Et comme la patience n'est pas son fort, déjà, je le vois ouvrir la bouche.

– Je vais tâcher de laisser mes préjugés de côté, lâche-t-il difficilement. Qu'avez-vous trouvé, exactement, mademoiselle… ?

– Cooper, monsieur, lui répond Mia d'une voix timide. Désolée de vous interrompre ainsi, mais j'ai pensé qu'il était urgent que vous sachiez qu'une erreur a été commise lors de la constitution de votre dossier. En effet…

Cette fois-ci, c'est Philipps qui se met sur ses deux pieds, levant la main pour faire taire sa jeune avocate.

– Mia… Je ne sais pas ce que tu as cru voir, mais ce dossier a été lu et relu dans les moindres détails. C'est probablement le manque d'expérience qui t'a induite en erreur. Pardonnez-la, Gabriele, Mia vient tout juste d'arriver ici, je n'ai pas encore eu le temps de la former correctement.

Putain, je pourrais l'envoyer au sol en un instant, ce con. Quel culot ! Quel manque de respect, surtout ! J'en connais un qui a probablement passé trop de temps avec mon père… D'ailleurs, ce dernier le remet froidement à sa place, et j'avoue que ça me procure une certaine joie que je ne m'explique pas.

– Si vous permettez, Benjamin, j'aimerais savoir ce que la petite a à dire. Après tout, c'est en se trompant qu'on apprend.

Gros changement de discours. Toute mon enfance, il m'a dit que les erreurs étaient pour les faibles, et que chez les DiNatale, on devait tout réussir dès le premier essai.

– Je vous en prie, Mlle Cooper, reprend-il. Nous vous écoutons.

Philipps garde la bouche ouverte, dans une parfaite imitation du poisson-clown qui peine à réaliser à quel point il est ridicule. Mia, de son côté, semble tiraillée. Peut-elle contrer ouvertement un ordre direct ? En même temps, je ne vois pas comment elle pourrait tenir tête à mon père… Elle se frotte nerveusement les mains l'une contre l'autre, et son regard est vide, comme si elle pesait le pour et le contre à toute vitesse, intérieurement. Enfin, au bout d'interminables secondes, elle semble avoir pris une décision.

– Votre prénom a été mal orthographié. « Gabriele » avec un « e » final, ça doit être suffisamment rare à New York pour que le policier chargé de tout noter se soit trompé deux fois. Il a donc oublié la dernière lettre. A priori, ce n'est pas grand-chose. Mais j'ai vérifié, et il y a plusieurs cas de jurisprudence dans lesquels une telle erreur a pu être favorable à la défense de l'accusé. Il y a possibilité de légèrement renverser la tendance et d'ajourner le procès pour que la procédure soit reprise depuis le début. Ainsi, on gagne du temps.

L'avocate a pris le dessus sur la jeune fille timide. Elle a réussi à sortir sa tirade d'une seule traite, d'une voix posée et affirmée. C'est la première fois que je l'entends s'exprimer ainsi, et franchement, ça me fait de l'effet ! Elle pourrait me donner des ordres sexuels avec cette voix-là, ça passerait tout seul.

Une fois de plus, mon père me regarde d'un air étrange.

Ah oui, c'est vrai, je devais arrêter de fantasmer en face de lui !

Je jette alors un œil à Philipps, qui a pris une teinte cramoisie. L'ego a pris le pas sur l'affaire. Au lieu de se réjouir de ce nouvel élément qui, clairement, pourrait nous sauver les miches, il est submergé par une espèce de honte puérile. Tel un enfant qui n'a pas donné la bonne réponse le premier, je le sens prêt à bondir sur Mia pour lui tirer les cheveux. Ah c'est sûr qu'il a perdu de sa superbe, le ténor du barreau !

Maintenant que je n'ai plus ma tête des mauvaises idées, mon père se concentre de nouveau sur Mia. Derrière son visage a priori impassible, je note quand même une légère touche d'admiration. Tiens donc, on avait mal jugé la petite blonde ? Ouais, ça m'est arrivé aussi…

– C'est du bon travail, Mlle Cooper, la félicite-t-il. Bienvenue dans cette équipe.

Il s'approche alors d'elle, main tendue, et ils échangent une poigne solennelle. Philipps a la mâchoire qui va se décrocher.

– De toute évidence, tu as basé tes recherches sur les éléments que je t'avais donnés, lance-t-il alors à l'attention de Mia. C'est du bon travail, en effet, tu as su trouver ce que je t'avais demandé de chercher.

La jeune avocate le regarde sans comprendre. Visiblement, elle n'a aucune idée des éléments dont il est question. J'ai l'impression que Philipps essaie juste de s'approprier tout son mérite…

– De toute évidence, Gabriele, reprend-il en s'adressant cette fois à mon père, j'avais cet élément sous le coude depuis le début. J'attendais seulement de savoir comment cela allait aboutir. Je préférais nous éviter toute fausse joie, au cas où…

Wow. Et sans rougir, en plus ! Un de ces toupets, celui-là. Et en même temps, je sais qu'on ne devient pas aussi bien réputé en étant toujours intègre, hein.

Le visage de Mia se colore une nouvelle fois, mais pour le coup, je devine parfaitement que sa timidité n'est pas à blâmer. Non, je la sens elle aussi fulminer. Et pour cause ! Si je comprends bien, elle a passé la nuit sur le dossier, et cette espèce de vieux type arrogant voudrait lui couper l'herbe sous le pied. Ou comment l'ego des anciens vient discréditer le travail des nouveaux… Heureusement, je sais que malgré ses nombreux défauts, mon père n'est pas dupe. Il en a vu d'autres. Il répond d'ailleurs plutôt froidement à son avocat.

– Eh bien, c'est une bonne chose que votre nouvelle recrue ait l'œil. Vous aurez d'ailleurs pu me faire part de cette trouvaille un peu plus tôt, je n'aime pas qu'on ménage le suspense. Désormais, je veux que Mlle Cooper travaille systématiquement sur mon dossier.

Une nouvelle bombe vient d'exploser dans le cabinet. Philipps a du mal à se contenir, je l'entends pousser des espèces de ronflements de frustration très désagréables. Mia, quant à elle, ne sait plus où se mettre. Elle n'ose plus regarder qui que ce soit dans les yeux. J'aimerais bien être dans sa tête, là tout de suite.

Enfin, à choisir… Entre ses cuisses, ça m'irait mieux !

– Nous en avons donc terminé pour aujourd'hui, annonce mon père en guise de signal de départ.

Il salue Philipps et Mia de manière très brève et solennelle, comme à son habitude. Quand c'est à mon tour de m'approcher de la jeune avocate pour lui serrer la main, j'avoue que j'ai un peu de mal à la relâcher. Franchement, les femmes ont un de ces pouvoirs ! Une peau toujours douce, des petits doigts délicats qui sauraient, j'en suis sûr, exactement comment s'occuper de moi… Elle lève les yeux vers moi pile au moment où je l'imagine empoigner une autre partie de mon corps. Gêné d'être surpris *encore une fois* dans des pensées interdites aux moins de 16 ans, j'ouvre bêtement la bouche puis la referme. Voilà. On vient d'anéantir vingt-six années de virilité. En moins de six secondes.

Je sors à mon tour de ce bureau définitivement étrange après avoir jeté un bref coup d'œil à Philipps. Ça lui apprendra !

Nous avons repris place dans la limousine, et j'hésite un peu sur la démarche à adopter. Une partie de moi aimerait reprocher à mon père de m'avoir laissé comme un con devant la porte lorsque nous sommes arrivés, mais d'un autre côté ça m'a permis de faire languir la jolie blonde une nouvelle fois. Ouais parce que quoi qu'elle en dise, je suis sûr à 1 000 % de l'effet que je produis sur elle. Dans des conditions optimales, il me faudrait moins d'une minute pour la faire jouir… Je me demande comment résonnerait sa voix, au moment crucial… Hum. OK. C'est tout pour le moment.

Pour en revenir à mes moutons, une autre partie de moi est hyper soulagée de savoir qu'on a un délai supplémentaire pour se sortir des emmerdes. Mais je sais aussi qu'il ne faut pas crier victoire trop vite.

– C'est plutôt une bonne nouvelle, cette histoire de vice de procédure, lâché-je pour engager la conversation. Même si ça ne nous tire pas d'affaire pour de bon, ça nous fait gagner de précieux jours. Le temps de nous permettre d'agir, Lucas et moi.

Mon père digère l'information un quart de seconde, avant de pencher légèrement la tête en avant en signe d'acquiescement. Je sais que dans son jargon, ça veut dire « tu as carte blanche ».

– Mais j'y ai réfléchi, continué-je, et cette fois-ci, je préférerais qu'on le fasse à ma façon. Si on peut s'éviter le fiasco de la dernière fois…

Je n'ai pas besoin d'entrer plus en détail dans cette histoire. Mon père sait très exactement de quoi je parle. Et le souvenir de cet échec me pèse encore sur la conscience. On ne peut pas revenir en arrière, ça je l'ai compris très jeune. Mais au moins, on peut essayer d'en tirer les leçons qui s'imposent pour éviter de revivre les mêmes scènes insupportables. Ça, c'est ce que je me suis promis lorsque c'est arrivé… Je frissonne légèrement en y repensant, avec cette même bile dans la bouche qu'on appelle « culpabilité ».

– Je suis d'accord, confirme mon père. Cette fois-ci, le travail doit être fait proprement.

Voilà qui conclut un nouvel échange chaleureux et banal entre un fils et son paternel. C'est toujours réjouissant, de faire partie de cette famille.

Heureusement que maman n'est plus là pour voir ça…

⋆ ⋆

– Décidément ! On est inséparables, aujourd'hui, me lance Lucas en s'asseyant à côté de moi dans le fauteuil.

Comme tous les soirs ou presque, j'ai choisi de venir terminer la journée au club. Bah ouais, voir des culs se balancer, pour moi, c'est comme regarder un bon film. J'ai appelé mon ami pour qu'il me rejoigne, on a quelques sujets importants à aborder.

– Depuis quelques années, déjà ! plaisanté-je. Ça va, je n'ai pas trop chamboulé ton programme de la soirée ?

– Tu rigoles ? J'ai l'impression de devenir un peu trop sage, ces derniers temps. J'avais presque oublié à quoi ressemblait un téton ! Heureusement, la mémoire m'est revenue à l'entrée…

Nous rions tous les deux et levons les deux shots déjà posés sur la table en nous regardant dans les yeux. Hop ! Premier cul-sec d'une longue série. Le goût caractéristique du Bourbon pour se réveiller.

Deux hommes, c'est deux fois plus d'argent. Et ça, les femmes dénudées qui nous entourent l'ont bien compris. Leurs talons aiguilles se rapprochent sensuellement de nous, supportant tant bien que mal leurs interminables jambes. En haut de ces mêmes jambes, un string ne demande qu'à être retiré. Bon… Je peux bien prendre un instant. Apparemment, Lucas a toute la soirée devant lui. Et d'ailleurs, ça lui donnera peut-être aussi des idées !

J'invite la brune, Candy je crois, à me suivre dans l'une des petites salles privées du club. Elles sont a priori toutes occupées, mais je m'en tape. Jusqu'à preuve du contraire, le maître des lieux, ici, c'est moi. J'ouvre l'un des rideaux à la volée et vire les corps nus et transpirants de trois nanas. Tiens, elles avaient l'air de bien s'amuser… Réflexion faite, je les rappelle. Elles restent avec nous. Nous partons dans une espèce de quatre contre un qui m'arrange bien.

Candy, qui espère quand même avoir le plus gros pourboire puisqu'elle était là la première, entreprend de décrocher l'Oscar de la meilleure suceuse. Elle alterne la pression de sa langue en même temps que celle de ses mains, et j'avoue, c'est plutôt bien réussi. À côté, deux autres se touchent en attendant leur tour, et la dernière entreprend de m'embrasser avant de m'inciter à descendre vers sa poitrine. Bon, bah je suis plutôt bien entouré ! Pendant encore une bonne demi-heure, les bouches se passent le relai sur ma queue, et mes mains sont très curieuses.

– Te revoilà ! me lance un Lucas débraillé et vachement gai lorsque je me réinstalle à côté de lui sur le canapé.

– Ouais, j'étais en manque d'affection. Tu sais ce qu'on dit. Quatre paires de mains valent mieux qu'une !

– Oh, j'ai eu droit à une seule, et je trouve que c'était déjà pas mal ! m'affirme-t-il avec la tête de celui qui avait oublié à quel point c'est agréable, de remplir une chatte.

– On se refera ça une prochaine fois, tu verras ! lui promets-je.

D'autres nanas, qui espèrent elles aussi nous mettre le grappin dessus ce soir, s'approchent de nous, battant des cils comme si elles se prenaient pour un personnage de cartoon. Autant, c'est souvent séduisant une femme, autant parfois, c'est carrément pathétique. Le mépris que leur balance mon regard suffit à les faire changer de direction. Maintenant, il est temps de passer aux choses sérieuses. Et comme la discussion s'annonce pénible, je suis bien content d'avoir pu relâcher la pression juste avant.

– On était chez Philipps cet aprèm avec mon père, lâché-je sans introduction.

– Ah ouais ? Tu veux dire qu'il t'a laissé assister à la réunion ? me demande Lucas, un peu trop surpris à mon goût.

– Bah non, tu te doutes bien… J'ai eu le droit à une virée en limousine glaciale et désagréable, et une fois sur place, en prime, j'ai vu la porte se refermer sur moi. Je peux te dire que je me suis senti bien con. Une fois de plus.

Ça y est. Repenser à la condescendance de mon père me remet dans un mauvais état d'esprit. Je me saoule moi-même, de lui laisser autant d'emprise sur mes émotions. Mais c'est plus fort que moi.

– Désolé pour toi, vieux. Je sais qu'il n'est pas facile… me rassure mon ami avec une sincère affection.

– Ouais, bon, ça va, je veux pas de ta pitié non plus ! m'exclamé-je avec un peu d'irritation dans la voix. En plus, ça m'a bien été utile… J'ai eu l'occasion de revoir la nouvelle avocate de Philipps, et autant dire qu'elle aurait largement sa place ici, catégorie nuit entière !

Et tout de suite, je me mets à l'imaginer à moitié à poil, devant nous, en train de se trémousser au milieu des autres nanas. C'est sûr qu'elle attirerait tous les regards, elle se démarquerait rapidement. Ici, et même si on essaie de recruter des physiques variées, on retombe souvent dans le même standard. Plutôt fine, un visage sans expression, aucune passion. Alors que Mia… Ses formes généreuses, son regard envoûtant, la chaleur qui se dégage de chacun de ses mouvements…

Merde, ça recommence ! Bordel, c'est possible de me concentrer plus de cinq minutes, ici ? Voilà ce qui se passe, quand on baise pas avec une femme… Elle nous obsède. C'est hyper dangereux, la frustration, j'aimerais que plus d'études soient menées à ce sujet ! « Ouvrez-nous vos cuisses ou regardez le monde s'effondrer ». Voilà un slogan parfait. Et hop, ça arrange tous les hommes, on arrive sur un débat d'utilité publique ! Mondiale, même !

– Mh… T'es parti où, exactement ?

Lucas me regarde comme si j'étais un peu fou. J'imagine que les expressions de mon visage sont assez aléatoires, et qu'en plus, il attend que nous abordions le sujet qui nous a réellement amenés ici ce soir.

– Je crois que j'ai pas tellement envie d'avoir cette discussion… soufflé-je autant pour moi-même que pour lui.

D'abord un peu surpris, il comprend où je veux en venir et un nouvel air compatissant – dégoulinant – s'affiche sur son visage. Mais cette fois, ça ne me dérange pas vraiment.

– Si je comprends bien, reprend-il, ce dont on a parlé ce matin devient concret. Il va bel et bien falloir se salir les mains ?

– Ouaip, exactement. J'ai passé l'aprèm à retourner cette affaire dans tous les sens, et je crois qu'une bonne dose d'intimidation va être nécessaire. En plus, je sais exactement qui nous devons viser.

Après notre départ du cabinet tout à l'heure, mon père a demandé à Mia de lui faxer l'intégralité du dossier, ainsi que ses conclusions. Et une fois de plus, je remarque que son cerveau fonctionne bien. Elle arrive au même coupable que nous : Leonard Pearson, un gros bonnet de l'immobilier, connu pour ses nombreuses affaires avec les Callahan. Son nom est évoqué quelques fois dans le dossier. Rien de bien évident, bien sûr, mais lorsqu'on connaît les tenants et aboutissants de cette histoire, c'est pas dur de comprendre le rôle qu'il a joué dans tout ça. Donc, ça ne peut être que lui qui nous a balancés aux flics en disant qu'on avait corrompu des hauts gradés. Pour l'instant, le nom de Davis n'a pas été évoqué, mais le maire n'est pas loin de se faire découvrir. Heureusement pour nous, Pearson a un filleul, Tommy, dont il est très proche. La cible idéale…

Je réalise que je me suis encore perdu dans mes pensées en constatant que Lucas ne me quitte pas des yeux, attendant que j'aie la décence de bien vouloir développer mon explication.

– Tommy Pearson, filleul de Leonard Pearson. C'est à lui qu'il faut transmettre le message. Si on s'en prend au vieux directement, ce sera trop facile d'établir le lien avec nous.

– Tommy Pearson… Le boss de l'immobilier, qui trempe toujours avec ces connards d'Irlandais ? me demande Lucas d'un air dégoûté.

– Ouais, exactement. Figure-toi que son nom figure plusieurs fois dans le dossier. Et je suis pas tout à fait sûr que ce soit dans une pure volonté d'action citoyenne qu'il nous a dénoncés, tu vois…

– Je l'ai jamais senti, ce type. Déjà rencontré une paire de fois dans des galas de charité, j'ai toujours trouvé qu'il puait l'hypocrisie.

– M'en parle pas. Je me sens sale toute la soirée chaque fois que je suis obligé de lui serrer la main ! balancé-je d'une voix forte. Jamais vu son filleul, en revanche. J'espère que c'est un con comme lui…

Mon silence se passe d'explications. Passer quelqu'un à tabac, ça fait partie de nos obligations. Quand c'est comme ça, il ne faut pas réfléchir. Il n'est plus question de bien ou de mal, de blanc et noir, et encore moins de morale. Mais dans le fond, on préfère tous frapper un connard. Au moins, quand le sang gicle et que nos poings font craquer leurs os, ça a un côté satisfaisant. À l'inverse, si le type est blanc comme neige, ou pire, si c'est un gars bien, on repart pas de là tout à fait avec le même sentiment…

– T'inquiète, vu l'oncle qu'il se paie, je suis quasi sûr que c'est aussi un enfoiré, me rassure Lucas. On fait le taf, Pearson Senior comprend où on veut en venir, et on sort ta famille d'un beau merdier. Et on sera dix fois plus vigilants que la dernière fois…

Les poils de mes bras se hérissent de tout leur long à l'évocation de ce souvenir. La dernière fois… Putain, on a vraiment merdé, sur ce coup-là…

– Ouais, cent fois plus vigilants, même, marmonné-je.

– On fera ce qu'il faut. Et au moins, Gabriele sera lavé de tout soupçon lorsqu'il n'y aura plus personne pour témoigner contre lui. Et à nous les casinos à gogo ! lance mon ami en levant son verre.

Nous trinquons, et je suis soulagé d'avoir enfin eu cette discussion. Nous continuons à boire en discutant des détails de l'opération, sur un ton un peu plus léger. Dans quarante-huit heures, toutes les informations nécessaires me seront parvenues. J'aurai l'emploi du temps de Tommy dans le détail, il ne sera plus en mesure de lever un seul pouce sans que j'en sois informé. Et, lorsqu'il sera isolé, nous passerons à l'action.

10

Mia

C'est quoi cette nouvelle vie à 1000 à l'heure, franchement ? Il y a moins de soixante-douze heures, j'appelais mes parents pour leur faire part de mon embauche dans un super cabinet. Mon père me félicitait de sa voix chaude, j'étais la plus heureuse des jeunes femmes. Mon avenir se présentait, et franchement, il s'annonçait plus que sympa. Et puis tout a basculé.

La mafia, les conflits d'intérêts avec Lawrence, la rencontre avec Matteo, l'humiliation, le retournement de situation, la rancœur de mon nouveau chef…

Est-ce que je pourrais respirer un instant, hein ?

Eh oui, parce que suite à la petite scène dans son bureau hier, Benjamin m'a clairement témoigné son mécontentement. Ce n'était visiblement pas suffisant d'essayer de s'accorder tout le mérite pour *mon* travail, ou de me faire passer pour une incapable à qui il fallait tout prémâcher, il a aussi fallu qu'il me fasse la morale après le départ des DiNatale. J'étais déjà furieuse, mais bien sûr, me sachant d'une certaine manière à sa merci, je n'ai pas pu me défendre autant que je l'aurais voulu. « La prochaine fois que tu fais ce genre de trouvaille, il faudrait peut-être penser à m'en parler, au lieu de me faire passer pour le dernier des cons devant notre plus gros client ! » Ça, c'était son argument et reproche principal. Et bien sûr, ça aurait été vain de lui rappeler que j'avais tenté de lui parler ce jour-là, plusieurs fois, mais qu'il avait choisi de m'ignorer.

Son autre argument, c'était « Et en plus, t'as rien dit quand il t'a demandé de rejoindre l'affaire ! La politesse, ç'aurait été de décliner, ou de te tourner vers moi à ce moment-là ! » Bah oui, bien sûr, l'un des hommes les plus puissants de la ville me demande, ou plutôt m'ordonne de bosser directement pour lui, et je vais répondre « oh non, merci, ça ira ». On marche sur la tête, ici ! En plus, pour un avocat, j'ai trouvé que Benjamin manquait particulièrement de sang-froid. On était bien loin du requin redoutable dont tout le monde parle. Il m'a juste fait l'impression d'un petit garçon en plein complexe d'ego.

Tout ça, ça a duré au moins une demi-heure… Une insupportable et interminable demi-heure durant laquelle j'ai dû me mordre l'intérieur des joues si fort que je suis certaine d'y avoir causé quelques bleus.

Et le pire, c'est qu'en retournant dans mon bureau, j'ai trouvé un mail de Gabriele DiNatale. À quel moment s'est-il procuré mon adresse électronique ? Aucune idée, mais j'imagine que rien n'est bien longtemps inaccessible pour un homme comme lui. Dans son message, il me demandait de lui communiquer le dossier entier annoté de mes conclusions. Rien que ça ! D'ordinaire, le client n'a pas accès à l'intégralité du dossier, pour des raisons évidentes de sécurité pour les différentes parties impliquées. Mais face à une demande express de la mafia elle-même, bon, autant dire que je n'ai pas cherché à rechigner. Je n'ai pas non plus jugé utile d'en parler à mon supérieur, dans la mesure où ça m'aurait encore valu une demi-heure de sermons à la con.

Et, encore une fois, il aurait certainement cherché à interférer dans mon travail.

Il est 22 heures, et je quitte enfin le bureau. Je n'ai pas voulu partir plus tôt, déjà parce que je ne me voyais pas rentrer chez moi avant le départ de Benjamin, et aussi parce que je n'étais vraiment pas pressée de retrouver l'écrasante solitude de mon appartement. Oui, parce qu'au milieu de tout ça, il y a surtout l'insupportable silence de Lawrence.

Sérieux, j'ai l'impression d'être entourée de petits garçons…

À cette heure-ci, c'est plus facile de trouver un taxi. Je n'ai qu'à lever la main une fois pour que la voiture jaune s'arrête à ma hauteur.

Une vingtaine de minutes plus tard, j'ouvre la portière et fais face à… Lawrence, l'air abattu, assis sur les marches du perron de l'immeuble. Bon, il semblerait que le petit garçon ait décidé d'assumer ses responsabilités, après tout…

J'avance dans sa direction en essayant de garder une expression neutre, ne sachant pas réellement à quoi m'attendre. Est-il venu ici pour une énième confrontation ? Ou a-t-il enfin retrouvé la raison ?

– Hey… me lance-t-il presque timidement. Tu rentres tard.

Sérieux, déjà un reproche ?

– Tu sais ce que c'est, d'avoir un travail prenant, lui réponds-je sur un ton cassant.

Son regard à la fois surpris et un peu désolé m'indique qu'il a compris le message. Effectivement, c'est malvenu de sa part d'émettre une quelconque réflexion à ce sujet.

– Qu'est-ce que tu fais là ? demandé-je alors pour ramener la conversation dans une direction plus neutre.

– J'ai pensé à notre engueulade toute la journée… Je m'en veux tellement, lâche-t-il finalement. Je sais que t'y peux rien. Tu débutes à peine, t'es pas vraiment en mesure de dire non. Et mon commentaire sur… enfin, tu sais, sur les raisons de ton embauche… J'ai vraiment honte.

J'hésite à enfoncer le couteau dans la plaie en lui répondant qu'il fait bien d'avoir honte, que c'était impardonnable, et que je risque d'y penser encore très longtemps. La boule de nerf qui s'était logée dans mon ventre ce matin n'est pas réellement partie, j'ai encore tant de choses à lui dire. Mais je n'ai franchement pas l'énergie pour une nouvelle dispute. Après ces dernières journées, j'ai juste besoin de la sensation d'avoir des bras réconfortants autour de moi. Alors je mets de l'eau dans mon vin, encore une fois. Après tout, il a fait l'effort de venir jusqu'ici et de me présenter de plates excuses. Ce n'est pas rien…

– On était tous les deux très énervés, et très fatigués. Je t'avoue, je ne suis pas très fière non plus de ma réaction.

Je baisse la tête, et je soupire.

Nous nous fixons quelques instants dans les yeux et il se penche alors vers mon visage pour m'embrasser. Toute notre frustration de la journée semble contenue dans ce baiser, j'ai l'impression de redécouvrir mon petit-ami.

– Eh, prenez une chambre, quand même ! nous crie un passant offusqué.

Il marque un point. J'ai une chambre, là-haut, et quelque chose me dit que nous serons bien plus à l'aise, en position horizontale et sans vêtements !

– Il a pas tort, souffle Lawrence contre mes lèvres. On y va ?

Ça y est, il lit de nouveau dans mes pensées. La guerre est officiellement terminée !

Nous montons les escaliers quatre à quatre, comme deux adolescents dominés par leurs hormones, et arrivons déjà à bout de souffle dans mon appartement. La porte claque dans mon dos, Lawrence commence déjà à retirer ses vêtements et se dirige vers mon lit.

Bientôt, nous sommes tous les deux nus l'un sur l'autre, et surtout l'un dans l'autre. Le contact physique, j'en avais vraiment besoin. Sa queue enchaîne les va-et-vient dans un rythme effréné, nous ne prenons même plus la peine de nous embrasser. Il me retourne alors de ses bras, me positionnant à quatre pattes sur le lit, les fesses tournées vers lui. Il me pénètre une nouvelle fois profondément, de plus en plus vite. L'impact bruyant de son corps contre le mien résonne dans la pièce, se mêlant à mes gémissements de plus en plus forts. La paix a beau avoir été signée, ce soir, il s'agit clairement de baise plus que d'amour. Et dans le fond, ça me va bien.

Lawrence se déverse en moi dans de derniers à-coups, et je réalise que je n'ai même pas joui. Tant pis, je m'occuperai de moi plus tard. Nous passons rapidement dans la salle de bain l'un après l'autre, j'enfile une nuisette au hasard et m'allonge contre lui dans le lit. Après un rapide câlin de convenance, nous nous tournons chacun de notre côté. Il commence à ronfler, et heureusement, de mon côté le sommeil ne se fait pas prier non plus. Je sombre dans une nuit sans rêves, terrassée par les derniers événements.

Le lendemain matin, Lawrence est déjà parti lorsque je me réveille. J'ignore s'il m'a déposé un baiser sur le front en se levant, comme on le voit souvent dans les films. Je préfère me dire que oui. Je m'étire un instant, bien contente d'avoir l'intégralité du lit pour moi toute seule. Je roule sur moi-même quelques minutes, cherchant la position la plus confortable pour me rendormir, quand la réalité me percute. Merde, moi aussi je bosse, aujourd'hui ! Pourquoi est-ce qu'il ne m'a pas réveillée ?! Serait-ce une tentative de sabotage ?

Affolée, je me rue sur mon téléphone, posé au pied du lit. Ouf ! Il n'est que 6 h 43… C'est fou, ça, de toujours penser à mal ! Je m'épuise. Bon, pour maintenant, je ferais aussi bien de me lever… Dommage, j'aurais bien profité encore un peu de ce moment hors du temps. Parce qu'en général, une fois qu'on pose le pied par terre, c'est foutu. Les responsabilités nous touchent de plein fouet, et on est condamnés pour une nouvelle journée à toute allure.

Je me libère de l'immense couette et… ça y est. Il faut y aller. Je consulte rapidement ma boîte pro et constate l'arrivée d'une nouvelle dizaine de mails pendant la nuit. Décidément, New York ne s'arrête jamais ! Je les ouvre en même temps que je fais couler le café. Heureusement, rien ne semble urgent.

Passage sous la douche oblige, j'enfile un nouveau tailleur, turquoise, et prends le temps de me maquiller. C'est à ce moment-là qu'enfin pleinement réveillée, je découvre un petit mot posé sur le lavabo, écrit par la main de Lawrence.

Rendez-vous au Lounge avec Erin ce midi.
J'arriverai probablement assez tard, commencez sans moi !
Bon courage pour ta journée !

Toujours aussi formel, ce flic. Mais au moins, il n'est pas tout à fait parti comme un voleur. Ça me met un peu de baume au cœur. Et surtout, l'idée de voir ma meilleure amie ce midi me ravit ! Au moins, quoi qu'il se passe d'ici là, je sais que ça me fera du bien de lui en parler.

Un café avalé plus tard, je quitte l'immeuble, un peu inquiète à l'idée de retrouver Benjamin et son ego écrasé. Malgré tout, j'ai vraiment hâte de replonger la tête dans quelques dossiers ! C'est ultra stimulant, de se sentir douée pour quelque chose et de se voir progresser presque d'heure en heure. Le terrain, c'est beaucoup plus concret que les études. En deux jours, j'ai l'impression d'avoir appris déjà beaucoup plus de « trucs et astuces » utiles qu'en un semestre à la fac. Et pourtant, Dieu sait que je suis une personne studieuse ! Enfin, Dieu et Lawrence... Puisque dans les nombreux jeux de rôle qui rythmaient nos débuts – le bon vieux temps – je me déguisais parfois en étudiante type première de classe, prête à tout pour obtenir une bonne note. Je me demande si ça fonctionnerait encore aujourd'hui, ou si nous nous sommes trop éloignés depuis.

L'ascenseur me mène, étage après étage, dans une lenteur insoutenable, à mon bureau. Alors que les numéros défilent, je croise les doigts très fort pour être la première sur place. J'espère que Benjamin n'est pas encore arrivé, je ne veux pas déjà lui donner un argument pour me faire un potentiel reproche. Ou alors, s'il est déjà arrivé, je croise cette fois-ci les orteils pour ne pas tomber sur lui ! Il a déjà passé la veille enfermé dans son bureau, il peut bien recommencer. Et si j'ai une question, eh bien... Je me débrouillerai.

Les portes de l'ascenseur s'ouvrent, et je découvre une fois de plus à quel point le destin est moqueur. Face à moi, le regard exaspéré de Benjamin. Il a un dossier à la main et semble être arrivé depuis au moins deux heures, tant ses cheveux sont ébouriffés. Décidément, il y a du laisser-aller chez lui, tant dans l'attitude que dans l'allure !

– Ah, te voilà enfin, Mia, m'accueille-t-il d'un ton glacial. J'ai déjà mis trois dossiers sur ton bureau.

Trois dossiers, rien que ça ! C'est pas comme si New York entamait à peine sa journée de travail !

– Bon... Bonjour ! J'y vais tout de suite, bégayé-je honteusement.

Arf ! Je me déteste, quand je m'écrase comme ça. Et en même temps, on ne peut pas tous les jours satisfaire son alter ego badasse. Dans ce monde de brutes, il faut ce qu'il faut pour allonger son espérance de survie !

À l'instar de mon mentor – ouais, hypocrite jusqu'au bout des pensées – je m'enferme dans mon bureau pour le reste de la matinée. Quatre nouveaux dossiers viennent s'ajouter aux trois premiers, et j'ignore à ce stade s'il s'agit de bizutage, de mauvaise foi ou de vengeance, ou un peu des trois à la fois. Je fais le sale boulot ! Et en même temps, je sais bien, je suis débutante. N'empêche, ça me semble vachement personnel, tout ça… Si seulement l'ego masculin pouvait être un peu moins immense et susceptible, je dois dire que ça m'arrangerait bien !

Toutefois, je transforme ses caprices en missions, et je mène à bien tous les projets qu'il me donne du bout des lèvres, sans même un sourire ou une indication. Il croit m'avoir à l'usure et me dégoûter aussi rapidement d'un métier pour lequel j'ai tant bossé ? Jamais ! La colère que je ressens me fait redoubler d'efficacité, et c'est avec une fierté non dissimulée qu'à 12 h 45, je passe la porte de son bureau après avoir toqué trois fois pour lui dire que tous les dossiers ont été traités et finalisés, et que je pars manger. Je profite de son air surpris pendant quelques secondes et disparais avant de lui laisser l'occasion de réagir. Manquerait plus qu'il me refile un huitième dossier « urgentissime » qui retarderait l'arrivée de bonnes frites dans mon gosier. Et ma rencontre avec Erin, qu'il me semble n'avoir pas vue depuis au moins une éternité !

Justement, au bout de nombreuses centaines de mètres, la chevelure brune de mon amie apparaît comme un petit point loin devant moi. Je trépigne d'impatience ! J'accélère le pas et, une fois arrivée à sa hauteur, je la serre dans mes bras.

– Bonjooour madame la grande avocate ! me salue-t-elle avec un entrain sincère. Ce tailleur te va comme un gant !

C'est ça aussi, que j'aime autant dans mes rencontres avec elle. C'est toujours un boost d'amour-propre !

Je la remercie chaleureusement et nous entrons dans le restaurant. Miam ! J'en ai déjà l'eau à la bouche.

– Pas de nouvelles de mon adorable grand frère ? me demande-t-elle alors que nous nous asseyons.

– Non, pas depuis ce matin ! lui réponds-je un peu plus sèchement que je ne l'aurais voulu. Mais il m'a dit qu'il arriverait probablement en retard, donc on peut commander sans lui.

Elle me jette un regard interrogateur, mais n'insiste pas davantage lorsque je disparais derrière la carte du menu. Oui, je la connais par cœur… Mais, sait-on jamais, une petite nouveauté est peut-être arrivée depuis la semaine dernière ! On n'est jamais assez vigilants, en termes de découvertes culinaires.

– Bon, Mia, comme tout le reste de ton corps, ton cuir chevelu est magnifique, mais quand même, arrête de te cacher !

Oups, prise la main dans le sac. Ou plutôt la main sur la carte ! Erin a bien compris que j'avais de nombreuses choses à lui raconter, je crois que ma tête parle pour moi, et je l'ai assez fait patienter.

– Je ne sais même pas par où commencer, lui avoué-je. Il s'est passé tellement de choses depuis que je t'ai eue au téléphone l'autre soir !

– Mh… Tu peux commencer par me parler de ce qui te tracasse le plus ! T'es en train de te faire des rides avant l'heure, là.

Je hausse exagérément les sourcils et la regarde avec un immense sourire forcé.

– C'est mieux, comme ça ? lui demandé-je.

– C'est parfait ! Très naturel ! me répond-elle avec la même ironie.

Le serveur prend nos commandes, les mêmes qu'à chaque fois, et je comprends au silence qui s'installe après son départ que c'est maintenant, le moment où je suis censée tout déballer.

– Bon… Je me lance. Alors, par où commencer ? Le soir de mon embauche, mon chef m'a appelée super tard pour que j'aille avec lui chez un de nos plus gros clients. Manoir indécent, humiliation gratuite quand on m'a signifié que je devais rester dans le couloir, encore plus lorsque le fils m'a prise pour une pute, je te passe les détails. Hum… Quoi d'autre ? Une dispute du genre jamais vu avec ton frère, puis le retour des gros clients au bureau, mon chef qui me fait la gueule depuis puisque je l'ai en quelque sorte doublé sur une affaire, mais c'était pas voulu, il n'avait qu'à m'écouter quand j'ai essayé de lui parler, aussi. Ah, et le clou du spectacle ? Attends, tiens-toi bien. Parce que ça, en fait, ce n'est rien. Le gros client dont je te parle, chez qui je suis allée, c'est Gabriele DiNatale, le mafieux que Lawrence essaie de coincer depuis des mois. Le même gars pour lequel il m'a plantée le fameux soir de mon embauche. Oh bah d'ailleurs, inutile de te préciser qu'il n'a toujours pas évoqué le fait de vivre ensemble, hein !

Ouf ! Je n'ai plus de souffle, mais qu'est-ce que ça fait du bien, d'avoir enfin vidé mon sac ! Je me sens beaucoup plus légère, tout à coup. Bon, malheureusement, ce n'est pas le cas de mon amie, dont les yeux se sont tellement arrondis que je ne sais plus qui était là en premier, la chouette ou Erin ?

– Ah, bah désolée, mais tu as voulu savoir ! m'exclamé-je avant d'avaler l'intégralité de mon verre d'eau.

– C'est vrai, c'est moi qui ai posé la question… souffle-t-elle doucement. Bon, attends, j'essaie d'assimiler tout ça… Déjà, depuis quand vous vous engueulez, Lawrence et toi ?

J'ai raté une étape, ou quoi ?

– Je me suis posé la même question, lui avoué-je. Puis surtout, c'est parti super loin ! Il a été odieux, j'ai été nulle. Pas un pour rattraper l'autre, c'était affreux...

– J'imagine, oui ! Surtout que t'es pas tellement du genre à te mettre en colère facilement... Qu'est-ce qu'il t'a dit ?

– Entre autres, que j'avais été embauchée pour mon physique et ma naïveté plus que pour mes compétences, lâché-je difficilement.

La réaction de mon amie ne tarde pas.

– Pardon ?! Mais quel crétin ! S'il n'était pas mon frère, je lui ferais sa fête ! s'énerve-t-elle.

– Oh, bah t'inquiète... Je me suis bien lâchée sur lui aussi, soufflé-je.

Erin éclate de rire, et je la rejoins rapidement.

– Et tout ça, bien sûr, c'est parce qu'il a appris que mon cabinet bosse pour les DiNatale, lui expliqué-je après avoir retrouvé mon sérieux.

Mon amie fait une drôle de tête, pourtant elle avait déjà l'information. Je ne comprends pas pourquoi elle fait d'aussi gros yeux en pointant du menton le serveur qui revient.

– Qu'est-ce que je suis censée faire, hein ? Démissionner ? l'interrogé-je alors pour connaître son sentiment sur tout ça.

– Non, surtout pas ! me répond une voix familière et bien plus grave que celle de la personne assise en face de moi.

Une main se pose sur mon épaule, et en tournant la tête dans la direction du nouveau venu, je réalise que ce n'était pas le serveur, qui était en train d'arriver dans ma vision périphérique. C'était mon petit-ami ! J'espère qu'il n'a pas tout entendu...

– Oh, te voilà ! Parfait, ça ne fait pas si longtemps qu'on est arrivées ! m'exclamé-je d'une voix trop aiguë pour être naturelle.

Après un rapide baiser sur mon front, Lawrence s'assoit à ma droite, se retrouvant ainsi à la gauche de sa sœur.

– Pourquoi parlais-tu de démissionner ? me questionne-t-il sans perdre de temps.

Tiens, il serait pas flic, lui ?

– Oh, pour rien, réponds-je en balançant ma main dans les airs. Tu veux commander tout de suite ?

Il n'est pas dupe, mais il a au moins la politesse de ne pas insister. Pas pour le moment, en tout cas.

Je le laisse échanger quelques banalités avec Erin alors que je me rends aux toilettes. J'ai besoin de reprendre mes esprits et de me concentrer pour afficher un visage neutre. Hier soir, j'ai eu l'impression que tous nos problèmes avaient disparu. J'étais tellement soulagée de le retrouver après une si grosse dispute. Mais ce midi, alors qu'il est face à moi, je me demande si nos problèmes se résumaient uniquement à des histoires de travail. Je me passe un peu d'eau sur le front, essuyant le baiser de primaire que ses lèvres y ont déposé quelques instants auparavant, et je m'accorde encore quelques secondes de répit avant d'y retourner.

– Alors, mon cœur, ta matinée ? me demande-t-il aussitôt que je me rassois avec eux.

Oh, c'est pas bientôt fini, l'interrogatoire ?

Voyant que je ne trouve pas les mots, mon amie intervient.

– Dur dur, à cause de son chef qui fait la gueule !

Oh merde… Quand Erin parle si vite, en général, c'est pas bon signe…

– Ton chef te fait la gueule ? répète Lawrence en se tournant vivement vers moi. Déjà ? Mais pourquoi ?

Mon regard passe tour à tour sur le visage de mon amie, celui de son frère, et celui du serveur qui, cette fois-ci, est réellement en train d'arriver. Le drame peut encore être évité ! J'imagine que par politesse, tout le monde va se taire tandis qu'il dépose deux assiettes devant nous. Mais non, forcément…

– Bah, à cause de ce fameux dossier qu'elle a mieux géré que lui ! explique Erin comme si ça coulait de source.

Un silence suit sa phrase, et tout à coup, elle relève la tête vers moi comme si elle venait d'avoir une révélation.

– Oh, mais attends ! C'est sur le dossier de ce fameux Italien, c'est ça ?

Et là, toujours quelques secondes trop tard, elle réalise qu'elle vient de mettre les pieds dans le plat. Une nouvelle fois. Et clairement, j'aurais préféré assister à une réalisation littérale de cette expression, qui inclurait des talons aiguilles trempant dans le cheddar, plutôt qu'être témoin de ce qui suit.

Au ralenti (dans ma tête en tout cas) le visage de Lawrence se contracte. L'inspecteur rôdé ne met pas très longtemps avant de faire le lien entre tous les éléments qui sont à sa disposition : ses galères au boulot, mon nouveau travail, et bien sûr… L'Italien.

Il repose bruyamment son verre sur la table, et se tourne vers moi avec des yeux qui, si on était dans un cartoon, seraient gorgés de sang.

– C'est *toi* qui as trouvé ce putain de vice de procédure dans le dossier des DiNatale ? vocifère-t-il avec une folie que je ne lui connaissais pas.

Là, à la seconde où les événements se déroulent, j'ignore à qui j'ai affaire. Rien du Lawrence que j'aime depuis des années ne transparaît sur le visage de l'homme qui se tient face à moi. Je suis tellement troublée que je n'arrive pas à lui répondre. Prenant mon silence pour un aveu, il se lève brusquement, faisant tomber sa chaise derrière lui, et s'apprête à partir.

– Lawrence ! Mais enfin, qu'est-ce qui t'arrive ? lui demande Erin d'une voix qui trahit sa confusion.

– Ce qui m'arrive ? Tu me le demandes vraiment ? La femme avec qui je partage ma vie décide de me planter un couteau dans le dos, et c'est à moi qu'on pose cette question ?

Puis il se tourne vers moi dans un nouvel élan de haine et me regarde comme s'il voulait me cracher tout son mépris au visage. À ce moment-là, je réalise que sa colère, bien que j'en comprenne l'origine, est totalement disproportionnée.

– Mais enfin, calme-toi, rassieds-toi, lui dis-je en chuchotant presque. Ce n'est pas la peine de faire une scène... Nous venons ici chaque semaine !

– Considère qu'aujourd'hui c'était la dernière fois, lâche-t-il froidement. Je vois franchement pas l'intérêt de partager de nouveaux repas avec une hypocrite comme toi.

Là, c'est trop. Les larmes me montent aux yeux, et c'est d'une voix tremblante que je parviens à lui répondre.

– T'es... complètement injuste. Tout ça, c'est... professionnel. Je pensais que... que tu avais compris, hier soir...

– Non, en fait, j'avais rien compris ! crie-t-il toujours. Mais maintenant, je comprends que ton sens de la morale a complètement disparu, si tu décides de foutre en l'air un travail acharné de plusieurs mois pour permettre à tes petits criminels de continuer à ruiner des vies !

– Ne mélange pas tout, je t'en prie ! Il s'agit juste de casinos et d'argent, arrête un peu de voir le mal partout... lui balancé-je d'une voix lasse, volontairement naïve dans l'espoir de calmer le jeu.

– Ouais, bien sûr, de simples histoires d'argent ! ricane-t-il méchamment. Tu diras ça à Eric Williams, tiens ! Lui aussi, il doit être ravi que les DiNatale existent, depuis sa cellule en prison.

– Mais de quoi est-ce que tu me parles, encore ? demandé-je, agacée.

– Ah, mais tu n'es pas au courant ? Je pensais pourtant que cette famille et toi partagiez tous vos petits secrets. Tu leur demanderas, comment un innocent s'est dénoncé à la place de cet enfoiré de Matteo pour un meurtre qu'il n'a pas commis ! Comme si un ado aussi frêle comme Eric avait pu tabasser quelqu'un à mort… Je les ai vues, les photos. C'est un malade, ce type ! Mais forcément, un jeune mineur qui se livre aux flics à la place du fils DiNatale, c'était beaucoup plus facile !

J'ignore tout de cette histoire, et j'aimerais croire qu'elle est inventée de toutes pièces, mais les poils qui se hérissent dans le bas de mon dos me confirment ce que je ne veux m'avouer. Lawrence doit réaliser qu'il m'a déstabilisée, puisqu'il me porte maintenant le coup fatal.

– Eh ouais ma grande, vouloir manger à la même table que ces types, c'est une chose, mais les connaître réellement, c'en est une autre. Alors la prochaine fois que tu passeras des heures à te maquiller, t'en profiteras pour t'observer longuement dans le miroir. Et demande-toi ce qu'il adviendra de tous les Eric Williams de New York si des « avocates » comme toi continuent à trouver des putains de vices de procédure à chaque fois. Si c'est avec ça que tu veux vivre… Si c'est ce sang que tu veux avoir sur les mains, libre à toi. Mais ça sera sans moi.

Et il disparaît, me tournant le dos d'une manière qui me semble bien trop définitive. Qu'est-ce qui vient de se passer ? Les mains tremblantes, j'attrape le verre d'eau face à moi, mais je n'arrive pas à en boire la moindre gorgée. Une sensation acide se crée dans mon œsophage. J'ai envie de vomir. Je viens vraiment de fournir aux DiNatale la clé qui va leur ouvrir de nouvelles portes vers la violence gratuite et…

les meurtres ?! J'ai à ce point fermé les yeux ? Au point que mon propre petit-ami refuse désormais de poser les siens sur moi ?

Erin, en face, n'a toujours pas bougé ou prononcé le moindre mot. Je crois qu'elle aussi est sonnée par la scène à laquelle nous venons d'assister. Quand les larmes coulent de mes yeux, toutefois, elle se précipite vers moi pour me prendre dans ses bras.

– Je suis désolée, murmuré-je à travers mes sanglots. Tellement désolée… J'ai tout gâché.

Elle me serre un peu plus fort, m'enveloppant de son parfum sucré, et me rassure tant bien que mal.

– Tu n'as pas à t'excuser… Être avocate, c'est pas facile, tu l'as toujours su. Et puis, quoi que tu aies trouvé dans ce dossier… Non. Mon frère n'avait pas à te traiter comme ça. C'est moi qui suis désolée, pour toi !

Ses mots me font l'effet d'un mini pansement sur une immense plaie. Ils font du bien, un peu, mais ils sont loin de calmer la douleur. Et puis, je me demande si elle a raison. Quelle part de tort Lawrence a-t-il dans cette histoire ? Je ne l'avais jamais vu comme ça, perdre le contrôle à ce point… Mais j'imagine aussi qu'il a dû être aux premières loges pour cette histoire de meurtre, nuit et jour. Il a dû prendre cette histoire terriblement à cœur, depuis le début…

Mais enfin, Mia, respecte-toi !

Le dilemme intérieur qui risque de m'habiter pour les jours à venir promet d'être intense. Comment savoir si on est la victime ou la méchante, dans le fond ? Et quand on est un peu des deux, on se place où ? En attaque ou en défense ?

Et le pire, dans tout ça – enfin, si on en est encore à graduer les mauvaises nouvelles – c'est d'imaginer que Matteo ait pu, réellement… tuer un homme de ses propres mains. Ôter la vie d'une personne de sang-froid. Ces mêmes doigts qu'il a posés sur moi, qui m'ont fait frémir d'envie, dont j'ai rêvé… Oh non ! J'ai encore envie de vomir !

Je me libère des bras de mon amie et cours en direction des toilettes. Je n'ai plus aucun amour-propre à cet instant, plus aucune allure non plus, certainement. Je sens que le reste de la journée, et même de la semaine, va être interminable.

11

Matteo

Je me demande de quelle couleur va être son tailleur, aujourd'hui. Rose bonbon, comme la semaine dernière ? Bordeaux, comme ce bon vin français que j'ai bien envie de lui faire goûter en même temps que mon pénis ? Bleu électrique, comme avant-hier ?

Depuis une dizaine de jours, je suis l'ombre de mon père. Moi qui ai toujours évité de passer trop de temps avec lui, par crainte de lui ressembler surtout, je reconnais largement l'ironie de la situation. À quel moment c'est normal d'utiliser son daron pour assouvir des pulsions d'adolescent, franchement ? Ouais, je sais, c'est jamais normal… Dans aucun monde. Mais cette nana, elle me retourne le crâne ! Vraiment ! Sinon, comment expliquer que je bande mou depuis bientôt deux semaines ? Hein ? Matteo bis, il n'a jamais été en panne d'inspiration, pourtant !

J'aimerais me dire que c'est à cause de tous les soucis que nous devons gérer en ce moment, mais même pas. Ce n'est ni à cause de Meghan, ni à cause des flics, ni à cause des casinos. Non, c'est bien elle le problème. C'est son visage qui m'apparaît chaque fois que je suis sur le point de baiser ! Hier encore, j'ai fait venir Brittany. C'est une valeur sûre, d'habitude. Elle me connaît par cœur, sait exactement comment me pomper, mais là, non. Pas moyen. J'essayais de me stimuler en visualisant le joli cul rond de l'avocate, mais ça ne fonctionnait que quelques secondes. Ma bite se rendait rapidement compte que j'étais en train d'essayer de la berner. Et putain, la honte ! Je ne veux pas que les nanas se passent le mot en disant que Matteo DiNatale n'est plus capable d'assurer. J'ai prétexté une extrême fatigue, mais même moi, j'ai trouvé que c'était pathétique en le disant. Heureusement, je paie Brittany suffisamment cher pour qu'elle n'ait pas l'impression d'être venue pour rien.

Voilà donc où j'en suis ces derniers jours. Dans la famille DiNatale, si vous cherchez le fils, misez sur le père ! D'ailleurs, je sens bien que ça le rend suspicieux, à force. Il se demande pourquoi je lui colle aux basques comme ça, moi qui ai toujours plutôt été un homme d'action qu'un homme de bureau. La dernière fois, il m'a même carrément demandé si le fait de l'accompagner aussi souvent n'était pas une façon d'échapper à mes responsabilités vis-à-vis de Meghan. Parce que, bien évidemment, passer autant de temps avec mon père, c'est lui laisser autant d'occasions de me rappeler mes engagements à venir. Et donc, pour lui faire plaisir, j'ai envoyé quelques messages à Meghan, la fois dernière. En soi, rien de dérangeant là-dedans, puisque nous nous connaissons déjà pas mal et nous entendons plutôt bien. Mais bon, il y a une différence entre échanger quelques SMS et se marier, je le sais bien.

Je tire sur ma clope un peu plus fort. Ça m'a saoulé, d'y repenser. Et ça me saoule, aussi, d'attendre comme un con. Tout à l'heure, en arrivant avec mon père, j'ai tenté de jeter un œil discret dans le bureau de Mia, espérant la trouver seule, et de dos, de préférence avec un tailleur bien moulant. Mais non, elle était en plein rendez-vous. D'ailleurs, j'ai l'impression qu'elle les enchaîne, ces derniers temps, et ça m'arrange pas. J'ai beau avoir les hormones aussi retournées que si j'étais de nouveau un ado de 15 ans, je sais quand même qu'on n'interrompt pas un entretien d'affaires pour assouvir quelques envies. Mais, petite fierté quand même, il y a trois jours, je l'ai vue rougir en m'observant. Genre vraiment, c'était pas juste dans ma tête. Elle était en pleine discussion, l'air sûr d'elle, et lorsqu'elle a levé les yeux vers moi, elle a soudainement perdu tous ses moyens, et son beau teint de porcelaine. Le bleu de ses yeux a été rehaussé par une belle couche de rose vif, et en parlant de pigmentation colorée, je voudrais bien voir la trace que mes mains laisseraient sur son fessier…

Et allez, je me tape une mi-molle dans la rue. Je suis aussi gênant que le pervers dans la série *You*, quand il se branle en regardant la nana qu'il suit partout avant d'aider une mamie à traverser. Putain. Tout à l'heure, en voyant que l'avocate n'était pas dans son bureau, j'ai décidé de retourner attendre dans la limousine. Mais ça m'a vite gonflé d'être là comme un con, alors je suis sorti fumer. Puis j'ai fait ça pendant une heure, observant en même temps chaque entrée et sortie du cabinet. Maintenant, le jour commence à tomber, et j'ai encore l'impression d'avoir perdu mon temps.

Une énième cigarette plus tard, il commence à pleuvoir et je retourne, encore une fois, sur le parking pour aller m'enfermer dans le confort de la limousine. J'en profite pour accorder une pause au chauffeur, qui s'est enfilé suffisamment de café pour avoir la vessie sur le point d'exploser. L'endroit est de plus en plus désert, pourtant il est encore tôt. Je savais pas qu'on était entourés de fainéants, à New York ! Et bien sûr, Mia, la plus rigoureuse des nouvelles avocates, n'est toujours pas sortie. Enfin, ceci dit, mon père non plus… Il est en train de demander Philips en mariage, ou quoi ? En plus, je sais que leurs relations sont devenues un peu bizarres, ces derniers temps… Non content de s'être fait voler la vedette par sa jeune recrue, Philipps passe son temps à essayer de donner le change. On est passés à un stade hyper avancé de lèche-bottes. Là, carrément, je pense que sa langue a le goût du cuir permanent. Et forcément, ce con s'arrange pour surcharger Mia de boulot, afin qu'elle passe le moins de temps possible sur notre affaire… Pourtant, elle est toujours aussi efficace et pertinente quand mon père échange des mails avec elle.

Je sors de la limousine pour griller une nouvelle clope, et des bruits de talons hauts me ravissent les oreilles. Bientôt, le bruit est suivi par une chevelure dorée que je ne connais que trop bien. Bêtement, comme un gamin pris la main dans le sac, je contourne le véhicule pour me cacher de l'autre côté. J'assume pas le fait d'avoir passé l'après-midi ici comme un con, alors que j'aurais pu faire plein d'autres trucs.

Mia avance doucement, le visage fermé, semblant complètement dans son monde. Décidément, il ne doit pas la détendre comme il faut, son mec-flic ! Alors que j'en suis à me demander si, quitte à être là, ça ne vaudrait pas le coup malgré tout de la saluer, je remarque un type derrière elle, qui attire mon attention seulement parce qu'il a l'air un peu louche. Vivre constamment dans la méfiance, n'empêche, ça attise notre sixième sens. Je fais un pas sur le côté pour observer ce type d'un peu plus près, et mon sang ne fait qu'un tour lorsque je le reconnais.

Putain, c'est pas vrai ! Matthew Thorne. Ce connard de fils de connard.

À l'époque où il était encore en vie, son père a tout fait pour nous emmerder. Franchement, ses méthodes étaient petites, viles, sournoises. Menaces de mort sur menaces de mort, un jour il est passé à l'action et nous avons bien failli y passer, mon père et moi. Thorne Senior avait signé un gros contrat avec l'un de nos mécanos, qui devait trafiquer la voiture pour nous envoyer dans le décor, en gros… Heureusement, Thorne a été suffisamment con pour faire un premier virement sur le compte de notre mécanicien avant le début de l'opération. Et comme mon père surveille de manière presque psychorigide les faits et gestes de ses employés… Pour des raisons évidentes, d'ailleurs ! Bref, nous avons été obligés de passer à l'action, et avons libéré le monde d'un énième salaud.

À sa mort, son fils était encore trop jeune pour lancer des représailles. Mais j'imagine qu'il a pris un peu de confiance depuis, et qu'à force de rester dans l'ombre, il est devenu aussi sournois que son vieux… Ça m'étonnerait pas qu'il nous ait espionnés toutes ces années, attendant le moment opportun pour frapper. Et forcément, s'il nous suit, et en plus s'il a trouvé des alliés qui nous en veulent aussi, il doit bien avoir fini par comprendre que Mia travaille pour nous. Son nom doit maintenant figurer sur plusieurs documents officiels… Et ce connard d'abruti me semble assez lâche pour attaquer une jeune femme plutôt que s'en prendre à Philipps, par exemple. Finalement, j'étais pas le seul à suivre ma jeune avocate préférée… Mais pas pour les mêmes raisons.

Alors que je me demande si Matthew est armé, histoire de réfléchir à la meilleure tactique à adopter, tout se déroule très vite. Il sort un flingue de sa veste, et non content de s'amuser avec la peur de sa victime, il tire une première fois en l'air. La détonation, accentuée par l'écho du parking, fait un bruit de malade. Mia, terrorisée, s'est jetée au sol par réflexe, et elle se retourne maintenant vers les pas qui s'approchent d'elle de plus en plus vite. Ça y est, elle découvre le visage de son ennemi. Enfin, de mon ennemi à vrai dire, mais ça elle l'ignore. Elle doit se dire qu'il s'agit d'un racket, le genre d'événement plutôt banal par ici… Elle est trop tétanisée pour parler, ou même pour bouger. Elle se contente de regarder Matthew avancer sur elle, le revolver pointé au niveau de sa tête. Je peux la voir trembler de là où je suis.

– Salut ma belle... lance le connard d'une voix que je déteste à la seconde où je l'entends. Mia, c'est ça ? Quelle idée, de bosser pour ce charognard de Philipps... Franchement, t'as pas honte ? Un vendu pareil !

Et là, *ma* belle comprend qu'il n'en a pas uniquement après son portefeuille ou ses bijoux. Elle sait qu'il y a beaucoup plus que de l'argent, en jeu. Tout ça, c'est personnel. Et putain, je me sens complètement inutile, là tout de suite. Bien sûr, je pourrais jouer les héros et attirer son attention sur moi, le prendre par surprise, mais il est armé et je ne le suis pas. Cette tactique de merde parviendrait juste à accélérer notre mort à tous les deux. Et puis, si vraiment ce con attendait Mia depuis un moment, il doit bien se douter que je ne suis pas loin. Justement...

– Eh, Matteo, ouh ouh, le petit DiNatale... T'es caché où ?

Il crie d'une voix presque enfantine, comme si nous étions en plein jeu. Il me dégoûte vraiment, ce type. Bordel, qu'est-ce que je regrette d'être venu ici sans protection. Pourtant, c'est une règle d'or dans le milieu. Toujours un flingue quelque part. La cheville, l'arrière du pantalon, l'intérieur de la veste... Mais forcément, comme je voulais passer la sécurité tout à l'heure pour monter dans les bureaux, je suis nu comme un con ! Mon arme se trouve dans la limousine, mais il faudrait une sacrée diversion pour que je puisse ouvrir les portières et la récupérer sous le siège sans que Matthew ne s'en prenne à Mia en comprenant ce que je m'apprête à faire.

Bon, bah il va quand même falloir jouer les héros, hein... Je sors de ma cachette.

– Tiens, salut Thorne ! Alors ça y est, tu t'es fait greffer une paire de couilles ? Enfin bon, si tu attaques une jeune femme au beau milieu d'un parking désert, en fait, j'en déduis que non…

Je sais pas trop à quoi je m'amuse, mais au moins, c'est moi qu'il tient en joue désormais.

– Ah bah voilà ! Quand le grand Gabriele est dans les parages, le petit toutou n'est jamais bien loin… C'est pas trop chiant, d'être la pute de papounet et de l'attendre pendant des heures ? me balance-t-il dans un rictus qui serait flippant s'il n'était pas si ridicule.

– Tu poseras la question au tien ! Oh, mais non, c'est vrai… Papounet est mort… le provoqué-je sans le moindre scrupule.

Apparemment, j'ai tapé au bon endroit. Matthew désarme la sécurité de son petit jouet, dans un bruit qui fait sursauter Mia derrière lui, et s'avance vers moi d'un air plus que jamais menaçant. Clairement, j'ai pas la suite du scénario, mais au moins, le taureau est dirigé vers moi, c'est déjà ça. Mais soudainement, il change d'avis et recule vers la blonde terrorisée qui n'ose même pas relever les yeux vers nous.

– Tu pensais vraiment que ce serait si simple ? me demande-t-il sans la lâcher des yeux, le flingue toujours pointé sur moi. Je sais bien que ça t'est égal d'être blessé. Mais si je m'en prenais à la petite avocate, hein ? Même toi, ça pourrait pas te laisser indifférent. Elle est mignonne en plus, tu trouves pas ?

– Elle n'a rien à faire dans cette histoire. C'est pas elle qui a tué ton père, dis-je d'un ton catégorique, dans l'espoir de le faire renoncer à ses projets.

– Elle est devenue complice à la minute où elle a décidé de vous défendre. Et plus tu tentes de la protéger, plus ça me donne envie de l'amocher…

Je jette un rapide coup d'œil à la pauvre Mia, qui est livide désormais. J'aimerais courir vers elle pour la rassurer, mais putain, j'ai l'impression d'être dans un mauvais rêve, incapable de bouger. Il n'est plus qu'à un pas d'elle, désormais. Et… Mais putain, je rêve ! Il se baisse à son niveau et commence à lui caresser le visage, en chuchotant des trucs que je n'entends pas, mais que j'imagine sans peine être dégueulasses à souhait. Il s'approche d'elle pour l'embrasser en lui tenant fermement la nuque, et mon cerveau se déconnecte pile à cet instant. J'oublie qu'il est armé, que je ne le suis pas, et que nos deux vies sont en danger, à Mia et moi. C'est le pire moment pour jouer les héros, mais je ne suis plus en mesure de réfléchir.

Dans un bruit épouvantable, je cours sur eux telle une bête enragée, m'apprêtant à bondir sur ce connard de Matthew. C'est à ce moment-là qu'il se retourne et que, sans chercher à comprendre, il tire.

Aïe, putain !

Ça, c'était mon bras. Putain, ça fait mal ce truc ! Mais je n'ai pas le temps de me demander à quel point la balle m'a atteint. Je continue à avancer, et cette fois-ci, pour de bon, je lui saute dessus. Dans la chute qui nous emporte tous les deux au sol, il laisse tomber son flingue et enfin, nous sommes sur un pied d'égalité. Enfin, à une partie de bras près. Mais je m'en tape. Même blessé, je lui fais la peau, à cet enfoiré. J'enchaîne les coups de poing en direction de son visage, l'impact de ses os contre les miens me procure une immense satisfaction, et remplit le parking d'échos de craquements disgracieux. Et, en prime, en guise de fond sonore, on a les cris et les larmes de Mia. Je sais pas trop ce qu'elle dit, mais je comprends bien que ça ne l'enchante pas tellement, toute cette violence.

J'essaie de me tourner vers elle pour la rassurer, mais

Matthew en profite pour inverser la tendance, et cette fois-ci, c'est mon corps qui se retrouve en dessous du sien. En plus, il appuie volontairement sur mon bras en sang. Et malgré l'adrénaline, malgré mon envie – mon besoin – désespéré de sauver Mia, j'ai l'impression qu'il est tout doucement en train de prendre le dessus. Alors, il se penche à côté de mon oreille, et je sens que la merde qui va sortir de sa bouche ne va toujours pas me plaire.

– Elle est vraiment bonne, ta copine. Dès que j'en aurai fini avec toi, je vais passer la nuit à lui remettre les idées en place...

– Dans tes rêves !

Putain, je remercie cette espèce de raclure. Son discours de vieux porc est exactement le genre de stimulant dont j'avais besoin. Je parviens à me libérer grâce au souvenir d'une tactique apprise il y a plusieurs années, et enfin, j'inverse de nouveau la tendance. Je l'immobilise avec une clé de bras, classique, mais efficace, et j'essaie à tâtons de récupérer le flingue. Merde, il est plus loin que prévu ! Comprenant où je veux en venir, Mia sort quelque peu de son état de choc pour faire quelques pas et l'avancer de ma main avec son pied. Vraiment romantique, cette scène !

J'ai du sang sur les mains. Et dans tous les sens du terme. J'ai déjà tué auparavant, et je sais que j'y serai de nouveau confronté. Et, là, tout de suite, j'ai les mains rouges de l'hémoglobine de ce connard – et un peu du mien aussi, sans doute. Je suis dans un état de rage rarement égalé. Quand je pense qu'il voulait... Qu'il allait... Sur Mia !

Je pointe le bout du flingue sur sa nuque, il est toujours dos à moi. Il a enfin perdu l'envie de parler, ça m'arrange bien. Chaque mot qui sort de ce corps est un supplice pour les oreilles. J'appuie de plus en plus fort sur l'arme, comme si je voulais lui transpercer les chairs de cette manière plutôt qu'en pressant la gâchette. Et franchement, l'un comme l'autre, ça me va ! Je suis sur le point de passer à l'action quand…

– Matteo ! Arrête !

C'est la voix de Mia qui a réussi à s'engouffrer parmi les ténèbres. Sa petite voix, terrorisée et suppliante, qui a déjà supporté plus de violence en dix minutes qu'elle n'en avait sans doute vécu jusqu'ici. Mais elle ne me fera pas changer d'avis. Elle ne connaît pas ce milieu. Moi oui. Je suis né dedans.

– Va-t'en, Mia.

– Je… Non… reprend-elle d'une voix très aiguë. On peut encore appeler la police, maintenant, et tout va rentrer dans l'ordre !

– Tu n'y es pas du tout, ma belle, soupiré-je. Dans cette réalité, c'est « tue ou sois tué ». Tu l'as bien vu. Je ne le laisserai pas s'en tirer en prenant le risque qu'il recommence. Putain, tu sais ce qu'il voulait te faire ?!

– Oui… répond-elle d'une voix tremblante. Oui, je le sais. Mais aucune action ne mérite qu'on prenne la vie de quelqu'un d'autre. Je t'en supplie, Matteo…

Elle s'avance vers moi et pose une main sur la mienne. Wow. J'ai l'impression que c'est le contact humain le plus doux de toute ma vie. C'est comme si elle m'envoyait un énorme shoot de tendresse et de bienveillance en intraveineuse.

Je n'arrive plus à réfléchir. Putain. Il me suffirait de faire un petit geste du doigt et tout serait réglé. Mais à quel prix… ? Je ne veux pas de Mia comme témoin pour ce genre de scène.

De nouveaux bruits de pas se font entendre dans le parking. Deux personnes s'approchent de nous. Deux hommes. Mon père et le chauffeur. Ah, il choisit bien son moment, lui ! C'est il y a un quart d'heure que j'aurais aimé le voir, pour qu'il me tende l'arme inutilement posée dans la voiture !

Ils pourraient être surpris de la situation. Une jeune femme en larmes, deux hommes amochés, et l'un d'eux sur le point d'être abattu. Mais chez nous, c'est presque monnaie courante…

Mon père s'approche de nous sans la moindre expression sur le visage, poings serrés.

– C'est qui ? demande-t-il froidement.

– Matthew Thorne, soufflé-je sans même le regarder.

– Je vois. Nous allons nous en charger, je te remercie. Tu peux prendre la limousine et ramener Mlle Cooper chez elle.

Il avance vers moi, récupère l'arme que je lui tends et c'est lui, maintenant, qui tient ce connard en joue. De son autre main, il sort son téléphone pour appeler quelqu'un. Mia, de nouveau paralysée, assiste à la scène comme si elle essayait d'effacer ces images de sa mémoire avant même que son cerveau ait le temps de les intégrer. Elle doit complètement tomber des nues. Ce n'est sans doute pas tout à fait ce qu'elle avait imaginé en choisissant de devenir avocate. Je dois me montrer doux avec elle, mais clairement on n'a pas le temps. Chaque seconde passée ici contribue à augmenter son malaise. Et mon père ne doit pas non plus la voir trop longtemps dans cet état, sinon il pensera qu'elle n'a pas les nerfs assez solides pour s'occuper de notre dossier. Et je refuse qu'elle ne travaille plus pour nous. J'ai encore besoin d'une excuse pour continuer à la voir !

Je m'approche de Mia pour la prendre par le bras, mais elle recule vivement. Ses yeux plongent dans les miens et m'envoient une terrible vague de reproches. Pourtant, je viens quand même de lui sauver la vie !

Après l'avoir mise en danger… me murmure cette insupportable conscience.

– Mia, je t'en prie, chuchoté-je en tentant une nouvelle approche vers elle. Je me doute que je suis la dernière personne avec qui tu souhaites passer du temps dans l'immédiat, mais il faut vraiment qu'on quitte ce parking. Matthew a peut-être envoyé d'autres hommes…

– Si on part, qu'est-ce que ton père va faire de lui, hein ? me demande-t-elle d'une voix à la fois accusatrice et terrorisée.

– Je n'ai pas envie de te mentir, alors ne m'oblige pas à répondre, soufflé-je dents serrées. Allez, tu pourras m'insulter autant que tu le souhaites, mais là, il faut te mettre en sécurité…

Son cerveau semble procéder à une rapide analyse de la situation, et heureusement, elle en conclut que sa propre vie vaut peut-être un peu plus que ses principes, à cet instant. Et puis merde, principes de quoi ? Ce type voulait passer la nuit à la violer… Rien que d'y penser, j'ai la gerbe !

Nous avançons tous les deux vers la limousine, le chauffeur échange quelques mots avec mon père avant de reprendre son poste. Une fois assis à l'intérieur du véhicule, je m'empresse de récupérer l'arme sous le siège pour la ranger dans la poche intérieure de ma veste. Bordel, on se sent bien mieux comme ça !

Le moteur démarre sans un bruit, et nous quittons lentement cette horrible scène. Au moment où nous quittons le parking, je sais que Mia n'y remettra pas les pieds avant un bon moment, même si ça signifie prendre le taxi tous les jours…

– J'enverrai des hommes récupérer ta voiture et la garer devant chez toi, proposé-je alors en me tournant vers elle. Tu peux me donner les clés ?

En entendant ces mots, la belle blonde semble revenir à elle dans un sursaut. Elle me fixe.

– Tu parles d'une décision... Deux semaines seulement que je me suis enfin offert une voiture, parce que je n'en pouvais plus de me battre avec tout le monde le matin pour un taxi. Et finalement... Je...

Sa voix se brise, je sens qu'elle retient ses larmes. Elle plonge alors la main dans son petit sac pour dénicher les clés de sa voiture, et elle me les tend d'une main tremblante.

– Merci... souffle-t-elle difficilement. Pour ça et pour... Enfin. Malgré tout, merci.

Je ne sais pas comment réagir. Ces remerciements me mettent mal à l'aise. Putain, elle ne devrait pas avoir à me remercier dans la mesure où c'est moi, avec ma famille de merde, qui l'ai mise en danger. Mais le fait qu'elle tienne à prononcer ces quelques lettres... Sa gratitude me touche plus que je ne saurais l'admettre. Et accentue cet intolérable sentiment de culpabilité.

– Tu n'as pas à... Enfin, je n'allais pas le laisser... Et puis, c'est à cause de... Bref, comment tu te sens ?

Bon, pour la cohérence du propos, on repassera. Mia lève vers moi des yeux humides, et je sens une nouvelle fois mon cœur se fendiller. Elle a l'air tellement vulnérable...

– Je crois que c'est trop pour moi, tout ça... Ces dernières semaines, ma vie... Jamais je n'aurais imaginé tout ça. Et surtout, jamais je n'aurais désiré tout ça. Et pourtant, ça arrive et je dois trouver un moyen de faire avec.

C'est vrai que, comme j'ai grandi dedans, cet univers de sang, menaces, pression... m'a toujours semblé naturel. Je ne dis pas que ça m'enchante tous les jours, mais c'est en tout cas ce que je connais depuis ma naissance. Pour Mia, et les convictions qu'elle devait avoir avant de débarquer ici, tout ce changement doit faire l'effet d'un raz-de-marée intérieur. Pris d'un élan que je ne cherche pas à comprendre, je tends une main hésitante pour la poser sur la sienne. J'espère que ce geste l'apaisera comme il m'a apaisé tout à l'heure, dans ce parking.

La belle avocate accepte le contact quelques secondes. J'ai l'impression qu'elle ressent cette douceur se diffuser à l'intérieur de son corps elle aussi, car elle ferme les yeux un instant. Avant de les rouvrir brusquement pour se retirer aussitôt.

– Ne me touche pas, assene-t-elle. Quand je pense à ce que tu voulais faire… Et ce que tu as probablement déjà fait.

– Te protéger, tu veux dire ? demandé-je en fronçant les sourcils, agacé par ce changement de comportement.

– Non, *tuer* ! C'était pas la première fois, hein ? lance-t-elle sans même réussir à me regarder.

Je ne sais pas ce qu'elle sait, j'ignore ce qu'elle a bien pu entendre sur moi. Est-ce que c'est son sale petit-ami flic qui lui a balancé des infos ? Dans le doute, je préfère rester silencieux. Pourtant, je sens bien qu'elle n'en restera pas là…

– Je sais tout. Je sais que tu as tué quelqu'un de tes mains. Je sais que quelqu'un d'autre est en prison pour ça… continue-t-elle crachant les mots avec plus de hargne que je ne m'attendais.

Qu'est-ce que je suis censé répondre à ça ? En temps normal, je n'ai aucun souci à nier les faits, même quand ils sont vrais. Mais là, c'est différent. Je ne sais pas vraiment pourquoi, mais je n'arrive pas à lui mentir. Je n'en ai même aucune envie. Quel monstre serait capable de briser la confiance de ses beaux yeux bleus ?

Ouais, et quel monstre tue quelqu'un, hein ?

Je me sens terriblement mal, tout à coup. J'ignore si c'est dû à la culpabilité, mais mon bras se met soudainement à me faire un mal de chien. Je l'avais presque oublié, celui-là ! Et pourtant, ça continue à saigner. « Suinter » serait plus exact, d'ailleurs. La balle m'a juste éraflée. Ce n'est pas bien méchant. Je me ferai soigner à la maison, pas besoin d'aller à l'hôpital. Pas envie d'alerter la police. D'ailleurs, je me demande si Mia va tout raconter à son mec, en rentrant…

– Tu n'as rien à répondre ? reprend-elle. Ça ne m'étonne même pas…

– Je sais bien que tu ne vas pas vouloir d'aide, mais il ne faut pas que tu restes seule après ce qui vient de se passer, réponds-je simplement.

Surprise par ce retournement de situation, elle me fixe plusieurs secondes sans dire un mot. Ses yeux me sondent, j'ai l'impression qu'elle essaie de décrypter un code ultra-secret. Et bordel, pendant un court instant, je ne ressens plus aucune douleur. J'ai le sentiment qu'une connexion, infime peut-être, mais quand même, est en train de se créer entre nous. Si elle continue à me regarder comme ça, je vais vraiment être obligé de me déshabiller…

– Nous sommes arrivés.

La voix du chauffeur retentit dans l'habitacle, et il n'en fallait pas plus pour briser la magie de l'instant. Mia revient rapidement à elle, son regard redevient froid et plein de reproches, et elle quitte la limousine sans un mot. La portière claque derrière elle, et la douleur dans mon bras se réveille pour de bon.

12

Mia

L'agression a eu lieu il y a quatre jours, et depuis, je n'ai pas réussi à retourner travailler. Je m'occupe des dossiers à distance, autant que possible, mais je n'arrive pas à sortir de l'appartement. Pourtant, je sais que plus j'attendrai, et plus ce sera compliqué. C'est bête, mais par moments je me dis qu'au moins, la présence de Lawrence avait le pouvoir de me rassurer… Mais je n'ai pas eu de nouvelles de lui depuis notre grosse dispute au restaurant, et je crois que cette fois-ci, c'est bel et bien fini.

Chaque nuit, je me réveille en larmes. Je revois le visage de Matthew, j'entends toutes les horribles promesses qu'il m'a faites, lorsqu'il chuchotait contre ma joue dans ce parking. Et quand je ne revis pas cette scène, je le vois avec le visage couvert de sang, en train de mourir. Ce cauchemar est l'un des plus visuels de tous, il m'empêche systématiquement de me rendormir, et je suis obligée de mettre une série pour me calmer.

Mais sinon, le pire de tous, en termes d'émotions… C'est quand je vois Matthew en train de tuer Matteo. Chaque nuit, j'assiste à toute la scène. Ils se battent, et alors que Matteo cherche à se saisir du revolver, je n'arrive pas à bouger et c'est Matthew qui l'attrape pour le pointer sur son adversaire. Il tire et… Mon hurlement me réveille. En larmes, je peine à respirer et j'ai réellement l'impression, pendant quelques longues secondes, que Matteo est mort, et que je n'ai pas réussi à le sauver.

Pourtant, je sais qu'il est vivant puisque tous les matins depuis l'agression, un bouquet de fleurs m'attend devant la porte, avec un petit mot. Le premier, accompagné de mes clés, comportait les mots « Ta voiture est sur le parking de ton immeuble ». Les fleurs étaient de belles roses rouges et blanches. Les suivantes, roses et jaunes, sont arrivées avec ces quelques lettres « J'espère que tu vas bien ». Le troisième jour, une brassée de lys était devant ma porte, et j'ai pu lire sur la petite carte qui y était accrochée « Mon père a parlé à Philipps. Tu peux continuer le télétravail aussi longtemps que tu en as besoin ».

Malgré tous les sentiments contradictoires que Matteo m'inspire, je n'ai pu m'empêcher d'esquisser un léger sourire à chaque fois. Et les trois bouquets sont dans un joli vase, dans la cuisine. Je renouvelle l'eau deux fois par jour dans l'espoir qu'ils durent le plus longtemps possible. Je ne m'explique pas tellement ce comportement. Je mets ça sur le compte du stress post-traumatique, parce qu'en réalité, la démarche adulte et responsable aurait été de les jeter directement à la poubelle. Mais quelque chose m'en empêche… Et puis, on ne va pas se mentir, recevoir des fleurs, c'est toujours agréable, quelles que soient les circonstances. Ça change de Lawrence, qui a très rarement daigné dépenser le moindre sou dedans. Il considérait que c'était superflu, d'offrir un truc qui ne durerait pas. Je pense surtout que c'était une excuse.

Il est 7 h 30. Je suis réveillée depuis deux heures, et en général, à cette heure-ci, les fleurs ont déjà été livrées. Essayant d'ignorer la petite sensation dans mon ventre qui ressemble curieusement à de l'excitation, j'avance vers la porte pour découvrir ce qui m'attend, ce matin.

Oh. Mauvais calcul.

Au moment où j'ouvre la porte, j'aperçois le sommet du crâne de… Matteo. Surpris de me voir, lui aussi, il me regarde plusieurs fois de haut en bas tout en se relevant. Nous restons silencieux plusieurs secondes, comme deux animaux qui se demandent encore comment apprivoiser l'autre.

Matteo se baisse de nouveau pour ramasser le bouquet, se redresse et me le tend. De magnifiques tulipes roses, dans un nombre indécent, se retrouvent dans mes mains. Je n'arrive toujours pas à prononcer le moindre mot.

– Puisque tu es là, je peux directement te dire ce que j'avais écrit… lance Matteo comme pour briser la glace.

Je lâche malgré moi un petit rire, qui semble lui redonner un peu d'assurance. Puis, par politesse, je demande alors :

– Ton bras va mieux ?

– Oui, quelques points… Ce n'est rien, élude-t-il rapidement. Comment vas-tu ?

Je hausse les épaules, incapable de trouver les mots justes pour exprimer ce que je ressens. Oubliant totalement les circonstances dans lesquelles je me trouve, je décide de faire la seule chose qui me paraisse logique à cet instant : je parcours le couloir de mon appartement pour me diriger vers la cuisine et trouver un grand vase pour y mettre ce nouveau bouquet. Et bien sûr, Matteo me suit.

Après avoir fait un rapide tour des placards – en même temps ils ne sont pas très grands – je trouve un vase qui semble convenir, le remplis d'eau et y dépose les fleurs. Et maintenant que j'ai les mains vides, je réalise enfin la situation dans laquelle je me trouve : Mia, en nuisette satinée bordeaux, se tient dans sa minuscule cuisine aux côtés du fils DiNatale, mafieux et tueur, qui vit dans un manoir. Euh… Je suis tombée sur la tête, ou quoi ?

– C'est très joli, chez toi, déclare alors Matteo.

Et là, c'est plus fort que moi. J'éclate de rire. Mais vraiment. Je pars dans un fou rire incontrôlable qui finit par me faire mal aux côtes. Penchée en avant, je me tiens le ventre, incapable de me calmer. Ça y est, je crois que le contrecoup de ces derniers jours commence à se faire ressentir.

Lorsque je me calme enfin, les larmes aux yeux d'avoir tant ri, je me redresse et regarde l'homme qui me fait face. Sérieusement, comment peut-il trouver que mon appartement est « très joli », comparé à tout le luxe qu'il a chez lui ?

– Tu… Tu trouves vraiment que c'est sympa, ici ? lui demandé-je. C'est minuscule ! Chez toi, mon appartement doit être l'équivalent de… des toilettes ?

Il fait mine d'y réfléchir un instant, puis secoue la tête de gauche à droite.

– Non… à vrai dire, même les toilettes sont plus grandes ! plaisante-t-il. Mais sinon oui, je trouve que c'est sympa ici. C'est chaleureux… Et puis, je parlais surtout de toi, en disant que c'était très joli. J'ai toujours trouvé que les tailleurs t'allaient très bien, mais là…

Son regard parcourt de nouveau intégralement mon corps, et la fine couche de vêtement que j'ai sur le dos ne suffit pas à me protéger de son désir grandissant. Il repasse en mode prédateur, l'un des rôles qui lui va le mieux, et se rapproche de moi dans une exquise lenteur. Alors, comme chaque fois qu'il se trouve un peu trop près, j'éprouve quelques difficultés à respirer.

– T'es magnifique, Mia… souffle-t-il en plongeant son regard dans le mien.

Le compliment, exprimé avec une sincérité bouleversante, me fait rougir. Pour autant, j'arrive à maintenir le contact visuel. Qui cédera le premier ?

Matteo, à quelques centimètres de moi, avance encore et enroule ses deux bras dans mon dos. Nos corps sont l'un contre l'autre, désormais, et la chaleur du sien me fait rapidement perdre la tête. Ma volonté faiblit, mais je ne l'ai toujours pas quitté des yeux. Ils sont si foncés… Deux billes qui respirent la malice… et le vice. Il presse une main dans le creux de mes reins, et abandonne ce combat de regard pour plonger les lèvres dans mon cou. Wow. Ses lèvres, délicatement posées sur ma chair si fine, me provoquent des frissons des pieds à la tête. Il m'embrasse plusieurs fois à cet endroit, et je sens son entrejambe durcir à travers nos vêtements. Mon ventre fait des loopings, ma poitrine devient presque douloureuse. Et son parfum… Cette irrésistible odeur boisée fait s'effondrer mes dernières défenses.

À mon tour, je passe un bras dans son dos et me love encore plus contre lui, si c'est possible. De ma main libre, je caresse ses cheveux et l'incite à continuer de m'embrasser. Il passe doucement de mon cou à mes clavicules, se baissant pour y parvenir. Bientôt, sa bouche effleure la naissance de mes seins et, balançant la tête en arrière, je ne peux réprimer un gémissement. Cela semble être le signal qu'il attendait, car alors, il redouble d'ardeur, et d'une main, il baisse le tissu qui lui barrait le passage. Mes tétons durcis s'offrent à lui et, pendant qu'il fait rouler l'un d'entre eux entre ses doigts, il mordille le second, m'arrachant de nouveaux gémissements. N'y tenant plus, j'amène son visage vers le mien et fonds sur ses lèvres. Bordel… Si on devait résumer la passion à un seul instant, ça serait celui-ci. La fougue de nos baisers me plonge dans une sensualité rarement égalée. Sa langue trouve rapidement la mienne, et ses mains continuent leur exploration de mon corps. Elles passent sous la nuisette, et, sans lâcher ma bouche, Matteo agrippe mes fesses pour me porter. J'écarte instinctivement les jambes et me retrouve dans ses bras, m'agrippant à chaque centimètre carré de sa peau que je peux atteindre.

– Putain, t'es incroyable…

Les mots chuchotés entre deux baisers, bien qu'ils me donnent encore plus chaud, me ramènent aussi doucement à la réalité. Je me recule doucement, pour reprendre ma respiration et surtout mes esprits. Je peine à canaliser mes pensées, il me faut un certain temps avant de revenir à moi-même. Une seconde… Je suis bien dans ma cuisine, ça, d'accord. Et j'ai l'impression d'être sur le point de me lancer dans une partie de jambes en l'air torride avec…

– Matteo ? soufflé-je lentement de ma voix toujours haletante.

– Oui ma belle ? demande-t-il me relevant doucement le menton.

– J'aimerais que tu partes, s'il te plaît…

Ces quelques mots me coûtent, c'est d'ailleurs pour ça que je n'arrive pas à le regarder lorsque je les prononce. J'entends, à travers l'immense silence qui nous enveloppe, l'horrible débat intérieur auquel il se livre. J'imagine que c'est très rare, qu'une fille lui résiste. Surtout après l'avoir allumé comme je viens de le faire… Je me demande comment il va réagir. Va-t-il se mettre en colère ? Va-t-il insister ? Je l'imagine mal rendre les armes si facilement… Et en même temps, s'il souhaite tenter de me prouver qu'il est un gars bien, dans le fond, ce serait le moment idéal de le faire.

Il pose alors les mains de part et d'autre de mon visage, souffle doucement… et m'embrasse tendrement sur le front. Et sans un mot de plus, il me tourne le dos et s'éloigne, fermant la porte derrière lui sans un bruit.

Ouf. Qui aurait cru que Matteo DiNatale était le genre d'homme à accepter si facilement le refus d'une femme ? Je n'en reviens pas. Comment peut-on être capable des choses les plus terribles… et en même temps, sembler avoir un si bon fond ? Comment est-ce qu'on peut pointer son arme sur une personne, étant bien déterminé à l'abattre, et également être cette montagne de bienveillance, qui dépose des fleurs chaque jour devant une porte dans l'espoir que la personne derrière aille un peu mieux ?

Et d'ailleurs, quel genre de personne embrasse ce genre de type ?

Oui, bon, ça va ! J'ai beau être dotée d'un QI tout à fait respectable, dans le fond, je ne suis qu'une humaine… Faible, et soumise à ses émotions… Et franchement, quand la puissance de l'aura de cet homme opère, je crois qu'il faut tous se tenir à l'abri ! C'était incroyable… Je ne trouve pas d'autres mots pour décrire la scène qui vient de se jouer ici. Wow. Je ne verrai plus jamais ma cuisine de la même manière… Ni cette nuisette, d'ailleurs !

Nous approchons des 8 heures, et malgré une grosse fatigue accumulée, j'ai le sentiment de déborder d'énergie. J'ai également la sensation d'avoir repris confiance en moi. Enfin, un peu. Mais ça devrait être suffisant pour mettre le nez dehors, aujourd'hui. Et qui sait… Entreprendre de retourner travailler !

Je file sous la douche, qui s'éternise puisque je passe mon temps à me rejouer la scène des mains de Matteo sur mon corps, j'enfile l'un de mes tailleurs, moutarde aujourd'hui, et me maquille légèrement. *Il a dit que ces tenues m'allaient bien !* Je me fais l'effet d'une gamine, mais parfois, c'est exactement ce qu'il nous faut !

Je me retrouve dans la rue après avoir descendu les escaliers – trop peur de me retrouver bloquée dans l'ascenseur – et me donne l'impression de m'être transformée en Bambi, qui effectue ses premiers pas. Pas tout à fait solide sur mes appuis, ni sereine, je ne cesse de regarder dans chaque direction. Mon sixième sens me dit que quelqu'un m'observe, mais je pense qu'il est de mèche avec ma paranoïa. Je tente de l'ignorer. Heureusement, un taxi s'arrête rapidement à ma hauteur.

Les embouteillages matinaux ne m'avaient pas tellement manqué, mais comme j'ai l'impression de les vivre pour la première fois depuis une éternité, le trajet passe malgré tout plutôt rapidement. Et en moins de temps qu'il n'en faut pour l'appréhender, je me retrouve au bas de l'immeuble. Le parking ne se trouve qu'à quelques mètres de là... Dire que je n'y remettrai jamais les pieds ! Je me demande sincèrement ce qui est arrivé à ce Matthew Thorne... Enfin, j'essaie de toutes mes forces d'ignorer le fait qu'il est probablement mort, à l'heure qu'il est. Devrais-je prévenir quelqu'un ? La police ? Les médias ?

T'es folle ! Tu veux signer ton arrêt de mort ?!

Voilà comment on devient complice : soit par la peur, comme dans mon cas, soit par intérêt. Et ça, j'imagine que ça doit être le cas de Benjamin...

Lorsque les portes de l'ascenseur s'ouvrent sur notre étage, je suis soulagée de ne pas le trouver face à moi. J'avance en mode robot jusqu'à mon bureau, croisant les doigts pour que personne ne me parle. Et, enfin, lorsque je m'assois sur mon siège, je sens mes muscles se décontracter légèrement. Ça y est, j'y suis arrivée ! Je l'ai fait ! Je suis de retour dans mon nouveau chez-moi, prête à célébrer mon retour dans le monde des vivants.

Je m'attendais à trouver de nombreux dossiers en arrivant, mais ce n'est pas le cas. Connaissant Benjamin, surtout depuis qu'il a décidé de se venger de moi à cause de quelque chose que je n'ai pas réellement fait, ça m'étonne qu'il n'ait pas sauté sur la première occasion pour me mettre dans le pétrin. Et puis je me souviens du mot que m'a laissé Matteo. Gabriele DiNatale en personne a plaidé en ma faveur. Philipps a beau être un peu hargneux sur les bords, il sait se taire lorsque les directives viennent de beaucoup plus haut.

Et d'ailleurs, lorsqu'on parle du loup… Le voilà qui passe la tête par la porte de mon bureau.

– Bonjour, Mia, me salue-t-il. J'espère que tu vas mieux. Je ne m'attendais pas à te revoir si vite.

Un peu surprise de son ton presque amical, je me demande quelle version lui a donnée M. DiNatale par rapport à mon agression.

– Bonjour, Benjamin, lui réponds-je de mon ton le plus neutre. Je me sentais capable de revenir tout de suite. J'ai fait ce que j'ai pu pour ne pas prendre de retard, mais j'imagine que j'ai quand même pas mal de choses à rattraper…

– Oh, ne t'inquiète pas ! me coupe-t-il immédiatement. Nous nous sommes occupés de tout pendant ton absence. Reprends là où tu en étais, et ça ira. Nous ferons le point en fin de matinée, d'accord ?

Et le voilà qui retourne dans son bureau. Suis-je arrivée dans une dimension parallèle ? Mon mentor se comporte à nouveau de manière civilisée avec moi. Je ne pensais pas que ça arriverait de nouveau… ou en tout cas pas de sitôt. Je ne sais pas combien de temps ça va durer, alors dans le doute, quelque chose me dit qu'il vaut mieux en profiter.

Sans perdre de temps, je me mets au travail. Je dois me montrer digne de ce nouvel élan de sympathie. Complètement plongée dans une histoire de différends entre deux grandes entreprises, je ne vois pas le temps passer. Ça me fait un bien fou de couper. Je n'ai plus l'occasion de penser à Matthew, aux armes, à la peur, au sang…

Lorsque Benjamin m'appelle, peu avant 13 heures, je me rends sereinement dans son bureau. Il a commandé deux pizzas, et nous mangeons tout en faisant le point. Cette relation retrouve des bases saines, et je ne pourrais m'en réjouir davantage ! Il m'explique les nouvelles affaires urgentes, les choses qui se sont passées ces derniers jours, et me fait même un topo complet de l'avancée du dossier DiNatale. Sans la moindre amertume dans la voix, en prime ! La justice, qui avait décidé de geler la procédure depuis la découverte d'une faille dans les papiers, a repris son cours depuis deux jours. Apparemment, de nouveaux éléments ont permis de rouvrir l'enquête. C'est une mauvaise nouvelle pour nous, mais nous avons malgré tout gagné du temps. Ça avance pas mal, du côté des casinos.

Tandis que nous revoyons en long, en large et en travers la défense de cette grande famille, une partie de mon cerveau ne peut s'empêcher de revivre certains moments de mon début de journée. Et chaque fois que je repense aux lèvres et aux mains de Matteo sur moi, mon ventre se livre à de véritables acrobaties. Mon Dieu… Je voudrais arrêter le temps quelques instants pour pouvoir me délecter de cette scène encore un peu.

Le reste de la journée se déroule à l'image de la matinée. J'avance correctement, et vers 20 heures, je me décide à quitter les bureaux. J'aurais bien aimé rester encore un peu, mais je voulais profiter d'une circulation intense pour ne pas me sentir isolée dans la rue. Bien sûr, à New York, on n'est jamais vraiment seul, mais quand même… Il y a des heures plus rassurantes que d'autres.

Une fois que le taxi me dépose devant chez moi, je me sens épuisée. J'ai réussi à donner le change toute la journée, mais maintenant que je suis de nouveau au calme, les mauvaises nuits accumulées depuis l'agression se font ressentir. J'ai hâte de me glisser sous la douche, et de filer dans le lit ! Là, enfin, je pourrais fantasmer en toute tranquillité, loin de l'agitation du bureau, et bien cachée de ma conscience, qui a tenté de m'enguirlander toute la journée. Jusqu'ici, j'ai fait de mon mieux pour la repousser !

Je franchis les dernières marches qui me séparent de mon appartement, et tout à coup, je sens une drôle de sensation m'étreindre. Je ne saurais m'expliquer d'où ça vient, mais j'imagine que ça doit être lié à tout ce qui s'est passé ces derniers jours. J'ai réussi à refouler mes angoisses toute la journée, mais maintenant que la nuit tombe, ça devient un peu plus compliqué. Il va peut-être vraiment falloir que j'en parle à quelqu'un... À ce moment-là, je réalise que ma meilleure amie me manque. Depuis ma rupture avec Lawrence, je n'ai pas osé la contacter. Je me suis d'ailleurs dit que si elle souhaitait me parler, elle connaissait également mon numéro. À vrai dire, je suis plutôt déçue. Je ne pensais pas que notre amitié dépendait de ma relation avec son frère.

Quelques mètres me séparent de mon havre de paix. Soudain, tout mon corps se met en alerte. Je reste paralysée, incapable d'avancer. Quelqu'un s'est introduit chez moi. Je suis certaine d'avoir fermé à clé, ce matin. Je vérifie systématiquement deux ou trois fois avant de partir, c'est tout l'intérêt d'être un peu maniaque. Et depuis l'épisode du parking, autant dire que je suis deux fois plus sur mes gardes. Pourtant, face à moi, la porte d'entrée est entrouverte. Il faut que je réfléchisse très vite...

Je cesse de respirer, focalisant mon audition au maximum sur ce qui se passe à l'intérieur. Rien. Je n'entends aucun bruit. J'en déduis que plus personne n'est sur les lieux. Dans le doute, je cherche le plus discrètement possible la bombe lacrymogène qui se trouve dans mon sac, et qui me suit absolument partout désormais. Une fois que je mets la main dessus, je me sens légèrement mieux. Même si cette étrange sensation de sécurité n'est qu'un placebo, j'ai besoin de m'y accrocher. Mes pieds avancent doucement, pourtant mon cerveau leur crie de faire demi-tour. Bien sûr, je pourrais revenir sur mes pas, redescendre et appeler quelqu'un… Mais qui ? La police ? Qui transférera l'appel à Lawrence ? Benjamin, qui me prend déjà pour une victime ? Matteo, qui risque à tout moment de tuer la personne qui lui barre le chemin ? Non. Je dois y arriver toute seule. Je dois me prouver que je suis capable d'affronter mes peurs. Sinon, je ne sortirai jamais la tête de l'eau…

Je pousse la porte d'entrée, et je suis maintenant convaincue que plus personne ne se trouve ici. Un calme pesant règne dans l'appartement. À tâtons, je cherche l'interrupteur pour allumer la lumière. Alors que la pièce s'éclaire, je ne peux retenir un cri. Tout a été retourné ! En mode robot, la main vissée à mon arme de fortune, je fais le tour des pièces. Rien n'a été épargné. Mes vêtements sont sens dessus dessous, des feuilles sont éparpillées un peu partout, tous les placards et tiroirs ont été laissés ouverts et vidés. Mon petit Pumpkin, visiblement traumatisé, s'était caché sous mon lit. Je mets plusieurs minutes avant de réussir à le faire sortir de là.

Au bout d'un long moment, je pense à vérifier ce qui pourrait potentiellement manquer. Je fais un bref inventaire des quelques objets de valeur que je possède : ils sont encore là. Même le magnifique pendentif en or que ma mère m'a offert il y a quelques années, qui était bien en évidence dans la salle de bain, est toujours présent. J'en déduis donc qu'il ne s'agissait pas d'un cambriolage aléatoire… Mais bel et bien d'une attaque visée. Encore. Est-ce qu'on a cherché à m'intimider ? Qu'espérait-on trouver ici ? L'avancée de mes affaires en cours ? Comme si j'étais assez bête pour les laisser traîner ici…

Je décale quelques affaires qui traînent et m'assois sur

le rebord du lit. Je m'y installe comme quand on n'est pas à l'aise : je suis raide, j'essaie de prendre le moins de place possible, ma position n'est pas confortable.

Comment on fait, pour se sentir bien chez soi… quand on n'a plus vraiment la sensation d'être chez soi, justement ? Ils vont tout me prendre… Jusqu'à la dernière miette de ma sérénité ou de mon identité.

Je sens une boule se former dans mon ventre, puis remonter dans ma gorge et me brûler les yeux. Mais je n'arrive pas à pleurer. Les larmes n'arrivent pas à couler. Peut-être que je n'en ai plus en stock. Peut-être que je suis en train de me transformer, de m'endurcir malgré moi et pour de mauvaises raisons. En réalité, j'ai peur. Peur de ne plus jamais connaître le moindre sentiment d'insouciance, peur de ne plus jamais redevenir celle que j'ai été. Ces dernières semaines, j'ai trouvé que les mauvaises expériences s'enchaînaient. L'accumulation m'a épuisée. Mais finalement, une petite voix me souffle que ce n'est qu'un échantillon de ce à quoi va ressembler ma vie désormais.

À quel moment franchit-on le point de non-retour ? Quelle décision scelle notre destin de manière irrémédiable ? Je suis terrorisée, et je n'arrive pas à bouger.

Au bout de ce qui me semble être une éternité, j'ai un éclair de génie. Ou plutôt, une réminiscence lucide. Enfin, un truc qui m'incite à retourner dans l'entrée, quoi. Et c'est à ce moment-là que je percute. Il n'y a *aucune* trace d'effraction. J'ai regardé assez de films et potassé assez de cas pour le remarquer. La poignée n'a pas été forcée, la porte non plus. À moins que l'agresseur soit un magicien et que son super tour soit de s'introduire chez les gens par la téléportation…

Lawrence !

C'est le seul qui possède un double de mes clés. Et c'est

vrai que si cette scène s'était produite il y a un mois, je n'aurais jamais admis cette éventualité. Je n'aurais d'ailleurs même pas osé l'envisager. Mais depuis… Mon petit-ami, enfin, *ex*, m'a montré un autre visage. Celui d'un homme incapable de se maîtriser, avec un fond très malveillant. Comment ai-je pu me tromper à ce point… ? Après avoir partagé plusieurs années de ma vie, cet homme que j'ai aimé n'a eu aucun scrupule à retourner mon intimité, et au nom de quoi ? Dans l'espoir de trouver quelques informations sur les DiNatale ? J'ai vraiment la sensation d'avoir mis le doigt dans un engrenage que je ne maîtrise pas…

En conclusion : je suis chez moi, mais je m'y sens mal, et je n'ai personne à appeler, puisque Erin n'est définitivement pas prête à entendre ce que j'ai à lui dire, et je refuse d'inquiéter mes parents. Bon, on va continuer à se faire croire qu'on est forte, hein. Sans réfléchir davantage, je file dans la cuisine et ouvre une bouteille de vin rouge. Le ménage attendra. Je décide de boire à la bouteille pour me donner du courage et commencer à remettre un peu d'ordre dans tout ce bazar.

Une demi-bouteille plus tard, ma chambre commence à reprendre forme. C'est la pièce dans laquelle j'ai le plus besoin de me sentir bien. Ensuite, je m'occuperai de la salle de bain. Tout à coup, la musique que j'ai mise en fond via mon téléphone, diffusée sur enceintes, s'interrompt pour annoncer l'arrivée d'un SMS. Il est près de minuit, je me demande qui peut bien penser à moi à cette heure-ci.

* **Numéro inconnu :**
Ciao bella, *comment s'est passé*
le retour au travail ? J'espère que
ce con de Philipps a été sympa avec toi !

Je bloque quelques secondes sur le message, surtout sur la mention « numéro inconnu ». À mesure que je relis ces quelques mots, finalement, la solution m'apparaît, plus qu'évidente.

Déjà, qui commence par un salut en italien ? Et surtout, qui se permet d'appeler mon boss « ce con de Philipps » – à part moi, dans mes pensées ?

Matteo… Lui ai-je donné mon numéro ?! Non, bien sûr que non… Mais j'imagine que ce n'est pas un obstacle pour un homme comme lui. Après tout, quand on dirige une partie de New York, ça doit prendre combien de temps, de se procurer un numéro ? Moins d'une minute, certainement !

Je ne sais pas si c'est dû au vin qui me coule dans les veines, au nouveau choc de cette soirée ou à notre embrassade passionnée de ce matin, mais ça me fait vraiment plaisir, qu'il ait pensé à moi. Et franchement, c'est un comble ! Pile au moment où j'ai la sensation de ne pouvoir compter sur personne, une main tendue apparaît. Et elle appartient à un dangereux mafieux. J'hésite à répondre, ne souhaitant pas encourager une quelconque relation avec lui. Je ne veux pas lui donner de mauvaises idées, car il a beau être plus que sexy, avec un regard à se damner, et un charme quasi irrésistible, je ne dois pas non plus oublier que tous mes soucis ont commencé depuis qu'il a débarqué dans ma vie.

L'arrivée d'un nouveau SMS me coupe dans ce nouveau dilemme.

* Numéro inconnu :
J'ai vu que tu avais vu…
Tu préfères que je vienne
chez toi ?

Je ne peux m'empêcher de sourire. Et le connaissant

– *comme si je le connaissais, tssss* – je sais que ce n'est pas une menace. Mais plutôt une proposition… Et bien qu'une partie de moi-même rêve d'accéder à sa requête, et de s'adonner à une nuit effrénée de sexe jouissif, c'est la Mia raisonnable qui décide de répondre.

⋆ **Mia :**
Tu en as déjà assez vu ce matin…

⋆ **Numéro inconnu :**
Au contraire, j'aurais tendance
à dire que je n'en ai pas vu assez…

Il a répondu du tac au tac ! Prise d'une audace qui me surprend moi-même, je décide de m'amuser un peu. Après tout, je l'ai bien mérité !

⋆ **Mia :**
Tu veux dire que ça
ne t'a pas plu ?

⋆ **Numéro inconnu :**
Tu plaisantes ?! C'était un
avant-goût incroyable. J'ai hâte
de remettre ça…

Wow. Mon ego vient de connaître un boost d'estime comme je n'en avais jamais vécu. « Incroyable ». Matteo DiNatale m'a qualifiée d'incroyable ! OK. Ça suffit presque à effacer le pseudo-cambriolage de Lawrence. Si je suis incroyable, je suis intouchable. Enfin, ça dépend pour qui… D'ailleurs, en parlant du loup, il enchaîne avec un nouveau message.

⋆ **Numéro inconnu :**
Je t'ai fait rougir ?

⋆ **Mia :**
Tu aimerais que je te dise oui ?

⋆ **Numéro inconnu :**
Oh, j'aimerais toujours
que tu me dises oui.

J'éclate de rire au milieu de ma chambre.
Oh crois-moi, mon beau, mon corps ne rêve que de ça.

⋆ **Mia :**
Je n'en doute pas…

⋆ **Numéro inconnu :**
Je ne renoncerai pas si facilement,
mia bella, *tu le sais.*

Je ne trouve rien à répondre, et il n'insiste pas.

Je range mon appartement encore deux heures, avant de m'effondrer de fatigue.

13

Matteo

Seize heures plus tôt

Je redescends les escaliers en me disant que ce serait le pire moment pour être victime d'une caméra cachée. J'ai l'impression d'avoir laissé une partie de ma virilité dans cet appartement. Sérieux. Depuis quand Matteo DiNatale se fait recaler ? Je n'ai même pas le souvenir d'avoir été laissé sur la béquille, ne serait-ce qu'une seule fois. Je ne savais pas que mon charme avait une date de péremption. À moins que ce ne soit à cause de son petit-ami flic, mais même ça, ça ne m'avait pas empêché d'atteindre mes objectifs jusqu'à présent. J'en reviens pas.

Le pire, c'est que ça promettait d'être grandiose. Je l'ai sentie hyper réceptive à chacune de mes caresses, et putain, qu'est-ce qu'elle sentait bon. J'ai vraiment cru qu'on allait y arriver, et que j'allais une bonne fois pour toutes réussir à la baiser pour enfin pouvoir la sortir de ma tête. Je sais pas si quelqu'un ici a déjà essayé de bander contre son gré, mais franchement, c'est pas évident. J'étais un étalon, un Don Juan, j'étais le plus gros *serial* baiseur de New York, et il a suffi du refus d'une petite blonde en tailleur pour que tous mes exploits soient réduits à néant. C'est vraiment n'importe quoi. Et ce matin, miracle, ça s'est réveillé d'un coup ! Mais toutes les Brittany que j'ai déçues cette semaine n'étaient pas là pour en témoigner.

En temps normal, j'aurais pu insister. Pas lourdement non plus, pas comme un gros forceur, j'ai moi aussi entendu parler du consentement, merci bien. Mais j'aurais joué encore un peu, j'aurais fait mine de passer à autre chose pour mieux revenir à l'attaque. Ou j'aurais peut-être un peu tâté le côté psychologique, pour voir à quel endroit exactement ça coinçait. J'aurais tenté un truc, quoi. Tout, mais pas ce pathétique baiser que je n'ai pas pu m'empêcher de lui déposer sur le front avant de partir. Putain, on se serait cru dans une comédie romantique à la con ! Je sais vraiment pas ce qui se passe avec cette nana, si c'est le fait qu'elle semble plus intelligente que la moyenne, qu'elle intervienne dans notre défense ou si c'est parce que je l'ai mise en danger, mais il se passe un truc. Et comme je n'aime pas rester dans le flou, il va vraiment falloir que je trouve des réponses. Et vite.

Ça doit faire un moment que je suis planté en face de son appartement comme un con à fumer des cigarettes, parce que je finis par apercevoir Mia en descendre. Pff ! Je suis un peu déçu qu'elle ait troqué sa nuisette ultra sexy contre ce tailleur jaune. Bon, OK, il lui va plutôt bien, et c'est vrai que ses jolies courbes n'en sont pas moins mises en valeur. Mais là, ça fait pro, ça fait pas intime, et le petit gars entre mes jambes a vraiment besoin d'intimité plus poussée avec elle. Heureusement, elle est trop occupée à regarder par-dessus son épaule en attendant qu'un taxi veuille bien s'arrêter pour remarquer le gars chelou qui la mate de l'autre côté de la rue. Là, c'est certain, elle ne serait pas loin de demander une procédure d'éloignement. Et de démissionner !

Ah, ça y est, un chauffeur s'est enfin arrêté pour prendre cette espèce de bombe sexuelle.

Putain, moi aussi, j'aimerais bien la prendre !

Alors que je m'apprête à retourner dans la voiture, je suis interpellé par une silhouette qui marche en direction de l'immeuble de Mia. Un flic. Beurk ! Il est habillé en civil, mais deux raisons me permettent d'affirmer ce qu'il fait tous les jours. Déjà, il pue la condescendance, la corruption et l'ennui, trois défauts indispensables pour être accepté chez les poulets. Et ensuite, je reconnais parfaitement cette tête de fouine. C'est celle qui était en photo à côté de Mia, sur son profil Facebook. Il arrive un peu tard, pour le petit-déjeuner, ce con ! Tu parles d'un mec idéal... Moi au moins, je suis ponctuel. Enfin, je ne suis pas en train de dire que je voudrais être son petit-ami, hein, manquerait plus que ça ! L'idée même me donne envie de me griller trois clopes d'affilée. Mais au moins, quitte à ne pas pouvoir la baiser, je préférerais que ce soit au profit de quelqu'un qui saurait s'y prendre.

Par curiosité, je reste planté encore un peu dans la rue. Putain, vraiment pas de vie, le type... Mais c'est plus fort que moi. Je veux voir sa tête dépitée quand il réalisera que sa chérie est déjà partie, et qu'il est trop tard pour la sauter ce matin.

Moi aussi j'ai failli !

En attendant, je m'assois à la terrasse du café dans lequel j'ai pris l'habitude de manger un bout, ces derniers jours. Comme je n'ai rien de mieux à faire, je consulte mes mails. Ouais je sais, pas très pro comme attitude, de les regarder lorsqu'on s'ennuie, mais bon. On m'a jeté tellement jeune dans le monde des grands, je résiste comme je peux !

Au même moment, mon père m'appelle. Bordel, il ferait mieux de me coller un GPS au cul, si c'est pour me fliquer comme ça ! Je lui réponds d'un ton quelque peu agacé.

– Oui ?

– Bonjour Matteo. J'espère que tu ne réponds pas toujours comme ça au téléphone.

– …

– Notre détective a réussi à regrouper de nouvelles informations sur les personnes qui pourraient frayer avec les Callahan. On est sur une nouvelle piste. Je t'envoie quelques photos tout de suite sur ta boîte mail. Rappelle-moi si tu reconnais quelqu'un.

Et il raccroche. Ouf ! S'il y a au moins une chose que je ne peux lui enlever, c'est sa capacité à ne pas perdre de temps. J'aimerais que tout le monde soit comme lui – enfin, juste sur ce point hein ! On ne se perd pas en discours inutiles et interminables, on va droit au but, personne n'a le temps de faire semblant, et on finit beaucoup plus heureux, avec une espérance de vie allongée. Et voilà le travail ! DiNatale pour les présidentielles, à venir prochainement !

La serveuse m'apporte un café et deux donuts, je mate son cul lorsqu'elle repart, pour le principe, et je retourne sur mon téléphone pour consulter les fameuses images que mon père vient de m'envoyer… Ah ouais ! Je pensais qu'on était pas mal avancés dans le XXIe siècle, mais niveau qualité photo, on repassera. C'est ultra pixellisé, j'ai l'impression d'être revenu vingt ans en arrière.

Les trois premiers clichés ne m'évoquent rien du tout, et pourtant ce n'est pas faute de les analyser sous tous les angles, de zoomer puis de dézoomer aussitôt en réalisant que ça ne m'aide absolument pas. J'observe les vêtements, le contexte, l'attitude, dans l'espoir de faire revivre un souvenir dans mon esprit. J'ai *envie* de reconnaître au moins l'une de ces personnes. Parce qu'il s'agirait de faire avancer nos affaires, quand même ! Du côté de Philipps et Mia, ça bosse pas mal, mais ça reste légal, donc lent. De notre côté, on a besoin que ça bouge. Apparemment, ça n'a pas suffi de passer Tommy Pearson à tabac avec Lucas, même si je suis certain que ça a quand même envoyé le bon message. Son oncle, la mania de l'immobilier, qui est censé nous avoir dénoncés, n'était qu'un autre pion sur le vaste échiquier de cette affaire. Maintenant, il faut savoir exactement à qui on a affaire, pour pouvoir blinder la prochaine attaque, et ne plus se laisser surprendre.

Un délice, ces donuts ! Je me demande si les fesses de Mia sont aussi tendres…

Je manque de m'étouffer avec une nouvelle gorgée de café lorsque j'ouvre la quatrième photo. Pixellisé ou pas, ce type, je le reconnaîtrais entre mille. Pour la simple et bonne raison que je l'ai aperçu il y a moins d'une demi-heure, et que déjà à ce moment-là, sa tête ne me revenait pas !

C'est le mec de Mia… Putain, j'hallucine !

La même expression dédaigneuse qu'on devine sans peine, cette même veste de bouffon. C'est lui, c'est sûr !

Mais alors… ? Ça voudrait dire qu'il bosse pour les Callahan, et que lui et Mia sont de mèche ? Qu'elle sait depuis le début exactement quoi faire et quoi dire pour se faire accepter de nous dans l'espoir de mieux nous trahir par la suite ? Non. Je refuse de le croire. Moi, je suis un connard, c'est acté, on le sait tous. Mais pas elle !

Il faut se rendre à l'évidence, pourtant…

Ouais, les preuves sont accablantes. Et ça expliquerait pourquoi elle s'est donné un mal de chien à trouver un petit vice de procédure dans le dossier, il y a quelques semaines. En apparence, c'était pour nous aider, mais j'imagine que ça ne mettait pas vraiment dans la merde les personnes pour qui elle bosse, finalement. C'était un moyen détourné de gagner notre confiance. Et je suppose que le fait de m'allumer chaque fois qu'on se voit, l'air de rien, fait partie du plan également ! Putain, je me sens comme un bleu, là – un peu comme mes couilles. Un vrai con qu'on manipule à souhait, qui s'était promis de retenir la leçon cette fois-ci, mais qui se laisse déstabiliser par le prochain petit cul qui passe.

Merde, quoi ! Quand je pense que j'ai risqué ma vie pour protéger la sienne ! J'ai joué les héros dans un putain de parking souterrain, *j'ai pris une balle pour elle !* Bon d'accord, la blessure était superficielle, ça a vite été réglé, mais quand même ! J'aurais pu laisser les DiNatale sans descendance, au nom de quoi ? D'une pauvre nana corrompue, qui bosse pour le clan adverse ? Qui œuvre main dans la main avec ces chiens de Callahan ! Décidément, toutes les routes mènent chez eux… Je n'en peux plus, que leur nom vienne pourrir toutes mes journées !

Et ce foutu baiser sur le front tout à l'heure… Ah, il est tombé bien bas, le Matteo ! Je me fais honte. Non, en fait, je suis dans une colère noire. La trahison, c'est sûr, elle est partout dans notre milieu, mais là… Je sais pas, là c'est différent. Je m'y attendais pas, et ça fait presque *mal.*

Sans perdre davantage de temps, je contacte directement notre détective et lui demande de me fournir toutes les informations qu'il trouve sur Mia Cooper. Je veux ça dans l'heure. Rien à foutre de devoir tripler sa paye pour ça. Je veux des réponses, et je ne veux pas les attendre ! Et de toute façon, ce connard de flic n'est toujours pas redescendu de l'appartement, et je n'ai pas l'intention de bouger d'ici sans avoir pu le revoir. Je ne sais pas ce que j'ai prévu de lui faire, exactement, ni si j'ai réellement prévu de faire quoi que ce soit, mais quelque chose me retient ici. On verra bien.

Et bien sûr, alors que je suis sur le point de m'allumer la dixième clope de la matinée, je découvre que mon paquet de cigarettes est vide. En tant que vrai roi de l'anticipation, je n'en ai pas pris d'autres. Mais peu importe, pas besoin de prévoir quand on est riche comme je le suis. Je hèle de nouveau la serveuse au petit cul, lui mets deux billets de 50 dollars dans la main et lui demande de me ramener un paquet. Ouais, ça aussi c'est la grande classe. Missionner quelqu'un pour seulement vingt cigarettes. J'aurais pu lui demander de me ramener une cartouche, mais ça n'aurait pas eu le même effet. Et puis, c'est moins pratique à transporter !

J'attends impatiemment le mail de mon détective qui n'arrive pas. J'en connais un qui risque de ne pas avoir sa prime. J'ouvre l'historique d'appels de mon téléphone pour savoir à quel point il exagère, et en fait je réalise que c'est moi qui suis dans l'abus. L'appel que je lui ai passé date d'exactement cinquante-sept minutes. Il lui en reste trois pour ne pas entamer ma patience pour de bon.

Cinquante-huit minutes. La serveuse revient et entreprend de me rendre l'argent. Et puis quoi, encore ? Lorsqu'un DiNatale donne, il ne reprend pas. Enfin, sauf cas particulier bien sûr… Je lui sers mon plus beau sourire et lui dis que si elle veut vraiment me remercier, elle sait quoi faire. Dans ces moments-là, je me dis que j'ai vraiment de la chance d'être séduisant, sinon je me serais déjà pris plusieurs gifles. Ce comportement de gros lourd n'est acceptable que lorsqu'on a la belle gueule qui va avec, celle qui mouille les petites culottes sans les toucher et qui t'ouvre toutes les portes de chambre. Et c'est pour ça que, sans songer le moins du monde à s'offusquer de cette proposition plus que directe, la serveuse penche la tête sur le côté en soufflant « pourquoi pas ? » avant de reprendre son service, non sans se retourner vers moi plusieurs fois en me lançant un regard plus qu'aguicheur.

Tiens donc, madame rêve de se faire prendre dans les toilettes ?

Un coup d'œil à mon téléphone m'indique que ça y est.

Ça fait pile une heure. Et tandis que je suis sur le point de rappeler cet incapable de détective, l'arrivée d'un nouveau mail le sauve. Et me sauve aussi de cette insupportable attente, c'est vrai.

Je retire le film plastique qui protège le paquet de cigarettes, en sors une et l'allume tout en ouvrant le mail.

À nous deux, Mia Cooper... Après avoir découvert tes dessous ce matin, il est temps de me plonger dans tes secrets. Je ne suis pas le genre de type qu'on trahit impunément.

Je passe plus de trente minutes à éplucher toutes les informations qui s'étalent sous mes yeux, sans oublier de vérifier la porte d'entrée de l'immeuble de la rue d'en face. Le dossier semble complet. Je ne remettrai plus en question les compétences de notre détective familial. Je survole les éléments qui ne m'intéressent qu'à moitié, comme son lieu de naissance ou les notes qu'elle a obtenues lors de sa scolarité – encore plus brillantes que ce que je pensais – et m'attarde au contraire sur sa famille, et sa rencontre avec ce flic, Lawrence.

Ce que je lis confirme ce que je pensais déjà : la famille de Mia fait partie de la classe moyenne. Assez aisée pour pouvoir lui offrir de belles études, mais pas suffisamment pour lui payer un logement plus sympa que l'espèce de cage à poules dans laquelle elle vit. Elle est fille unique, et ses parents ne vivent plus dans le coin depuis plusieurs années. Moi qui me plains souvent de la proximité avec mon père... Pour elle, c'est tout l'inverse ! J'en déduis donc que c'est bel et bien pour sa carrière d'avocate qu'elle a choisi de rester ici. Et puis, j'apprends que c'est également la ville dans laquelle elle a rencontré son mec. Plus vieux qu'elle de quelques années, flic de père en fils, ils se sont rencontrés dans le cadre professionnel. Apparemment, la fac de Mia avait organisé un stage de plusieurs semaines au cours duquel les étudiants devaient se rapprocher de cet autre côté de la justice pour pouvoir avoir une vue d'ensemble plus grande sur ce qui les attendait. Et bien sûr, on a mis la jolie blonde avec le flic célibataire et objectivement pas trop moche.

Je relis plusieurs fois les documents fournis, pour être certain de ne pas passer à côté de quelque chose d'important. L'adresse de ce Lawrence est mentionnée, ce qui me confirme qu'ils ne vivent pas ensemble. En même temps, l'appartement de Mia serait un peu juste pour eux deux, mais bon, paraît que les gens amoureux n'ont pas besoin de grand-chose. Mais du coup, je me demande vraiment ce qu'il fout là-haut depuis tout à l'heure. Il pionce, peut-être ? Il se masturbe dans les sous-vêtements de sa nana ?

À la fin de ma lecture, je me rends compte que je ne suis pas plus avancé que tout à l'heure. Il n'y a strictement rien qui semble relier Mia aux Callahan, pour autant, je ne me sens pas particulièrement soulagé. Ma curiosité est loin d'être satisfaite ; au contraire, j'ai l'impression que des dizaines de nouvelles questions se sont ajoutées aux premières.

Après trois secondes d'hésitation – ouais, je suis un gars plutôt rapide parfois – je décide de rappeler le détective. Décidément, il va devenir riche, aujourd'hui !

– C'est encore Matteo. J'ai bien reçu les informations sur Mia Cooper, mais j'aimerais que tu fasses la même chose pour son petit-ami, Lawrence, et que tu m'envoies tout ça aussi vite que possible.

– Je me doutais que ce serait ta prochaine requête. Je m'y mets tout de suite !

Je raccroche sans faire grand cas des convenances ou autre formule de politesse à la con.

Au même moment, ce connard de flic sort de l'immeuble

dans lequel vit Mia. Je l'observe avec des yeux nouveaux. Maintenant, je sais qu'il est officiellement mon ennemi. J'hésite à me lever pour aller le saluer, histoire de lui montrer que je *sais*. Mais je sais aussi que mon père désapprouverait ce genre de comportement, car avant d'être une fouine des Callahan, il est surtout une fouine tout court. C'est un flic. Je dois quand même me méfier.

Je me force à rester cloué sur ma chaise tandis qu'il s'éloigne, la mine renfrognée. La sieste n'a pas dû être de tout repos !

Je me décide à mon tour à quitter cette rue, que je squatte quand même depuis ce matin ! Je rappelle notre chauffeur, et sur la route du retour, je réfléchis à l'élaboration d'un plan. Je commence par récapituler tous les éléments qui sont à ma disposition : Lawrence, policier de New York, est infiltré pour les Callahan. Il sort avec Mia depuis des années, bien que je ne sois pas certain de son degré d'implication dans toute cette histoire. Du côté des Callahan, la seule solution envisageable pour apaiser les tensions serait que j'épouse la fille du clan, Meghan. Et dans tous ces scénarios-là, le but premier est d'avoir la voie libre pour pouvoir nous sortir des problèmes de justice et pouvoir ouvrir, comme prévu, les casinos qui auront pour but de blanchir de l'argent encore plus facilement dans la Grosse Pomme même.

Réfléchis, Matteo…

Il y a quelque chose à faire de tout ça, j'en suis certain. Mais quoi ?

Soudain, je repense aux gémissements de Mia, ce matin, et je suis certain qu'ils étaient sincères. Franchement, même la meilleure des actrices pornos n'aurait pu feindre le désir à ce point. J'en suis convaincu. Donc, quelque part dans tout cet éventuel tissu de mensonges… Je ne la laisse pas insensible. C'est cette piste-là qu'il va falloir exploiter.

De retour au manoir, je me rends directement dans le bureau de mon père. Il faut que je lui vende correctement ce nouveau plan. Car s'il accepte, ça veut dire que je n'aurai pas à me passer la bague au doigt tout de suite, et que je vais pouvoir rendre la monnaie de leur pièce à ces traîtres...

Je frappe quelques fois à sa porte avant d'entendre sa voix ferme m'autoriser l'accès.

Face à moi, Gabriele DiNatale semble plus imposant que jamais, avec ses traits marqués par l'inquiétude. Lui aussi, il pensait que l'ouverture des casinos serait plus simple et plus rapide.

– J'attendais que tu me rappelles, me lance-t-il d'un ton froid. J'en déduis que tu n'as reconnu personne, sur les photos ?

– Si, justement. Je ne t'ai pas rappelé parce que je préférais t'en parler de vive voix. J'ai eu une idée, lui annoncé-je très sérieusement.

– En règle générale, je m'attends à ce que tu exécutes mes ordres, pas à ce que tu réfléchisses par toi-même, me calme-t-il aussitôt.

Je lève les yeux au ciel, préférant faire fi de sa remarque.

– Je pense que ce serait une mauvaise idée d'épouser Meghan tout de suite, lâché-je. Et avant que tu ne me coupes, écoute ça : le gars de la quatrième photo que tu m'as envoyée, c'est Lawrence, un flic. Donc une taupe des Callahan. Et surtout, nul autre que le petit-ami de Mia Cooper depuis plusieurs années. Tu vois où je veux en venir ?

Je vois son regard changer à la seconde où j'évoque Mia. Lui aussi, il doit se sentir trahi. Dans une moindre mesure, bien sûr, puisqu'il est bien plus habitué que moi à tous ces doubles jeux. Mais je sens que pour le coup, il ne s'y attendait pas du tout non plus. En outre, c'est lui qui a insisté pour qu'elle soit sur notre dossier en priorité. Comme quoi, on n'a pas bon à tous les coups, même lorsqu'on s'appelle Gabriele DiNatale, et qu'on contribue à faire la pluie et le beau temps dans l'une des plus grandes villes du monde.

– Qu'est-ce que tu as en tête ? me demande-t-il simplement.

– On n'a aucune preuve que Mia soit réellement impliquée dans tout ça, mais la coïncidence paraît trop grande pour que ce ne soit pas le cas. Mais, quel que soit son degré de sabotage et d'espionnage dans cette histoire, je pense qu'elle est suffisamment jeune et, disons-le, naïve, pour pouvoir être manipulée à son tour. Je lui plais, je le sais. Elle est loin d'être insensible aux avances que je lui fais depuis le début.

– Ce qui pourrait servir nos intérêts, conclut mon père. La plupart des femmes sont faibles, heureusement pour nous. Tu souhaites tirer avantage de la situation ?

– Exactement, confirmé-je. Je continue à la séduire, je l'amène un peu plus à baisser sa garde, et lorsqu'elle ne s'y attendra pas…

– Il sera trop tard, et nous saurons tout ce qu'il y a à savoir sur le plan des Callahan. Bien. Ton mariage attendra. Tente le tout pour le tout.

Oh purée, c'est magnifique ! « Ton mariage attendra », ces mots doivent être les plus beaux que mon père m'ait jamais dits !

D'une pierre deux coups : je continue à essayer de baiser la petite Mia, et je garde ma liberté pour le moment. Enfin… D'une pierre trois coups, même, puisqu'on va aussi et surtout avoir l'occasion de prendre ces enfoirés de Callahan à leur propre jeu ! Fiou ! Tant d'excitation me donnerait presque envie de retourner au café pour prendre la petite serveuse entre deux chasses d'eau. Peut-être que les souvenirs de ce matin avec Mia pourraient suffire pour me rendre toute ma virilité… Ça se tente !

Je passe l'après-midi à la salle, non content d'évacuer tout ce que j'ai pu emmagasiner d'émotions ces derniers jours, et après un passage à la douche suivi d'un repas copieux, je retourne au même endroit que ce matin. Heureusement, le café fait également office de brasserie, et je retrouve la belle au même endroit, avec son petit cul qui n'attend que d'être fessé par des mains expertes. En me voyant arriver, elle ne peut s'empêcher de se mordre la lèvre inférieure. Elle aussi, elle devait mourir de faim, depuis tout à l'heure.

Histoire de faire monter encore un peu le suspense, je lui commande plusieurs bières jusqu'à la fin de son service, et nous flirtons ouvertement. Lorsqu'elle me chuchote à l'oreille qu'elle va me sucer comme jamais, je suis soulagé de sentir ma queue se réveiller sous la table. Enfin une promesse qui peut être tenue !

Vers 23 heures, alors que l'endroit se vide, il ne reste que nous deux. C'est elle qui est chargée de la fermeture ce soir, ou plutôt j'imagine qu'elle s'est arrangée pour l'être. Je pensais qu'on allait faire ça dans les toilettes, comme deux voleurs, mais finalement, il semblerait qu'on ait accès à l'intégralité de la salle !

Lola, c'est comme ça qu'elle s'appelle, ferme les gros volets afin de nous couper de l'extérieur. Ça ne m'aurait pas particulièrement dérangé d'être regardé, mais je peux comprendre la pudeur des autres. Elle se verse à son tour un verre, qu'elle boit cul sec et, les yeux brillants de début d'ivresse et de désir, commence à se déshabiller en soutenant mon regard. Hum, sympa ce spectacle !

Lorsqu'elle arrive à mon niveau, elle est déjà en sous-vêtements, et ne se fait pas prier pour se baisser au niveau de mon entrejambe. D'une main quelque peu maladroite, elle défait mon bouton, la fermeture, et descend le tout. Elle me prend dans la moiteur de sa bouche et… putain ! Je sens que ça ne viendra pas. Merde, merde et merde ! Sérieux, quelqu'un a une poupée vaudou de moi, quelque part, avec une grosse aiguille plantée dans les couilles ?!

Refusant de lui révéler mon impuissance, j'entreprends de la jouer amant généreux. Je la porte pour l'allonger sur le comptoir et lui donne son meilleur cunni. Deux orgasmes et quelques doigts plus tard, je prétexte de devoir rentrer chez moi. Et puisqu'elle est trop satisfaite pour songer à penser à me rendre la pareille, je n'ai pas à me justifier davantage.

Une fois dans la rue, je remarque qu'il y a de la lumière chez Mia. Cette sorcière. Il va être temps de mettre le plan à exécution. Objectif ? Être un homme aussi détestable qu'adorable ! Puisque son numéro de téléphone est enregistré dans mon répertoire depuis ce matin, merci au travail de mon détective, je décide de lui envoyer un SMS tout de suite.

* **Matteo :**
Ciao bella, *comment s'est passé*
le retour au travail ? J'espère que
ce con de Philipps a été sympa avec toi !

14

Mia

Il m'a fallu plusieurs jours – ou plutôt plusieurs soirées – pour remettre de l'ordre dans mon appartement, mais j'y suis enfin arrivée. En plus, ces heures pénibles ont heureusement été rythmées par quelques échanges de messages avec Matteo. Bien sûr, je tâche de ne pas y prêter attention plus que nécessaire, mais tout de même, maintenant que je n'ai plus aucun homme contre lequel me blottir le soir, je suis bien contente d'en avoir un sous la main qui alimente quelques fantasmes.

C'est donc dans une chambre rangée que j'entreprends de préparer mes valises. Le contexte ? Je dois accompagner Benjamin à New Jersey ce week-end, dans l'une des propriétés des DiNatale... Au début, je me suis demandé ce qui nécessitait un tel déplacement. J'ai même été étonnée que mon boss me demande de venir avec lui. J'ai tenté de poser la question à Matteo, histoire de profiter comme il faut de cette espèce de connivence qui semble se créer entre nous, mais il est resté très mystérieux. À force de fouiner, puisque visiblement quand tu veux une info, il faut directement aller la chercher, j'ai cru comprendre qu'un homme mêlé de très près aux affaires des DiNatale serait présent. Du genre très influent et très riche. J'espère qu'il ne va pas me prendre pour une prostituée, lui aussi.

J'ai contacté Erin avant-hier, pour lui demander de passer nourrir Pumpkin en mon absence. Et puis, c'était surtout l'occasion de reprendre des nouvelles. J'avais peur que ce soit froid, ou gênant… Mais son air enthousiaste m'a tout de suite rassurée ! Elle m'a dit que je lui avais beaucoup manqué, mais qu'elle n'avait pas osé m'appeler plus tôt. C'est fou le temps qu'on peut perdre, parfois, en amitié, alors qu'il suffit d'un coup de fil pour que tout soit réglé !

Bon, et maintenant, qu'est-ce qu'on est censés emporter pour un week-end au cœur de la mafia italienne ? Des tailleurs ultras stricts ? Un jean parce que c'est le week-end ? Des tenues glamour au cas où il y aurait une soirée ? C'est dans ces moments-là que je mesure la réelle chance qu'avait Mary Poppins. Au moins, elle mettait ce qu'elle voulait, dans son sac ! En attendant, à défaut de me trouver des pouvoirs magiques comme la nounou de ce film, il va bien falloir prendre une décision. Outre tous mes produits d'hygiène et de beauté, qui prennent une place considérable, je parviens à caser six tenues différentes, qui peuvent convenir à des circonstances variées. C'est déjà pas mal !

Au moment de passer aux sous-vêtements et tenues de nuit, je ne peux m'empêcher de fantasmer un peu. Est-ce que Matteo aimerait cette couleur ? Et ses mains, sur cette matière, glisseraient toutes seules… Incorrigible, j'opte pour ce qu'il y a de plus sexy dans ma garde-robe. Et même si je suis la seule à les voir, il paraît que se plaire à soi-même, c'est déjà le début d'une grande histoire !

Une petite heure plus tard – le temps c'est de l'argent, sauf quand il est question de vêtements – tout est enfin prêt ! Nous sommes vendredi soir, je n'ai aucun travail en retard, et je suis sur le point, je le sens, de passer un week-end pour le moins mémorable. Il est déjà 23 heures, mais je n'ai pas envie d'aller dormir. En plus, Matteo ne m'a pas encore envoyé de message, ce soir, et ça m'embête de l'avouer, mais dans le fond, je m'y suis habituée. Et ça me plaît.

Bien sûr, je pourrais prendre sur moi, briser quelque peu cette image de femme inatteignable et détachée – à quelques baisers près – pour lui envoyer le premier SMS, mais comme nous allons déjà passer le week-end ensemble, ça me bloque un peu. Je ne veux pas qu'il s'imagine que c'est open-bar. Et d'ailleurs, open-bar ou pas, je ne suis pas censée avoir de rapport intime avec le fils de notre client le plus important ! Qui plus est, je ne suis vraiment pas supposée m'imaginer avoir le moindre contact charnel avec un homme qui… avec un meurtrier ! Mes hormones s'arrangent toujours pour me faire oublier ce dernier point, comme si c'était un détail, un fait négligeable. Pas vraiment, non !

Je me rends dans la cuisine et me prépare un petit bol de M&M's à déguster devant une comédie romantique. Je n'ai pas encore décidé laquelle, mais sur Netflix, je sais qu'il y a l'embarras du choix ! Une fois mes sucreries en main, je file me mettre bien au chaud dans le lit. J'adore ce moment, qui se joue uniquement entre moi et moi, et qui va à coup sûr être sympa. J'attrape l'ordinateur sur le côté du lit et, après l'avoir allumé, me rends sur la plateforme de films.

Au bout de la troisième bande-annonce – oui, décider de ce qu'on va regarder est aussi compliqué que décider de ce qu'on va porter – une notification m'indiquant l'arrivée d'un SMS me fait légèrement sursauter. Hum… On dirait que je ne suis pas la seule à qui ce petit rituel du soir avait manqué. Je tente d'ignorer mon téléphone quelques minutes, pour me faire croire que je suis complètement insensible à ce charme qui parcourt les ondes, mais je ne pense qu'à ça. Alors, bien sûr, je cède.

* **Matteo :**
Un week-end entier ensemble…
Je n'arrête pas d'y penser.

Wow ! Il ne fait pas semblant, encore une fois. Tout ce que je me force à taire, il ose l'avouer. J'imagine que c'est là l'une des innombrables choses qui nous différencient. Mais pour le coup, je suis admirative de cette qualité qu'il a. Même si c'est uniquement dans le but de m'avoir dans son lit, la démarche est courageuse. Mais franchement, qu'est-ce que je suis censée répondre à ça ?!

Je me laisse le temps de la réflexion pendant encore quelques bandes-annonces, jusqu'à trouver la réponse qui me semble idéale.

* **Mia :**
Ah oui ? C'est vrai que
ça m'a l'air d'être un week-end
crucial, au niveau des affaires.
J'espère que tout se passera
comme prévu !

Ouais, bon, j'ai dit « idéale » dans le sens « je ne prends pas de risques ». Pour un dialogue de film romantique, on repassera… Une fois de plus, sa réponse ne tarde pas.

* **Matteo :**
Oh, je ne me fais pas de soucis
pour les affaires. C'est à toi que je
pensais, plus précisément.

C'est moi, ou il fait chaud tout à coup ?

Un nouveau message arrive.

⋆ Matteo :
Depuis toujours, on m'a habitué
à aller jusqu'au bout des choses.
Et depuis ce fameux matin chez toi,
je suis obsédé par l'idée de découvrir
ce que ça pourrait donner...

Bon. Cette fois-ci la question ne se pose plus : New York vient de rentrer en ébullition !

Comment lui dire que moi aussi, j'imagine ses mains sur mon corps chaque fois que je ferme les yeux ou que je m'endors ?

Ben non, en fait, je ne dois pas lui dire !

⋆ Mia :
On n'a pas toujours ce
qu'on veut... Je vais dormir.
Passe une bonne nuit !

⋆ ⋆

Hier soir, je me suis endormie devant le film. J'avais fini par choisir *Crazy, Stupid, Love,* que je connais par cœur, mais dont je ne me lasse pas ! Donc ce matin, lorsque le réveil a sonné, j'ai eu l'impression d'être dans une dimension parallèle. Une alarme à 6 heures du matin, un samedi ?! On aura vraiment tout vu. J'ai dû lutter contre ce moment où le lit paraît absolument irrésistible, et où toutes les obligations passent soudainement au second plan. Franchement, j'étais à deux doigts de ne pas me lever ! Mais une deuxième sonnerie, déclenchée quelques minutes plus tard, a eu raison de moi. Heureusement que je ne me fais pas confiance ! C'est vachement utile, de bien se connaître.

Lavée, apprêtée et caféinée, je ferme donc la porte de

l'appartement derrière moi, mes valises à la main, m'apprêtant à rejoindre la limousine de Benjamin en bas de l'immeuble.

Lorsque je monte dans le véhicule, mon mentor affiche un air plus froid que jamais. Tiens, on n'est pas vraiment matinal, à ce que je vois ? Le « bonjour » que je lui lance reste sans réponse. Ça va être sympa, ces deux heures de route ! Je commence presque à regretter de ne pas avoir pris le train, ou… Non, je n'ai pas le droit de penser à ça.

Matteo et moi à l'arrière d'une limousine pendant tout ce temps, je me demande ce que ça pourrait donner !

Comme si je ne le savais pas…

Le silence dans la voiture devient de plus en plus insupportable à mesure que les minutes défilent. Pas de radio, pas de discussion, et pas tellement de bruits extérieurs en raison d'une bonne insonorisation. Si j'étais encore une ado peu soucieuse des codes sociaux, je ne me serais pas gênée pour sortir des écouteurs et m'enfoncer dans mon monde ! Mais aujourd'hui je suis entourée de vrais adultes, et je n'ai pas d'autre choix que prendre mon mal en patience. Je ferme les paupières et me concentre sur ma respiration pour tenter de faire passer le temps un peu plus rapidement, en vain…

Au bout d'une demi-heure passée à me demander comment briser la glace, une phrase me vient enfin.

– Je me demande comment va se dérouler le week-end. Je n'ai jamais eu l'occasion d'aller dans le New Jersey !

Bon, d'accord, on n'est pas sur une réplique cultissime. Mais on peut noter l'effort ! Benjamin sort au ralenti de l'espèce de semi-coma dans lequel il était plongé, et pose un regard hautain sur moi.

– Oh, tu n'as pas eu un programme détaillé des activités qui nous attendent ? J'en suis étonné ! s'exclame-t-il, beaucoup trop sarcastique pour être sincère.

– Je ne comprends pas… ?

– Vu la manière dont Gabriele a insisté pour que tu m'accompagnes, j'en ai déduit que vous deviez être encore plus proches qu'avant ! finit-il par lâcher d'un air méprisant.

– Je… Non, enfin… Non… bégayé-je, au comble du pathétique.

Au moins, maintenant, je sais pourquoi il se montre glacial depuis mon arrivée.

Ces derniers temps, il était redevenu cordial avec moi, tout du moins professionnel, et je pensais vraiment qu'on avait dépassé ces histoires d'ego. Mais visiblement, avoir le sentiment d'être une fois de plus mis à l'amende par la petite nouvelle, ça le met réellement hors de lui. Et d'ailleurs, ce qui me met hors de moi, cette fois, c'est qu'il me reproche une chose dont je n'étais même pas au courant ! Comment aurais-je pu me douter que Gabriele avait insisté pour que je vienne ? Et pourquoi, déjà ? Est-ce Matteo, qui a pris cette décision… ?

Me voilà au début d'un week-end potentiellement chargé en émotions, à déjà me poser mille questions. Super ! Au moins, ça couvrira le bruit du silence pour la longue route qu'il nous reste. Je savais que je n'aurais jamais dû quitter mon lit ! Il me manque déjà…

Enfin, après quelques gargouillis plutôt gênants de ma part, et un éternuement de Benjamin resté sans formule de politesse, nous arrivons. Le chauffeur sort de la route principale et commence à s'engager sur un petit chemin, qui devient de plus en plus étroit.

Quelques centaines de mètres plus tard, nous apercevons finalement la propriété qui va nous accueillir ce week-end. Je suis surprise de constater qu'en plus d'une immense demeure, se dresse également face à nous un gigantesque haras. Je n'avais jamais imaginé les DiNatale en fans d'équitation, mais pourquoi pas ! Après tout, ça reste un sport plutôt élitiste.

Nous nous garons dans une immense cour, et je sens mes poumons se remplir d'un oxygène bien plus pur à l'instant où je sors du véhicule. Ça y est, Benjamin n'est plus là pour aspirer tout mon air ! J'ai cru que le trajet n'allait jamais s'arrêter.

Deux hommes impeccablement vêtus viennent à notre rencontre, nous saluent et sortent nos affaires du coffre. On est bien reçus ! Autour de nous, sur ce qui fait office de parking, de nombreuses voitures, qui ont toutes l'air plus chères les unes que les autres, sont déjà présentes. Pourtant, il est encore tôt ! Je me demande combien de personnes doivent passer le week-end ici, elles aussi.

Benjamin et moi suivons les deux hommes jusqu'à l'intérieur de l'immense maison. Des bruits de discussions nous parviennent d'une autre pièce, mais pour le moment, nous sommes guidés vers l'étage. Le premier homme s'arrête avec mon mentor au haut des premiers escaliers, et le deuxième m'invite à monter encore plusieurs marches avec lui. C'est peut-être bête, mais je suis déjà soulagée de me dire que Philipps et moi ne dormirons pas sur le même palier !

Une minute plus tard, à peu près, je découvre la chambre qui sera la mienne pour le week-end. « Impressionnante » est le premier mot qui me vienne à l'esprit. Déjà, parce qu'elle est aussi grande que mon appartement, toilettes et salle de bains comprises, mais aussi parce qu'elle est magnifique. Les couleurs chaudes des murs et du mobilier me mettent tout de suite à l'aise, tout est beau et bien agencé. L'immense lustre au-dessus de ma tête, doré, ne gâche vraiment rien au spectacle. Et le lit… Mon Dieu, ce lit ! Je n'en ai jamais vu de si grand. Je me demande combien d'adultes pourraient passer dedans.

Matteo et moi, ça c'est sûr !

L'homme derrière moi me ramène à la réalité – heureusement – en m'indiquant que je suis attendue en bas. Oh, j'espère qu'il y aura de quoi se nourrir !

Lorsque je pénètre dans la grande salle, Benjamin s'y trouve déjà, greffé à Gabriele. Il n'a pas perdu de temps pour lui faire de la lèche, encore une fois ! Mon regard fait rapidement le tour de la pièce, à la recherche d'un autre visage familier… Ah, le voilà ! Et je constate que lui aussi, il m'a vue, puisqu'il vient tout de suite à ma rencontre.

Mince, comment est-ce que je suis censée le saluer ? La dernière fois qu'on s'est retrouvés au même endroit, j'étais à moitié nue, les lèvres gonflées de nos échanges. Est-ce que je lui serre la main ? Je lui fais la bise ? Je lui saute au cou ?

N'importe quoi !

En plus, j'ai l'impression que tous les regards sont tournés vers nous ! J'essaie de me convaincre que c'est uniquement dans ma tête, et déjà il arrive à ma hauteur. Je décide de rester statique. S'il veut me saluer, d'une manière ou d'une autre, je me contenterai de suivre le mouvement !

– Mia, murmure-t-il en souriant. Toujours aussi belle…

Je lui adresse un petit signe de tête sans être capable de prononcer le moindre mot. Il me paraît encore plus charismatique que la dernière fois, et sa voix ! Elle pue la sensualité, ça ne devrait même pas être permis. J'évite soigneusement de le regarder dans les yeux, comme si ça pouvait lui donner le pouvoir de lire mes pensées.

– Tu as faim ? me demande-t-il.

Bon, bah c'est raté. Même sans voir mes yeux, il peut deviner ce qui se cache dans mon esprit. Ou alors c'est parce que mon ventre vient encore de gargouiller ?

– Oh tu n'as pas idée ! finis-je par lâcher. Je n'ai bu qu'un café avant de partir, et depuis…

– Et depuis, ton estomac s'est mis à communiquer avec tout le monde ! plaisante-t-il.

Voyant que je baisse la tête, un peu gênée, il ajoute à mon oreille :

– T'inquiète, ça ne te rend pas moins sexy…

Une main se tend sous mes yeux alors que je m'obstine à fixer ses pieds, rouge comme une tomate.

– Bonjour, mademoiselle Cooper, me salue une voix ferme.

– Oh, bonjour monsieur DiNatale. C'est une magnifique propriété que vous avez là ! minaudé-je malgré moi. Merci de nous accueillir…

– Tout le plaisir est pour moi ! me rassure-t-il d'un air pourtant très froid. Mon fils va vous faire visiter. Matteo ?

Ce dernier acquiesce silencieusement, et je jurerais qu'ils viennent de se parler par télépathie. Le père repart, et mon nouveau guide pose une main dans mon dos.

– Le petit-déjeuner, tu le veux avant ou après les quelques milliers de mètres carrés à parcourir ? m'interroge Matteo d'un air moqueur.

– Ah, ah ! Je pense que tu connais la réponse, dis-je en secouant la tête.

– Très bien ! La visite guidée commencera donc par la cuisine.

Ouf !

Nous parcourons quelques mètres, sa main toujours posée sur moi. J'ai l'impression qu'elle descend vers mes hanches à chaque pas que nous faisons… à ce rythme, elle sera bientôt sur mes fesses ! Il va sans dire que, comme chaque fois que je me retrouve à ses côtés, la moitié de mes neurones s'est fait la malle. Je voudrais que la cuisine se trouve le plus loin possible, pour pouvoir maintenir ce contact encore un peu.

– Et voilà ! Le palais du goût, version DiNatale. Prends ce

qui te plaît ! me lance Matteo d'un air joyeux.

Sous mes yeux, des tables entières de nourriture apparaissent. Il est à peine 10 heures du matin, et il y en a déjà de tous les côtés ! J'attrape quelques pâtisseries et un fruit, puis nous revenons sur nos pas pour nous diriger vers l'extérieur de la maison. La main qui me soutenait a disparu… C'est dommage.

– J'ignorais que ta famille possédait un haras ! finis-je par lancer.

– Oh, depuis plusieurs générations nous adorons ce qui touche au sport équestre. C'est une vraie passion, chez les DiNatale. J'ai su comment monter à cheval dès que ça a été possible, et ensuite, j'ai appris la valeur de chacune de nos bêtes. Et surtout, comment en prendre soin, ajoute-t-il. Tu parais surprise ?

– Un peu, avoué-je. Je ne vous avais jamais imaginés comme ça, je crois…

– Tu nous voyais comment alors ? Flingue sous l'oreiller, aucun loisir, coupés du monde ? me demande-t-il, avec un sourire en coin.

– Non, non… bégayé-je, un peu confuse. Mais depuis la scène du parking… Je ne sais pas vraiment quoi penser.

Il marque quelques secondes de silence, semblant réfléchir à la réponse appropriée à me fournir.

– Bon, si j'ai bien compris, je dois redorer un peu la bonne image du mafieux. Donc si ça peut te rassurer, sache qu'on organise de nombreuses courses de chevaux… Et qu'on ne perd jamais d'argent, bien au contraire.

J'écarquille les yeux, surprise qu'il m'avoue aussi facilement que sa famille participe à ce qui m'a l'air d'être des paris illégaux. Puis je me rappelle que je suis avocate, et que tout ce qu'il me dit est considéré comme confidentiel.

– Dans le fond, reprend-il, ce n'est pas vraiment un secret.

Mais tant qu'il n'y a pas de preuves concrètes… Et puis, les flics ne perdent pas leur temps avec ça. Comme tu le sais, c'est d'autres affaires qui les intéressent !

Il me lance un regard plutôt énigmatique, je ne sais vraiment pas ce que je suis censée comprendre. Bien sûr, je suis bien au courant des ambitions de la police les concernant, puisque je suis chargée de les défendre ! Ou alors, il essaie de me faire comprendre que j'aurais dû me renseigner davantage sur sa famille ? C'est vrai… Je me sens un peu bête de ne pas avoir eu l'information plus tôt.

Nous marchons encore un peu, et je ne résiste pas à l'envie de l'observer longuement. Ce n'est pas dur, étant donné qu'il marche un peu devant moi ! Tout inspire le respect, chez lui. Sa posture, fière et déterminée ; ses vêtements sur mesure ; son parfum qui laisse une irrésistible odeur de virilité dans son sillage, sans non plus être trop marquée. Ses cheveux, tout juste assez longs pour commencer à afficher quelques bouclettes, ne demandent qu'à être touchés. Et je dois dire que c'est très dur de leur résister !

Matteo s'arrête brusquement lorsque nous arrivons au niveau des box. Si brusquement que je lui rentre dedans. Je n'avais pas prévu que ses petites fesses cesseraient de s'agiter ! Il pivote rapidement sur lui-même pour me rattraper, et c'est seulement au moment où ses bras font le tour de mon corps que je réalise à quel point ils m'avaient manqué. Nous restons quelques secondes dans cette position, jusqu'à ce qu'un hennissement derrière moi me fasse sursauter.

– Oui, je voulais te prévenir, commence Matteo. L'une de nos nouvelles juments est assez agitée, il vaut mieux éviter de l'approcher.

Je me retourne et observe ce magnifique animal au pelage brun. Elle est si majestueuse ! Je demande alors à Matteo de me raconter son histoire, et il m'explique qu'ils l'ont acquise il y a à peine quelques semaines. Elle a un excellent pedigree, mais ses premiers propriétaires ne se sont pas très bien occupés d'elle. Toutefois, il a bon espoir qu'avec un apprentissage digne de ce nom, elle sera très rapidement capable de remporter de nombreuses épreuves.

Je fais un effort considérable pour me concentrer sur ce qu'il dit, tellement je trouve ses lèvres hypnotisantes. En plus, maintenant je sais quel goût elles ont… Ça n'aide pas.

Nous sommes interrompus dans notre visite par la sonnerie du téléphone de Matteo. Il lit rapidement le SMS et m'indique que nous devons revenir sur nos pas.

– Mon père vient de me dire que Mike était arrivé. Il vit dans le coin, et il est assez âgé. C'est aussi pour ça que nous avons préféré organiser la rencontre ici…

Mike, c'est l'homme qui apporte son soutien financier aux DiNatale depuis quelques dizaines d'années en échange de nombreux services rendus. Ça, au moins, je le sais !

– Je suis désolé que notre tour de la propriété s'achève déjà, reprend Matteo en plongeant ses yeux dans les miens. Mais je saurai me rattraper, je te le promets.

Pourquoi est-ce que sa promesse sonne comme une invitation au sexe ?!

Je soutiens son regard quelques secondes, et j'y lis un désir au moins aussi grand que celui qui se répand dans mon bas ventre à cet instant.

Il fait mine de s'approcher de mes lèvres, mais je recule de quelques centimètres. Je ne sais pas par quelle force de la nature j'ai réussi cet exploit, et une partie de moi le regrette déjà. Mais je ne dois pas oublier que Matteo DiNatale est et restera un fantasme. Rien de plus. Ce serait trop dangereux.

Dans un silence électrique, nous retournons vers la demeure et y saluons les nombreuses personnes qui sont arrivées entre-temps. Dans le fond de la grande salle, Gabriele,

Benjamin et un homme d'un certain âge semblent plongés dans une discussion très sérieuse. Matteo se dirige rapidement vers eux sans même m'adresser un regard, serre la main de cet inconnu qui ne peut être que Mike, et ils se mettent à discuter entre eux, dos tourné à moi. J'ai l'impression qu'une immense porte se referme pile devant mon nez. Pourquoi avoir insisté sur ma présence ce week-end si c'est finalement pour me mettre à l'écart au moment des conversations importantes ? Piquée dans mon orgueil, rouge de honte, je fais demi-tour et remonte dans ma chambre. Là, au moins, personne ne me donnera l'impression d'être invisible, puisque je serai seule !

Vers 13 heures, nous nous réunissons tous autour d'une table immense. Matteo s'assied à ma droite et tente plusieurs fois d'échanger quelques mots avec moi, mais, toujours vexée et confuse, je préfère l'ignorer. De toute façon, il y a tellement de personnes autour de nous, ce n'est pas très difficile de m'intéresser à quelqu'un d'autre. Je ne me sens pas vraiment à ma place, au milieu de toute cette richesse, mais j'imagine que ça aussi, ça fait partie de mes nouvelles obligations professionnelles, maintenant.

Plusieurs fois, on me demande qui je suis et d'où je viens. Heureusement, tout le monde est très gentil avec moi. En même temps, chaque fois que je prononce le mot « avocate », on comprend très vite que je ne représente pas la moindre menace. Et le nom de Philipps m'aide beaucoup, aussi.

L'après-midi, nous assistons à plusieurs courses équestres. C'est la première fois que j'assiste à une telle compétition, je suis époustouflée. Les personnes autour de moi semblent très concentrées sur les performances du cheval sur lequel elles ont misé.

Mince, on était censés parier ? Je n'ai rien suivi !

Vers 17 heures, je remonte dans ma chambre, renommée officiellement « abri du week-end ». C'est super dur, de passer la journée à afficher une attitude professionnelle quand je bouillonne littéralement de l'intérieur. En plus, je suis épuisée de la semaine ! Et plus les heures passent, plus je me demande ce que je fiche ici. Benjamin ne m'a pas adressé un seul mot depuis que nous sommes arrivés, je me sens de nouveau comme la gourde en robe rouge qui l'attendait dans le couloir des DiNatale, le premier soir. Au fond, qu'est-ce qui a changé, depuis ? Quelques semaines de travail acharné n'ont visiblement pas suffi à me montrer digne de sa confiance et à calmer son ego malmené.

Je me repose un peu, flâne sur mon téléphone une petite demi-heure, puis je file dans l'immense salle de bain au fond de la chambre. Ce soir, les DiNatale ont organisé une grande réception. Je me félicite intérieurement d'avoir pensé à emporter une tenue de soirée ! J'imagine sans peine que tout le monde sera sur son 31. J'espère ne pas trop faire pâle figure, à côté de toutes ces femmes richissimes qui ont un budget shopping illimité. Je sors une jolie robe noire de ma valise, en satin, avec un décolleté plongeant dans le dos. Je l'ai choisie parce que la vendeuse n'a pas cessé de me répéter qu'elle mettait divinement mes formes en valeur. J'espère qu'elle ne mentait pas !

Une heure plus tard, apprêtée comme si je me rendais à un mariage, je descends de nouveau au rez-de-chaussée, encore plus bruyant que dans la journée. Un fond musical accompagne le bruit des discussions et des coupes de champagne qui s'entrechoquent. Aussitôt arrivée dans la salle, je suis rejointe par deux femmes d'un certain âge, qui me complimentent sur ma tenue. Le pire, c'est qu'elles ont l'air sincères. Je n'en reviens pas ! Je les remercie chaleureusement, et nous trinquons en échangeant quelques banalités. Le champagne et ces deux fées m'aident à me sentir un peu plus à l'aise.

– Je n'ai qu'un seul mot pour toi : « sublime ».

Une voix masculine, que je n'ai aucun mal à reconnaître, vient de chuchoter ce compliment dans mon dos. J'aimerais encore l'ignorer, mais son parfum semble avoir passé un pacte avec l'alcool qui coule doucement dans mes veines, et je suis incapable de me raisonner. Les deux dames avec qui je discutais s'éloignent, et je me retourne vers Matteo, très élégant lui aussi dans ce costume noir et violet.

– C'est la première fois que je te vois avec les cheveux relevés... souffle-t-il doucement. Ça te va très bien. Par contre j'ai une question : est-ce que ton rouge à lèvres tache ? Je n'ai pas envie de finir avec le visage rouge tout à l'heure...

Je ne peux m'empêcher d'éclater de rire. Quel toupet !

– Oh oui, il tache énormément, le taquiné-je en exagérant. D'ailleurs, tu risques d'en avoir sur toi juste en me parlant, je préfère te prévenir.

– Bon, puisque c'est toi... Je veux bien prendre le risque. En plus, tu me parles à nouveau, j'ai de la chance ! ajoute-t-il en me lançant un regard appuyé. Tu ne me fais plus la tête ?

– Arrête, je ne te faisais pas la tête...

– Ha non ? insiste-t-il avec un sourire sexy.

– Je ne comprends pas pourquoi ton père a insisté pour que je sois ici, si c'est pour me tenir à l'écart, lâché-je finalement. J'ai l'impression de faire office de tapisserie !

– Je pourrais contempler cette tapisserie toute la journée... murmure-t-il.

– Ce n'est pas vraiment un compliment, lui dis-je un peu sèchement.

– Ah, je pensais ! plaisante-t-il. En tout cas, ne te prends pas la tête au sujet de mon père. Regarde, je suis son propre fils, et les trois quarts du temps, je dois batailler pour qu'il m'écoute. Ça prend du temps, ces choses-là.

– Sans doute, oui, acquiescé-je à contrecœur.

– Allez, viens avec moi reprendre une coupe de champagne. Ça va te remonter le moral !

Nous nous dirigeons vers les serveurs et leur piquons deux coupes. Matteo me présente quelques personnes que je n'ai pas encore rencontrées, et nous passons une bonne heure comme ça, entre discussions polies et champagne millésimé. Sa proximité me trouble autant qu'elle me ravit. Chaque fois qu'il me présente à quelqu'un, une partie de moi s'imagine être sa petite-amie. Et chaque fois qu'il me regarde, j'ai l'impression que mes vêtements ont disparu…

Vers 21 heures, le repas est servi. Je suis de nouveau assise à côté de Matteo, mais cette fois, je n'essaie même pas de l'ignorer. En même temps, avec sa main qui se pose régulièrement sur ma cuisse, ça serait compliqué…

Je peine à me contrôler et je me déteste pour ça. C'est-à-dire que je suis entourée de dizaines de personnes super influentes, potentiellement criminelles, et que je suis censée adopter une attitude ultra professionnelle, mais que la seule chose dont j'arrive à me soucier, c'est la délicieuse chaleur qui se forme sur le haut de ma jambe. Et chaque fois que Matteo retire ses doigts pour s'emparer de ses couverts, j'ai l'impression qu'on me retire la moitié de mon oxygène.

Eh bah dis donc, si on en est là juste avec une main…

– Tu passes une bonne soirée ? chuchote-t-il à mon oreille.

– Tu es l'un des organisateurs, ça limite un peu ma réponse ! plaisanté-je.

– N'aie jamais peur d'être honnête avec moi, Mia.

Merde, j'adore ça, quand il m'appelle par mon prénom !

– Bon, alors si je peux être honnête, je m'attendais à bien pire que ça, lui expliqué-je alors. Entre la richesse de toutes les personnes qui m'entourent et le fait que tout le monde parle de choses qui me sont abstraites, j'avais vraiment peur de me sentir à l'écart. Mais en fait, ça va…

– Je te comprends, souffle-t-il.

Je lui lance un regard étonné, surprise qu'il puisse réellement comprendre ce que je ressens alors qu'à l'inverse de moi, il a grandi dans ce milieu.

– Je suis sincère, reprend-il. J'ai beau être un DiNatale et connaître l'histoire de chacune des personnes présentes ici, je ne me sens pas pour autant tout à fait à ma place. C'est peut-être une histoire de différence entre les générations… Parfois, je me sens en décalage.

Émue par cette révélation, qui fait écho à ce que je ressens la plupart du temps, je pose ma main sur la sienne, sous la table, et la presse légèrement. Il me sourit tendrement, et je jure que si nous étions seuls, ma culotte ne ferait pas long feu !

– Si seulement tout le monde pouvait disparaître… soupire-t-il en se mordant les lèvres. Tu n'as pas idée de tout ce que je voudrais te faire, là tout de suite.

Ses mains serrent un peu plus ma cuisse, et j'use de toute la volonté dont je suis capable pour me retenir de l'emmener un peu plus haut.

– On dirait vraiment que tu lis dans mes pensées, lui confié-je, moi-même surprise de tant d'audace.

Il se mord la lèvre un peu plus fort, semblant en proie à un dilemme interne féroce. Je le comprends, je suis actuellement soumise au même raz-de-marée intérieur !

– J'en déduis que tu n'as plus autant de scrupule, par rapport à ton mec ? me demande-t-il d'un ton curieux.

Je ne réponds pas, réfléchissant quelques secondes à la situation. J'ai l'impression que ça fait une éternité que je ne suis plus avec Lawrence, et quand je pense au saccage de mon appartement, je préfère complètement occulter le fait d'être sortie avec lui un jour. Donc quand j'entends Matteo faire référence à « mon mec », je sèche un peu.

– Oh, tu as raté quelques épisodes, lui expliqué-je en souriant. Lui et moi, c'est terminé.

Matteo encaisse l'information un petit moment, avant d'écarquiller soudainement les yeux.

– Mais alors, qu'est-ce qu'on fout encore ici ?

J'éclate à nouveau de rire et, un peu gênée d'avoir attiré les regards sur moi, replace toute mon attention sur l'assiette qui me fait face. Hum, sympa ce rôti de bœuf…

Cette diversion, bien qu'un peu gênante, est tout de même la bienvenue. Maintenant que la main de Matteo a disparu de ma cuisse, et que j'ai l'occasion de réfléchir un peu à la situation, je réalise que je fais absolument n'importe quoi. Pour me redonner un peu de contenance, je repense à l'homme qu'il a failli tuer sur le parking. Et à celui qu'il a déjà tué, comme me l'a appris Lawrence, tout ça en faisant accuser quelqu'un d'autre…

– Que se passe-t-il ? me demande Matteo après plusieurs minutes. Tu t'es refermée, tout à coup.

– Je… Bon. Tu m'as demandé de toujours être honnête avec toi… commencé-je, hésitante. Tu es très charmant. Parfois si charmant que j'en oublie presque… ce dont tu es capable.

Devant son silence, j'ajoute à voix basse :

– Sur le parking, l'autre jour, tu allais… tuer cet homme. Et nous savons tous les deux que tu l'as déjà fait.

En réaction à mes propos, Matteo baisse la tête. Il paraît presque… blessé ? Mince, comment c'est possible ? J'ignorais que les cœurs de pierre pouvaient s'effriter.

– Tu sais Mia, souffle-t-il d'une voix presque inaudible, tout n'est pas blanc ou noir dans la vie, et surtout pas dans ce milieu. Si tu t'en tiens aux faits, effectivement, je suis un monstre. Crois-moi, je sais parfaitement que je ne peux pas prétendre le contraire. Et ça ne me réjouit pas, quoi que tu en penses. Simplement… On est les DiNatale. Personne ne m'a laissé le choix. C'est pas comme si un jour j'avais eu le loisir de me demander « oh tiens, quel métier j'aimerais faire plus tard ? » Non. Tout était écrit à l'avance, que je le veuille ou non, répond-il d'une voix rauque.

Il relève la tête vers moi, et je vois à son regard qu'il est sincère. Il semble même vulnérable, tout à coup, rien à voir avec l'image de l'imposant Matteo DiNatale. Je n'avais jamais vu cette facette de lui, j'ignorais même qu'elle existait.

– Je… Je ne sais pas quoi te dire, chuchoté-je, embarrassée.

– Ne t'en fais pas, je n'attendais pas de réponse particulière. Et je ne t'ai pas raconté ça pour tenter de t'amadouer, ou pour me faire passer pour un saint alors que clairement, c'est impossible. Mais j'avais envie de t'expliquer ma version des faits.

– Et je te remercie de l'avoir fait, dis-je en pressant sa main une demi-seconde au-dessus de la table.

Un peu plus tard dans la soirée, tout le monde se rend dans le jardin. C'est l'heure pour les amateurs de cigare de se faire plaisir. Je retrouve les deux dames avec lesquelles je discutais tout à l'heure, et nous commentons le repas que nous venons de partager. Elles m'apprennent qu'elles sont du New Jersey, et me donnent toutes les bonnes adresses culinaires de leur répertoire. J'essaie de prendre des notes mentalement, mais c'est un peu délicat. Elles connaissent du monde !

– Eh, poupée ? Oui, toi, la petite blonde… C'est à toi que je cause ! Tu veux tirer sur mon cigare ?

À quelques mètres de moi, sur la droite, un homme d'une soixantaine d'années a visiblement un peu trop abusé sur l'alcool. C'est à moi qu'il s'adresse cette proposition on ne peut plus déplacée. Si on avait été à New York, dans un autre contexte, je me serais fait un plaisir de le remettre à sa place.

Mais là, ignorant tout de son implication au sein de la famille DiNatale, je ne peux me permettre de l'envoyer sur les roses. Je fais mine de l'ignorer, mais il insiste.

– Eh la p'tite avocate, tu m'entends pas ?

Ses amis, tout aussi ivres que lui, rigolent à ses côtés.

– Elle est trop bien pour toi, Charly, arrête de te faire du mal !

C'est Matteo qui vient de prononcer cette phrase. Tel un chevalier servant, plutôt du genre à manier l'épée qu'à écrire des poèmes, il vient de se placer à mes côtés et de passer un bras autour de moi. Je rêve, ou il vient de me défendre contre ce gros lourd ?

15

Matteo

Dehors, le soleil n'est même pas encore levé, mais je suis déjà réveillé. Bah ouais, ça prend beaucoup de place dans l'esprit, la frustration. Hier soir, après le repas, nous avons encore un peu discuté avec Mia, puis elle a prétexté une grande fatigue pour aller se coucher. Et franchement, après nos rapprochements de la soirée, je me suis posé mille questions. Surtout qu'elle venait de m'avouer qu'elle était célibataire ! Bien sûr, la partie la plus méfiante de moi se pose quand même pas mal de questions. Elle avait l'air de sous-entendre que ça faisait un moment qu'elle n'était plus avec ce con de flic, pourtant je l'ai récemment vu devant chez elle. Dans le fond, je n'ai vraiment pas l'impression qu'elle soit une taupe, elle me paraît trop sensible et sincère pour ça, mais on ne sait jamais. Après tout, elle est avocate. Le bluff, c'est censé être une seconde nature chez eux.

Au bout d'une vingtaine de minutes, l'évidence se fait ressentir : je ne me rendormirai pas. Et en plus, j'ai la dalle ! Lorsque je sors de la chambre après m'être habillé, je suis frappé par le silence qui règne dans le manoir. Bien sûr, je sais que les cuisiniers sont déjà aux fourneaux, mais ça n'a rien à voir avec la grande agitation que l'on pouvait entendre il y a seulement quelques heures. Je parie que Mia est encore en train de dormir, confortablement allongée entre mes draps, dans une nuisette ultra sexy. Putain, qu'est-ce que j'aimerais la rejoindre…

Au bout du couloir, j'aperçois mon père. Rien d'étonnant à cela, il a toujours été super matinal. Autant dire que les grasses matinées, quand j'étais plus jeune, il n'y en a pas vraiment eu. Je me souviens, je jalousais toujours les quelques copains que j'avais, qui avaient le droit de dormir jusqu'à 10 heures s'ils le voulaient, parfois même 11 ! Mais bon, on ne va pas réécrire l'histoire, je suis quand même bien content de ne pas être devenu un flemmard. En entendant mes pas derrière lui, le paternel se retourne.

– Ah, Matteo, c'est toi. Tu as passé la nuit seul ? me demande-t-il.

– Euh… Bah oui, pourquoi ?

C'est une drôle de question, j'ai presque l'impression qu'on est devenus potes et qu'il s'apprête à me demander combien de nanas j'ai sautées hier soir.

– Tu semblais proche de Mia, je me suis donc posé la question, m'explique-t-il.

Ah mais oui, forcément ! Je suis con.

– On s'est effectivement bien rapprochés, mais elle est toujours sur la réserve. J'essaie de ne pas trop la brusquer. Une oreille attentive, ça fonctionne mieux chez certaines femmes qu'un oreiller sur… Enfin bref. Tout se passe comme prévu !

– Parfait. Je vais encore vous laisser seuls une bonne partie de la journée, je dois discuter avec Benjamin, de toute façon. Il sautera sur l'occasion de passer du temps avec moi, il a tellement peur que cette petite nouvelle lui vole sa place ! C'est un peu pathétique, conclut mon père avec une pointe de dégoût dans la voix.

– Je suis bien d'accord ! Et je mettrai cette opportunité à

profit, ne t'en fais pas, lui promets-je.

Bien sûr, je me garde bien de lui dire que Mia et le flic ne sont plus ensemble. Je n'ai surtout pas envie d'annuler la mission « séduire Mia » pour repartir sur celle, beaucoup moins fun, qui se nomme « épouser Meghan ». D'ailleurs, j'ai eu un appel manqué d'elle cette nuit, il va falloir que je la rappelle...

Mon père et moi avançons vers la salle de réception, où nous sommes rapidement servis. C'est l'avantage de posséder les lieux et les personnes qui y travaillent : on n'attend jamais ! Nous prenons notre petit-déjeuner dans un silence presque religieux, seulement brisé parfois par le bruit de la cuillère qui tape contre les parois d'une tasse.

Alors que mon père s'apprête à se lever, je tiens quand même à m'informer de l'avancée des affaires familiales.

– Alors, qu'est-ce que Mike pense de tout ça ?

– Tu sais comment il est... Il veut attendre de connaître la finalité de l'enquête avant d'investir davantage dans notre business.

Je hoche rapidement la tête. Effectivement, je le connais bien, le vieux Mike. Il a beau être plus riche que nous tous ici, il préfère toujours jouer la sécurité avant tout. Bordel, j'ai vraiment hâte qu'on sorte la tête de ce merdier pour de bon. Même si au fond de moi, je sais parfaitement que même quand ce souci sera réglé, il y en aura forcément un autre qui nous tombera dessus...

Une fois rassasié, je sors pour m'allumer une cigarette. Il est encore un peu tôt, mais je vais quand même tenter de rappeler Meghan. *Ma future femme, youpi !*

Elle déroche au bout de la quatrième sonnerie, et j'entends à son long soupir que je la réveille.

– Bonjour Matteo, toujours aussi matinal, dit-elle d'une voix rauque.

– Bonjour Meghan, j'ai hésité à appeler quand j'ai vu l'heure, j'avoue ! Mais la journée risque encore d'être chargée, c'était l'occasion… tenté-je de me justifier. Tout va bien ?

– Oh, tu as bien fait. De toute façon, je risque de me rendormir juste après ! On peut dire que ça va oui… Pour le moment. Mon père et mon oncle n'arrêtent pas de me relancer, au sujet du mariage… Je ne sais plus quoi inventer.

Je sens à son intonation qu'elle aussi est épuisée de cette situation. C'est d'ailleurs ma seule chance, dans cette histoire ! Meghan non plus ne veut pas m'épouser. Non pas que je sois un mauvais parti, bien au contraire, mais elle préférerait un mariage d'amour plutôt qu'un mariage de circonstance. Elle aussi, elle a grandi dans mon monde… Mais elle a quand même su garder une petite part d'innocence. En plus, il me semble qu'elle a rencontré un type avec qui elle est bien. Et forcément, notre possible union remet tout en cause.

– C'est pareil de mon côté… Mon père est en boucle, soufflé-je. Enfin, ces derniers jours, j'ai réussi à trouver un moyen de le faire patienter. Je ne peux pas vraiment t'expliquer comment, mais ça nous fait gagner un peu de temps. Et pour ta famille, si ça peut les calmer, tu peux toujours leur dire qu'on s'est vus il n'y a pas longtemps, ou qu'on se parle souvent, ou… que je suis un petit con ! Je suis sûr qu'ils seraient ravis d'avoir une énième raison de me détester.

– J'en suis certaine aussi ! Mais pour le bien de ta famille, et donc de la mienne, c'est mieux si personne ne se déteste… On souhaite tous les deux éviter un bain de sang, n'est-ce pas ? me demande-t-elle, légèrement apeurée.

– Ne t'en fais pas, nous allons trouver une solution… C'est promis, la rassuré-je.

– Merci, Matteo. Je savais que c'était une bonne idée de

t'appeler ! Je retourne me coucher. Bonne journée, prends soin de toi !

– Toi aussi !

Meghan et moi, nous nous connaissons depuis longtemps. Nous avons grandi dans les mêmes cercles, même s'ils étaient ennemis. Et pour autant, nous n'avons jamais couché ensemble ! Ce n'est pas faute de la trouver jolie, mais… Je sais pas. On a toujours été plus amis qu'autre chose. N'en déplaise à nos pères.

J'avance vers les box, ça me fera du bien d'aller nourrir et brosser les chevaux. Ça me détendait toujours, quand j'étais enfant ! Et c'était la seule « basse besogne » que mon paternel m'autorisait à faire. Pour le reste, il ne fallait surtout pas que j'ose prendre un balai, faire la vaisselle ou même passer une commande tout seul. « Nous payons des personnes pour tout ça ! » était systématiquement sa réponse.

J'ignore combien de temps j'ai passé ici, mais lorsque je regagne la maison, elle est beaucoup plus agitée que tout à l'heure. Je me dirige vers l'entrée et remarque Mia. Étrangement, elle semble dans tous ses états. Elle fait les cent pas, une main sur le front et l'autre sur la hanche, et ses joues sont toutes rouges. Pas comme quand je dis un truc qui l'excite malgré elle, non. Elle semble très en colère. Je m'approche un peu d'elle.

– Qu'est-ce qui t'arrive ? lui demandé-je en guise de salut.

– Oh, la même chose qu'hier, soupire-t-elle. Sauf que cette fois-ci, tu n'y es pour rien !

– Mon père t'a encore ignorée ? deviné-je.

Inutile qu'elle sache que je suis déjà au courant, et qu'en fait, si, j'y suis un peu pour quelque chose.

– En plus de m'ignorer, il s'est sauvé avec Benjamin. Ils sont partis à cheval, comme s'ils étaient seuls au monde !

Sérieux, ils sont dans un film d'amour, ou quoi ?

Elle se mord les lèvres à la fin de sa phrase, réalisant certainement que ce n'est pas forcément intelligent de parler de mon père en ces termes. J'adore la voir flipper !

– Mh, aucune idée, il faudra leur demander… la taquiné-je.

– Oh non, arrête ! Je n'aurais jamais dû dire ça, désolée… s'excuse-t-elle d'une voix tremblante.

– Ne sois pas désolée avec moi, la rassuré-je. Ça me fait tellement de bien, que quelqu'un parle un peu mal de mon père ! Et si tu veux tout savoir, c'est son activité favorite pour pouvoir discuter loin des oreilles qui traînent. J'imagine qu'ils doivent discuter de tout ce qui a été négocié ou non hier soir.

Ah, la voilà qui rougit à nouveau. Mais cette fois, je sais que c'est parce qu'elle repense à notre rapprochement de la veille. Bordel, c'était tellement dur de me conduire en gentleman et d'ordonner à ma main de rester sage ! En plus, je sentais bien qu'elle aussi, elle avait envie que ça aille plus loin…

– Après, si t'es vraiment jalouse de leur petit tour en amoureux, on peut aller faire une balade à cheval aussi ! proposé-je.

– Euh… En fait, je dois t'avouer quelque chose, me dit-elle en baissant la tête. Je ne suis jamais montée à cheval…

Elle semble terriblement gênée, c'est adorable !

« Adorable » ? Depuis quand est-ce que ce mot fait partie de mon vocabulaire ?

Baisable, je voulais dire ! Elle a l'air terriblement baisable quand elle est gênée.

– Ce n'est pas grave du tout ! m'exclamé-je. Tu as devant toi le meilleur prof du New Jersey. Ça te dit, un petit cours matinal ?

Elle semble hésiter un instant, puis me lance un petit

sourire qui, si je l'interprète correctement, signifie qu'elle est partante. La mission rapprochement est un succès ! Je file rapidement en cuisine récupérer quelques viennoiseries tandis que Mia retourne dans sa chambre pour enfiler quelque chose de plus confortable. Elle me dit que je peux directement avancer vers les écuries.

Alors que je rebrousse chemin, un appel entrant fait vibrer mon téléphone. C'est Lucas, ce traître, qui n'a pas réussi à se libérer pour ce week-end.

– Oh, mon lâcheur préféré, dis-je en décrochant, comment tu vas ?

– Ah, ah, je suis sûr que je ne manque pas grand-chose ! me répond-il en rigolant.

– Mh, ça dépend de quel point de vue tu te places. Pour ma part, ça se passe plutôt bien...

– Ouais, j'en ai entendu parler, me coupe-t-il en redevenant sérieux. C'est bien pour ça que je t'appelle. J'ai pris le petit-déjeuner avec mon père, je sors à l'instant du restaurant. Il m'a posé des questions sur la petite blonde dont tout le monde parle depuis hier...

– Tu rigoles ?! m'exclamé-je. Pourquoi les gens parlent de Mia, maintenant ?

– À ton avis ? Quand est-ce que tu vas réaliser que tous tes faits et gestes sont épiés et commentés ? Je suis bien d'accord, t'es loin d'être une superstar, mais c'est comme ça, faut que tu t'y fasses. Et puis, c'est surtout gênant quand on sait que t'es censé épouser la fille Callahan dans les semaines à venir. Que tu baises la première nana venue dans ton club, ça ne regarde que toi... Mais tu ne peux pas t'exposer comme ça au bras d'une inconnue dans un repas rempli de tout le gratin new-yorkais, me sermonne-t-il.

– Rha, merde... Mais c'est stratégique... De toute façon, je ne me marierai avec personne tant que je n'aurai pas baisé Mia et réussi à prouver qu'elle est de notre côté, lancé-je d'un ton catégorique, comme pour me rassurer.

– Génial, ça fera de super vœux pour l'église, ça ! se moque Lucas. Je te laisse, fais attention à toi !

Je n'ai pas le temps de répondre qu'il a déjà raccroché. Pourquoi est-ce que tout le monde me dit de faire attention ou de prendre soin de moi, aujourd'hui ? Merci, mais aux dernières nouvelles, je ne suis pas à l'article de la mort !

J'avance vers les écuries et me poste devant le box d'Altesse, une magnifique jument qui a suffisamment bon caractère pour être montée par une débutante. Je me demande dans quels autres domaines Mia est novice… Je me ferais un plaisir de lui apprendre tout ce que je sais !

– Ça y est, je suis prête ! s'exclame une voix dans mon dos.

Je me retourne et prends une seconde pour apprécier la Mia en pull fin et pantalon moulant face à moi, les cheveux redressés en une queue haute.

– Ça change de tes habituels tailleurs, mais ça te va bien, précisé-je l'œil appréciateur.

Comme je ne suis plus qu'à quelques centimètres d'elle, j'accompagne ces paroles d'un léger baiser sur sa joue, qu'elle ne refuse pas. J'avais peur de la voir s'éloigner encore une fois, mais peut-être qu'elle commence à en avoir assez d'être frustrée, elle aussi…

– Il me semble que j'étais venue pour une leçon d'équitation, murmure-t-elle sans pour autant reculer d'un millimètre.

– On a toute la journée devant nous, soufflé-je dans son cou. Mais ça, en revanche, ça fait un bon moment que je l'attends…

Je fonds sur sa bouche et l'embrasse comme j'ai rarement embrassé une nana. Je m'attendais à rencontrer un peu de résistance, mais sa langue vient rapidement trouver la mienne. C'est comme si elle me disait « laisse tomber les formalités, je te veux tout de suite ».

Je glisse les deux mains sous son pull, et sa peau frissonne un peu au contact de mes doigts. Tout son corps se presse contre moi tandis qu'elle attrape mes cheveux pour m'amener encore plus vers elle. Madame sait précisément ce qu'elle veut, on dirait ! Sans perdre de temps, je passe sous la barrière de son soutien-gorge et viens titiller l'un de ses tétons, le pinçant entre mes doigts. Doucement d'abord, puis de plus en plus fort. Putain, elle gémit dans ma bouche et j'ai l'impression que je ne vais pas pouvoir me retenir plus longtemps. Je dégage de mes deux mains pour l'attraper sous les cuisses et la porter, sans cesser de l'embrasser. Je nous emmène un peu à l'écart, dans une petite pièce qui nous sert à prendre les paris entre deux box. En soi, tout le monde pourrait quand même nous voir, mais j'en ai strictement rien à foutre.

Sans prendre la peine de fermer la porte derrière moi, j'avance avec Mia jusqu'à la table au milieu de ce bureau improvisé, et la dépose dessus. Elle cesse alors de m'embrasser, et me lance le regard le plus sexy que j'ai vu de toute ma vie. Il n'y a plus d'iris face à moi, que des braises. Sans me quitter des yeux, elle retire son pull et son soutien-gorge. Lorsque je m'apprête à fondre une nouvelle fois sur elle, elle me tient à distance d'une main.

– Un peu de patience, monsieur DiNatale…

Elle se lève alors et ôte le reste de ses vêtements. Putain, vu tout le sang qui afflue à cet instant entre mes jambes, c'est un miracle que je tienne encore debout. Cette nana va avoir ma peau !

Nue, elle s'approche enfin de moi et me souffle dans l'oreille « c'est quand tu veux ». C'est le seul signal que j'attendais. Je retire à mon tour mes vêtements aussi vite que s'ils avaient été en feu, et la porte de nouveau pour l'asseoir sur la table. Mes mains restent sous ses fesses rebondies pour la rapprocher encore plus de moi et nous nous embrassons une nouvelle fois à en perdre haleine. Mon sexe, tellement dur qu'il en est presque douloureux, vient à la rencontre de son entrejambe. Je ne peux plus attendre. Il faut que je sois en elle, là, maintenant ! Je me penche pour récupérer un préservatif dans la poche de mon pantalon, l'ouvre avec les dents et le déroule sur ma queue. Mia écarte davantage les cuisses pour m'accueillir plus profondément, et nous ne nous quittons pas des yeux pendant que je la pénètre, centimètre par centimètre. Putain, c'est incomparable. Sa chatte est magique ! J'ai l'impression d'avoir été drogué à mon insu tellement c'est bon.

Quand je sens qu'elle s'est habituée à la largeur de ma queue, je commence à entamer des va-et-vient qui la font gémir de plus en plus fort. Elle s'agrippe à moi de toutes ses forces, et je sens ses ongles se planter dans mon dos à chacun de mes à-coups. Bordel. Ses cris dans mon oreille ne vont pas m'aider à tenir longtemps, mais j'ai attendu ce moment pendant des semaines, je veux que ça dure encore ! Je me retire d'elle quelques secondes, le temps de la faire pivoter pour qu'elle se retrouve dos à moi. Putain, mais vu comme son cul me fait bander, c'était pas forcément une bonne idée ! Elle se penche sur la table et tourne la tête pour me lancer un regard qui veut clairement dire « fais-toi plaisir ». Je la pénètre de nouveau, d'un seul coup cette fois-ci, et me penche au-dessus d'elle pour m'attraper à ses cheveux d'une main, tandis que de l'autre, je tiens sa hanche si fort que je suis certain que mes doigts seront imprimés sur sa peau quelques jours. Mes coups de bassin sont de plus en plus forts et rapides, et ses cris doivent résonner à plusieurs mètres d'ici. Quand je la sens se contracter autour de ma queue, je décide moi aussi de me laisser aller. Putain, c'est l'orgasme le plus mérité de l'histoire des orgasmes ! Je m'affale sur son dos, en sueur, pas tout à fait conscient de ce que je viens de vivre.

Au bout de quelques instants, je me retire d'elle pour enlever le préservatif qui devient inconfortable, et elle en profite pour se redresser.

Qu'est-ce que je suis censé faire, maintenant ? L'embrasser, lui dire que c'était génial ? Profiter de son état de jouissance pour lui demander si elle travaille pour les Callahan ? Lui demander si elle est partante pour un deuxième round ?

Sans me laisser l'occasion de me poser davantage de questions, elle récupère ses vêtements à la hâte, se rhabille et quitte les écuries sans même m'adresser un regard.

Euh… Ça veut quand même dire que c'était bien ?

16

Mia

Mais qu'est-ce qui m'a pris, bon sang ?

Je ne cesse de me répéter cette phrase alors que je rejoins le manoir. En plus, je peine à marcher correctement. Mon corps tremble de toutes parts, je suis complètement retournée !

C'est qui, cette fille qui vient d'aguicher Matteo DiNatale comme elle ne l'avait jamais fait, et qui s'est laissé prendre au milieu des écuries ? Je suis transie de honte. Je rêve qu'un petit trou apparaisse sur le sol pour pouvoir m'enfoncer sous terre, et ne plus jamais avoir à affronter le regard de qui que ce soit !

Je ne me reconnais plus. Enfin, en tout cas, il y a quelques minutes, je ne me suis pas du tout reconnue ! J'ai agi comme une femme qui a pleinement confiance en elle et qui fait ça tous les jours. Alors qu'en vérité, c'était la baise la plus improbable et torride de toute ma vie ! Waouh, c'était… Ça y est, j'ai de nouveau le feu aux joues !

Ah bah ça, après l'avoir eu aux fesses…

Je monte deux à deux les marches jusqu'à ma chambre, croisant les doigts pour ne tomber sur personne. Je me jette sur le lit pour crier dans l'oreiller – même si, clairement, je n'ai plus trop de voix – et me demande si je ne ferais pas mieux de repartir pour New York tout de suite. Malheureusement, ma conscience professionnelle me rappelle que je n'ai pas vraiment le choix…

Mon téléphone vibre dans ma poche, et je prie pour que ce ne soit pas Matteo. Heureuse de constater que mes vœux ont été exaucés, je réponds à ma meilleure amie.

– Oh, Erin, tu ne sais pas à quel point tu tombes bien !

– Mia… Je… Il faut que je te dise quelque chose, me dit-elle d'une voix hésitante. Voilà… Je suis passée chez toi pour nourrir Pumpkin, et, quand je suis arrivée… Je crois que quelqu'un t'a cambriolée. Tout a été saccagé !

J'ai la tête qui tourne, et l'impression que le plafond est doucement en train de se décomposer pour me tomber dessus. Sérieusement ? Deux fois en moins de dix jours ?! Qu'est-ce que Lawrence s'attendait à trouver, cette fois-ci ?

– Allô ? me relance mon amie, visiblement inquiète.

– Oui, pardon… Je suis là. Est-ce que Pumpkin va bien ?

– Oui oui, ne t'inquiète pas pour lui, il est dans mes bras. J'ai eu du mal à le rassurer… Je vais faire un tour dans les pièces pour voir ce qu'il te manque.

– Heureusement que j'ai emporté le PC du boulot avec moi…

Je n'ose pas dire à ma meilleure amie que non seulement c'est la deuxième fois, mais qu'en plus je soupçonne son frère d'être derrière tout ça. Au bout de quelques secondes qui me paraissent très longues, Erin tente de me rassurer.

– Bon, à première vue, il ne manque rien. C'est bizarre, même les trucs de valeur mis en évidence, genre tes bijoux, n'ont pas bougé. Et à côté de ça, toutes tes fringues ont été jetées par terre…

– Je vais passer un temps fou à tout ranger… Putain, c'est quoi ce nouveau concept ? On s'introduit chez des gens, on fout le bordel et on repart ? C'est pas très rentable, comme gagne-pain !

– Qui s'est introduit chez toi ?

Dans mon dos, la voix de Matteo me fait sursauter. J'étais tellement concentrée sur ma discussion avec mon amie que je ne l'ai pas entendu rentrer dans ma chambre.

Il a tout entendu… Il ne manquait plus que ça.

– Erin, je vais devoir te laisser… Je te rappelle très vite. Merci pour tout !

J'ai à peine le temps de réfléchir à ce que j'ai envie ou non de lui raconter que le bel Italien, qui était encore entre mes cuisses il y a moins d'une demi-heure, se rapproche de moi en répétant les mêmes mots.

– Qui s'est introduit chez toi ? tonne-t-il encore.

– C'est… une longue histoire. Tu n'étais pas censé entendre, tenté-je d'éluder la question.

– Je me doute, ouais, et je suis bien content d'être au courant malgré tout. Sérieusement ? Après l'épisode du parking, tu penses encore pouvoir te protéger toute seule ? s'énerve-t-il soudain.

D'un point de vue extérieur, forcément, on peut s'imaginer que ma vie est en danger. Alors qu'en réalité, il s'agit juste d'un ex qui tente par tous les moyens de faire tomber la famille que je défends… Enfin je dis « juste », mais on est d'accord, c'est déjà bien assez grave.

Face à moi, Matteo n'a pas bougé d'un millimètre. Je sais qu'il attend des explications, et quelque chose me dit qu'il peut se montrer très persuasif, lorsqu'il s'agit d'obtenir ce qu'il veut.

– Cette fois-ci, ma vie n'est pas en danger, commencé-je. En fait, je suis persuadée que c'est mon ex, qui a tenté de s'introduire chez moi, parce que…

– Ton ex ? Le flic ? me coupe-t-il.

– Euh, oui, Lawrence… Je t'avais dit qu'il travaillait dans la police ? lui demandé-je, surprise qu'il ait l'information.

– Disons plutôt qu'à un moment donné, j'ai jugé utile d'enquêter, m'explique Matteo comme si on parlait de la pluie et du beau temps.

– Enquêter ? Sur qui ? Mon ex ?!

– Surtout toi, en fait, m'avoue-t-il. Et comme tu étais avec lui, en tout cas c'est ce que je pensais…

– Mais t'es malade ou quoi ?! m'emporté-je. De quel droit est-ce que tu t'immisces dans ma vie privée ?

Matteo semble surpris que je sois en colère. Comme si une vérification des antécédents des uns et des autres était monnaie courante chez lui. Alors, d'accord, c'est normal de vérifier mon CV et d'appeler d'anciens professeurs, mais mes relations amoureuses ? C'est hors de limite.

Voyant qu'il reste muet comme une carpe, ce qui a le don de m'insupporter, je reprends de plus belle :

– Alors, voyons si tu as bien fait tes devoirs. Comment s'appelait mon premier animal de compagnie ? À quel âge est-ce que je me suis cassé le poignet ? Comment est-ce que j'ai rencontré Lawrence ? Combien de fois m'a-t-il fait jouir ?

— Shadow. 11 ans. Lors d'un stage. Pas autant que moi.

Non, mais c'est une blague ?!

Ce type connaît toute ma vie sur le bout des doigts ! Du plus petit détail aux faits les plus importants ! Si j'ai eu l'impression de me mettre à nu devant lui, un peu plus tôt dans la journée, ce n'est rien comparé à maintenant. Je me sens atrocement vulnérable. Il sait tout de moi, et je ne sais rien de lui. Je m'en veux d'avoir couché avec lui, car à cet instant précis, il est tout en haut de la liste des personnes que je déteste. Je me sens trahie.

– Sors de ma chambre, lui ordonné-je froidement.

– Mia, attends, c'est pas le sujet, je…

– Sors de ma chambre, répété-je encore plus fermement. Tout de suite !

Toujours aussi surpris, mais comprenant sans doute que ce n'est pas le moment, Matteo me tourne le dos et disparaît derrière la porte. Je me sens plus seule que jamais, et tellement stupide. J'hésite à rappeler Erin, mais je ne saurais même pas par quoi commencer… Et surtout, il y a des choses que je ne peux pas lui confier.

Quitte à être coincée ici pour le moment, je décide de prendre le plus long bain de l'histoire. Chaque fois que l'eau commence à devenir tiède, je la vide un peu et en rajoute, bien plus chaude. Et quand les bulles disparaissent, je recommence. Aux frais du propriétaire ! On ne va pas se priver, hein…

Entre deux clapotis dans cette bonne eau parfumée, je fais le point. Et ça me donne le tournis.

1. Mon ex a saccagé mon appartement. ENCORE.
2. J'ai couché avec mon client.
3. Mon boss me déteste, et ça ne risque pas d'aller en s'arrangeant.
4. C'était le meilleur coup de ma vie.

Bon, on fait quoi maintenant ?

J'ai décidé de sortir de l'eau en constatant que ma peau devenait dangereusement fripée. Après avoir enfilé des fringues confortables, mais un minimum soignées, je décide de retourner au rez-de-chaussée. J'ai beau ne pas vouloir croiser grand monde, je ne peux ignorer la faim qui me ronge. J'ai volontairement laissé passer l'heure du repas, en me disant que je n'aurais qu'à prétexter une migraine si on me posait la moindre question, mais j'espère vivement qu'il y a encore quelques restes dans la cuisine !

Comme le karma n'est décidément pas mon ami, j'ai

à peine descendu la dernière marche de l'escalier que je tombe sur *sa* nuque, face à moi, en discussion avec un jeune homme plutôt mignon qui n'était pas là hier. L'endroit ne regorge pas énormément de beaux partis, ou en tout cas pas de mon âge. Alors celui-ci, je suis certaine que je l'aurais remarqué. Est-ce un ami de Matteo ?

J'essaie tant bien que mal d'avancer vers la cuisine en me persuadant que je suis devenue invisible, mais apparemment je ne peux tromper personne…

– Mia ! Attends !

Forcément, Matteo m'a vue. Je m'arrête donc dans mon élan, je ne suis pas prête à faire une scène au beau milieu de l'entrée. Lorsque je me retourne, les deux hommes qui discutaient il y a quelques instants sont face à moi. Je confirme, l'ami est très mignon, avec des cheveux châtain clair et un regard boudeur.

– Je te présente Lucas, mon ami le plus fidèle ! J'aurais préféré que tu le rencontres ce midi, mais tu n'es pas venue… me dit-il d'un air plein de sous-entendus.

– J'étais… Je ne me sentais pas très bien. Bonjour, Lucas. Comme tu l'auras compris, je m'appelle Mia, me présenté-je en souriant exagérément.

– Enchanté, me répond le concerné sans chaleur aucune.

– J'imagine que tu meurs de faim ? devine Matteo. Suis-moi, je sais exactement dans quel frigo trouver ce qui t'intéresse !

Bon, si on me prend par les sentiments… Je suis docilement les deux hommes, l'un qui cherche à se racheter et l'autre qui ne semble pas trop m'apprécier, en réalisant qu'un jour, il va vraiment falloir que j'apprenne à dompter mon estomac. J'en ai assez qu'il soit constamment le seul aux commandes !

En même temps, quand c'est pas lui, c'est tes hormones…

Oh, ça suffit ?! Ma conscience se met à me railler, elle aussi. C'est vraiment du grand n'importe quoi, ce week-end.

– Et voilà !

Matteo dépose devant moi les restes du repas de ce midi, apparemment c'était buffet froid. Je ne me fais pas prier et picore allégrement dans les plats. Pendant ce temps, les deux hommes m'observent en silence. Sérieusement, on ne peut pas faire plus gênant.

– Euh... Vous comptez me regarder manger encore longtemps ? finis-je par demander.

– Jusqu'à ce que tu aies terminé, me répond Matteo du tac au tac.

– Je me posais la même question, intervient Lucas. On a des choses à faire. À plus tard, *Mia*.

Avant même que Matteo ne proteste, Lucas l'entraîne et ils sortent de la pièce.

OK, je n'aime vraiment pas la façon qu'il a de prononcer mon prénom. C'est quoi son problème, au juste ? Il est jaloux parce que son petit copain lui préfère une autre personne ?

Calme-toi ma grande, il t'a juste baisée comme il le fait avec des centaines de nanas...

Puisque c'est apparemment impossible d'avoir un dialogue digne de ce nom par ici, je décide de retourner sur les lieux du crime. À savoir : dans les écuries. Les chevaux, au moins, ne risquent pas d'essayer de me manipuler ou de me mettre mal à l'aise. Ça changera !

Je passe devant tous les box, salue et caresse l'animal face à moi quelques minutes à chaque fois, et je comprends vraiment l'engouement autour de ce domaine. Je regrette de ne pas avoir eu droit à ma leçon ce matin, finalement. J'adorerais pouvoir partir en promenade avec l'un d'eux, moi aussi. Le lancer au galop et laisser le vent faire son œuvre dans mes cheveux… Me sentir libre. Ça me fait rêver !

Une heure plus tard, alors que je sors mon téléphone de ma poche en retournant vers le manoir, je découvre un SMS. Il a été reçu il y a quelques minutes seulement.

* **Matteo :**
Rejoins-moi dans ta chambre stp.
Il faut vraiment qu'on parle.

Évidemment, ça aurait été trop beau d'espérer que Matteo lâche l'affaire si facilement. Pourtant, c'est bon, il m'a eue. Je ne vois pas ce qu'il veut de plus !

J'hésite à faire demi-tour, parce que ma chambre est justement l'endroit dans lequel je souhaitais me rendre, mais je sais aussi que je ne pourrai pas lui échapper indéfiniment.

Il est déjà au milieu de la pièce lorsque je pousse la porte. Et, malheureusement pour moi, il est toujours aussi attirant.

– Te gêne pas surtout, fais comme chez toi, lancé-je d'un ton faussement outré.

– Hum, déformation professionnelle, je suis toujours là où on ne m'attend pas, plaisante-t-il. Merci d'être venue.

– En même temps, tu m'attends dans le seul endroit où je puisse me réfugier, je n'avais pas trop le choix…

– Je ne pensais pas que tu m'en voudrais autant, pour le check-up de ton historique. Tu sais, chez moi, on fait toujours ça. On ne peut pas se permettre de laisser quoi que ce soit au hasard. Et en plus, j'avais des doutes sur toi, à cause de ton mec. Enfin, ton ex.

– Comment ça, des doutes sur moi ?

– Avec mon père, on soupçonne fortement Lawrence de travailler pour les Callahan, m'avoue-t-il soudainement.

– Euh… On parle bien du même homme, t'es sûr ? Parce que le Lawrence que je connais n'irait jamais tremper dans ces histoires de rivalités entre familles et…

Tout à coup, je sors de moi-même pour prendre du recul sur la situation. D'une part, il y a le Lawrence que j'ai connu et aimé, qui m'a immédiatement séduite dans son rôle de flic intègre et passionné. L'homme qui m'a courtisée dans les règles de l'art, qui a également sur se mettre mes amis et ma famille dans la poche, celui qui avait toujours des idées de sortie pour me faire plaisir. Et de l'autre, il y a le Lawrence que j'ai découvert sur la fin, mais qui avait sans doute toujours été là. Un homme incapable de se contrôler, prêt à tout pour sauver son enquête, une personne détestable et méchante, capable de s'introduire chez moi pour tout retourner. En fait, et bien que je n'aie aucune envie de me l'avouer, tout concorde.

Je m'approche du lit et m'assieds sur le bord. Je n'ai pas la force de rester debout face à ces nouvelles révélations.

– Alors, c'est pour ça qu'il m'en a autant voulu quand il a su que j'allais travailler pour vous… pensé-je à haute voix. J'ai cru que c'était parce que la justice était sa principale motivation, mais pas du tout. Il devrait rendre des comptes de l'autre côté.

– C'est certain, même, me confirme Matteo. Et au début, j'ai pensé que toi aussi, tu étais dans le coup. La coïncidence était trop grande. Comme par hasard, la nouvelle avocate de la famille sort avec le flic qui bosse sous couverture pour les Callahan.

– J'avoue… Moi aussi, j'aurais douté de moi, avec de telles preuves, soufflé-je.

– Mais tout à l'heure, j'ai su pour de bon que tu n'y étais pour rien. Sinon, pourquoi est-ce qu'il aurait retourné ton appartement ?

– C'est la deuxième fois, avoué-je. Mais rassure-toi, quoiqu'il cherche, il ne le trouvera pas chez moi.

– Quel connard ! peste soudain Matteo. S'en prendre à

son ex, c'est petit, même pour un flic. Même pour un ripou !

C'est alors que je réalise quelque chose d'important.

– Mais attends, ça veut dire que tout à l'heure, quand toi et moi on a… dans les écuries… tu pensais encore que j'étais une rivale ?! C'était… calculé ? demandé-je sans réussir à le regarder dans les yeux.

J'ai l'impression d'apercevoir un petit éclair de vérité traverser le visage de Matteo. Pourtant, c'est d'une voix très posée qu'il me répond.

– J'avais encore un doute, effectivement, même si, dès le départ, j'ai préféré ne pas réellement y croire. Ce qu'on a fait dans les écuries, c'était uniquement entre toi et moi, ça n'avait rien à voir avec le business… Maintenant, je comprends que tu aies certaines réticences. Et c'est pour ça qu'on va recommencer tout de suite, pour que tu saches que mon envie de toi n'a rien de calculé.

Sa voix est devenue beaucoup plus basse au fur et à mesure de sa phrase, et mon bas ventre s'est mis à vibrer en rythme. Oh purée, on va vraiment remettre ça ?!

Je suis toujours assise sur le lit, et il se penche vers moi en passant les mains dans mon dos pour me soulever et me faire reculer. Je suis maintenant allongée en dessous de lui, et je redécouvre l'air sauvage dans son regard qui m'a déjà transformée tout à l'heure. Aussitôt, je redeviens cette fille qui n'a pas froid aux yeux et qui en veut toujours plus. Je m'approche de lui sans réfléchir davantage et l'embrasse férocement. L'échange est brutal, j'ai même l'impression de sentir un peu de sang dans ma bouche. Mais ni lui ni moi n'avons l'intention de rompre le contact.

Sans cesser de me dévorer les lèvres, il trouve la fermeture de mon pantalon et entreprend de s'en débarrasser, avant de faire la même chose avec ma culotte. J'ai à peine le temps d'étouffer un soupir de plaisir lorsqu'un premier doigt s'introduit en moi qu'un deuxième le rejoint. Bordel, ce type est aussi doué avec ses mains qu'avec sa queue.

– Je savais que t'en avais autant envie que moi... me murmure-t-il à l'oreille alors que je suis sur le point d'avoir mon deuxième orgasme de la journée. Laisse-toi aller, Mia, je suis là pour ça...

Ces dernières paroles ont raison de moi, et je me contracte autour de ses doigts avant de déboutonner son pantalon à la hâte. J'en veux plus, il m'en faut plus !

Je libère son sexe dur de son boxer et commence à mon tour à le masturber. Les petits râles qu'il pousse m'excitent plus que jamais. Tout à coup, il attrape mon poignet pour arrêter mes mouvements.

– Attends, Mia, me dit-il d'une voix rauque. Je n'en peux plus. Je te veux tout de suite.

Sans me faire prier, j'enlève complètement mon pantalon, que j'avais encore au bas des jambes, et lui grimpe dessus. Pendant ce temps, il enfile un préservatif avec une rapidité et une dextérité de professionnel. Tant mieux ! Je n'ai plus une seule seconde à perdre.

Nous gémissons tous les deux lorsque je m'empale sur lui et le fais entrer en moi profondément. Bordel, sa queue m'avait manqué ! J'effectue plusieurs va-et-vient au-dessus de lui, évitant soigneusement de le regarder dans les yeux pendant qu'il s'agrippe à mes fesses. Putain, je crois que tout le manoir va nous entendre, si ça continue comme ça ! Finalement, il passe une main dans mon dos pour m'inciter à me pencher vers lui, et se met à me baiser encore plus fort que ce matin. Je hurle dans son cou, et mon plaisir redouble lorsqu'il me met une fessée.

Nos corps en sueur effectuent encore quelques allers-retours bruyants, puis nous nous laissons aller à une jouissance plus que méritée. D'innombrables frissons me parcourent le corps, c'est une sensation dont je ne pourrai jamais me lasser. Nous restons dans cette position quelques instants, et je mesure le niveau de gêne dans lequel je me trouve lorsque je prends conscience de la situation. Je suis à poil sur mon client – qui vient d'ailleurs de me donner deux orgasmes – et je n'ai aucune idée de ce qui est censé se passer à partir de maintenant.

Bah, commence déjà par te rhabiller, non ?!

Ah, cette petite voix… On peut toujours compter sur elle.

Nous n'avons toujours pas prononcé un mot, et je me retire de Matteo pour aller dans la salle de bain. Brr. Toujours inconfortable, cette sensation ! Je ferme la porte derrière moi et entame une toilette rapide. Étais-je censée rester avec lui ? Discuter ? Pour quoi faire ?

Lorsque je retourne dans la chambre, il a disparu. Le lit est refait au centimètre près, et on pourrait croire que j'ai tout inventé. D'ailleurs, ma vie serait peut-être plus simple si c'était le cas !

Comme j'ai un peu de temps à tuer avant le repas du soir, et que je n'ai décidément pas envie de me retrouver en bas entourée de Benjamin et Gabriele, je décide de sortir mon ordinateur pour bosser un peu. Une chance que je ne l'aie pas laissé chez moi…

Chaque image de Lawrence qui s'inscrit dans mon esprit est souillée à jamais, polluée par sa trahison et sa méchanceté. Comment est-ce qu'on est censés se remettre d'un tel mensonge… ? Quand je pense qu'il était sur le point de me proposer d'emménager avec lui ! Et puis quoi ? Un soir, je l'aurais suivi, persuadée de son infidélité, et aurais enfin tout compris de sa double vie ? Ou alors, j'aurais passé dix ans à être sa femme, la niaise qui reste dans l'ombre. Ce scénario me donne presque la nausée. Et le pire, c'est ce que la seule personne à qui je puisse en parler n'est autre que Matteo DiNatale, le mec le plus sexy de l'univers, que je dois aussi défendre contre Lawrence ! N'empêche, j'ai sacrément dû m'emmerder dans une autre vie, parce que dans celle-ci, niveau péripéties, je suis servie !

Vers 18 h 30, je me change pour enfiler une tenue un peu plus habillée. Un petit tailleur de soirée, bordeaux, fera l'affaire.

Lorsque j'arrive dans la grande salle, je retrouve la même ambiance à la fois chaleureuse et guindée que la veille. Et bien sûr, pour ne pas casser une nouvelle habitude, je me rue sur la première coupe de champagne qui me passe sous les yeux. J'aperçois Benjamin au fond de la pièce, seul pour une fois, et décide que ce serait bien d'avoir mon premier dialogue du week-end avec lui.

– Mh, mauvaise idée… lance une voix dans mon dos.

Je me retourne pour faire face à Matteo, qui me dévore des yeux comme si nous n'avions pas déjà couché ensemble deux fois aujourd'hui.

– C'est une mauvaise idée d'aller voir mon chef ? lui demandé-je, un peu surprise.

– Je les ai surpris en plein désaccord, tout à l'heure, avec mon père, m'explique-t-il. Je crois que Philipps a fait une bourde… En attendant, il faut que je te parle. J'ai bien réfléchi à toute cette histoire, et je crois qu'il serait plus prudent que tu restes encore quelques jours avec nous.

– Euh… Ici ?

– Oui. De toute façon, on ne va pas retourner à New York tout de suite, m'apprend-il. Nous avons encore quelques affaires à régler dans le coin, et mon père va commencer à organiser son anniversaire, pour la semaine prochaine. Et comme t'es notre avocate, ce serait pas mal que tu sois là aussi.

– En quoi le fait que je sois avocate vous serez utile ? Et

tu crois que ton père va accepter d'avoir une invitée supplémentaire ? l'interrogé-je. Une invitée qu'il a passé le week-end à ignorer, qui est plus.

Il élude ma première question pour répondre directement à la suivante.

– Je saurai trouver les bons arguments, ne t'en fais pas. Ah, justement, le voilà !

Je me retourne pour faire face à Gabriele DiNatale, qui a l'air plus froid et inaccessible que jamais. Et, comme souvent en sa présence, j'ai l'impression de rétrécir. Pourtant, Matteo lui fait déjà un signe de la main pour qu'il nous rejoigne. Alors que je m'apprête à saluer son père, il plonge directement dans le vif du sujet.

– La famille Callahan a fait retourner l'appartement de Mia aujourd'hui. Et ce n'était pas la première fois.

– Ont-ils trouvé quelque chose ? demande simplement Gabriele en me regardant dans les yeux.

– Impossible. Tous mes dossiers sont en permanence avec moi.

– Très bien, répond-il en hochant doucement la tête.

– Je pense que Mia devrait rester avec nous cette semaine, reprend Matteo. Autant pour sa sécurité que pour nous assister dans les affaires. J'ai l'impression que Philipps se laisse un peu dépasser…

– Je trouve aussi, confirme son père. Il traite trop d'affaires à la fois, il oublie que nous sommes sa priorité. Oh, et par ailleurs, je le pense jaloux de vous, Mia.

Bien que l'information ne soit pas nouvelle, je suis très étonnée de l'entendre de la bouche de l'homme qui semblait n'avoir d'yeux que pour lui, il y a encore quelques heures.

– Votre ténacité l'inquiète, reprend-il, mais à moi, elle me plaît. Vous êtes la bienvenue ici cette semaine. Nous aurons l'occasion de rediscuter des avancées du dossier, et vous serez intouchable pour les Callahan. Entendu ?

– Euh… Oui. Merci, Monsieur DiNatale… bégayé-je, un peu troublée de me faire inviter de cette façon.

Il s'éloigne alors, nous laissant seuls Matteo et moi. J'étouffe le grand sourire qui risque de se frayer un chemin sur mon visage à l'idée de passer encore plusieurs jours avec lui. Ça fait combien de chances potentielles de me retrouver encore sur son corps d'Apollon, ça ?

– Voilà, tout est réglé ! s'exclame-t-il. Une nouvelle coupe, pour trinquer ? Philipps va être vert, quand il va l'apprendre…

17

Mia

Est-ce que quelqu'un pourrait m'apporter une marmite d'eau ? J'ai la tête qui va exploser et la bouche pâteuse : les premiers symptômes d'une bonne gueule de bois. Hier soir, je pense que j'ai un peu forcé sur le champagne. Et en même temps, si on m'avait dit un jour que j'aurais un lendemain de soirée difficile à cause de bouteilles dont le prix contient trois chiffres… Rien que pour ça, je ne peux pas me permettre d'avoir des regrets !

Je reste étendue dans le lit un bon moment, me repassant les événements un peu flous de la veille. L'alcool aidant, j'ai parlé à de nombreuses personnes. Il me semble même avoir évoqué quelques détails de ma vie privée à un couple de personnes âgées… La honte ! Je ne sais plus vraiment ce que je leur ai raconté, mais je me souviens qu'ils étaient très gentils. Et rassurants. Et pourtant, malgré l'euphorie et la bonne humeur ambiante, Lucas est resté glacial avec moi. D'ailleurs, lorsque j'ai annoncé à Matteo que j'allais me coucher, l'invitant à demi-mot à m'accompagner, son ami l'a retenu avec beaucoup d'insistance. Apparemment, ils devaient discuter de choses très sérieuses. Qui attend 1 heure du matin pour aborder les sujets qui importent, franchement ? J'ai senti le dilemme dans les yeux de Matteo, j'ai bien vu qu'il ne voulait que me suivre, mais ce maudit Lucas a eu raison de lui. Et c'est ainsi que je me retrouve seule dans un lit trop grand, avec personne pour me passer la carafe d'eau sur la table de chevet, qui me semble inaccessible.

Une demi-heure plus tard, après m'être brossé trois fois les dents, je sors enfin de la chambre.

Ce matin, a priori, la plupart des personnes qui ont passé le week-end ici sont reparties. Il ne reste que la famille et les proches. Et moi.

Comment ça, je ne suis pas à ma place ?

Face à moi, je retrouve Gabriele, son fils, Lucas, et Benjamin. Quel accueil ! Trois d'entre eux ne réagissent pas à mon salut, et le seul qui me regarde le fait avec tellement de sensualité que je rougis instantanément.

– Bonjour, Mia, bien dormi ? me demande Matteo de sa voix rauque.

– Très bien, merci ! C'est très confortable, ici...

Gabriele esquisse enfin un léger signe de tête vers moi quand je m'approche de la table. Ah, quand même ! J'avais presque peur qu'il m'invite à faire mes valises pour repartir. Et en même temps, aurait-ce vraiment été si dramatique ?

– Mia, je repars ce matin, m'annonce Benjamin d'une voix qui me fait froid dans le dos. Et puisque tu *dois* rester ici jusqu'à ce week-end, je ne peux que vivement te recommander de faire honneur à la réputation de notre cabinet. Nous communiquerons quotidiennement.

J'imagine qu'il a déjà été briefé, et que si avant ça il me détestait, maintenant il rêve de me tuer. Oh, il n'a qu'à prendre un ticket pour faire la queue, visiblement il y a du monde avant lui qui m'en veut !

Je ne cherche même pas à lui répondre et me contente d'un léger hochement de tête. Après tout, chaque parole est un effort à ce stade de la journée, je ne vais pas m'épuiser pour quiconque me traite comme une paria, supérieur hiérarchique ou pas.

Dans un bruit de couverts dérangeant, il quitte la table sans se retourner. Matteo m'invite à prendre la place désormais vide, et aussitôt deux dames arrivent : l'une pour débarrasser, l'autre pour m'apporter le petit-déjeuner. Un peu intimidée de m'asseoir à seulement quelques centimètres du chef DiNatale alors que mon haleine empeste l'alcool, je garde soigneusement la tête baissée. Tout le monde garde le silence pendant que je mange, et j'ai vraiment l'impression de faire suffisamment de bruit pour créer des échos dans la pièce. Décidément, côtoyer cette famille ne fait qu'augmenter mon quota de moments gênants !

Finalement, je décide de prendre la parole en regardant Matteo, mon seul allié ici.

– Quel est le programme de la journée ?

– Dans un premier temps, nous allons faire un gros point sur les négociations qui se sont jouées ici ce week-end. Tu peux nous rejoindre dans le bureau d'ici une heure. Ensuite, mon père et moi allons nous absenter pour voir un vieil ami de la famille qui n'a pas pu faire le déplacement... Tu pourras travailler pendant ce temps-là.

L'homme qui me donnait chaud jusqu'à la pointe de mes cheveux hier me répond à la manière d'un robot, comme si rien ne s'était jamais passé entre nous. D'accord, personne n'est censé savoir ce que nous avons fait, mais quand même... Un peu de chaleur humaine, le minimum syndical, ça n'a jamais tué !

– Si tu veux, reprend Matteo, Lucas peut te...

– Je suis occupé toute la journée, le coupe le principal concerné.

Bon, bah ça c'est fait. Si j'avais encore la naïveté de douter de ses sentiments envers moi, il vient de m'ôter le dernier petit pourcentage d'espoir de me faire accepter un jour. On est donc face à un père aussi aimable qu'une porte de prison, un fils bipolaire et un meilleur ami qui ne peut pas me voir.

Quelle chance tu as, Mia !

Tout le monde se lève de table, et je prétexte une faim de loup pour rester encore un peu, seule. Ma tête tourne de moins en moins, ce qui est plutôt positif, mais je me demande plus que jamais ce que je fais ici. En plus, maintenant que Benjamin est reparti avec la voiture, je me sens vraiment coincée. Franchement, je crois que je préférerais largement tomber face à face avec un Lawrence enragé dans mon appartement que de rester quelques jours de plus dans ce manoir…

Après un petit-déjeuner plus que copieux, je sors dans la cour pour prendre un peu l'air et appeler ma meilleure amie.

– Allô ? Oh ma belle, je suis contente que tu m'appelles ! me lance-t-elle aussitôt.

– Désolée, ça a été compliqué de te joindre hier soir, c'était la folie ici…

– Je me doute, ne t'en fais pas ! Alors ça y est, tu es sur le retour ? me demande-t-elle impatiemment.

– Pas vraiment, non… soufflé-je. C'est un peu long à expliquer, mais je vais devoir rester une semaine de plus. Obligations professionnelles, je ne m'y attendais pas… Est-ce que ça te dérange de nourrir Pumpkin encore un peu ?

– Pas du tout, au contraire, j'adore cet amour de chat ! Enfin, maintenant je ne m'aventure chez toi qu'en journée, j'ai trop peur de tomber sur un cambrioleur… Tu comptes déposer une main courante, d'ailleurs ?

– Je suis suffisamment bien placée pour savoir que malheureusement, elles n'aboutissent quasiment jamais. Mais bon, ne t'en fais pas, je doute qu'ils reviennent ou que tu sois embêtée. Vas-y avec quelqu'un, si ça peut te rassurer.

– J'avais songé à demander à Lawrence de m'accompagner, mais il ne serait peut-être pas à l'aise à l'idée de revenir chez toi, et toi non plus d'ailleurs… me dit-elle d'une voix hésitante.

Si elle savait !

– En effet, je pense qu'il est la dernière personne à qui on pourrait demander ça… Je suis vraiment désolée de te déranger encore une fois. Promis, je me rattrape dès que je rentre !

– Ne t'en fais pas, c'est moi qui suis désolée pour toi ! me rassure-t-elle d'une voix sincère. Devoir gérer tout ça à distance… Oh, mais j'y pense, tu as assez de vêtements pour la semaine ?!

– J'en ai encore assez pour… deux jours, disons. Heureusement que je prévois toujours plus ! J'espère que je pourrai les faire laver ici !

– Sinon, tu peux toujours emprunter une carte de crédit et faire passer ça en frais professionnels… Comme dans les films ! plaisante-t-elle.

– Oh, ma vie ressemble bien assez à un film ces derniers temps… soupiré-je. Bon, je file, une réunion m'attend. Encore merci pour tout Erin, ça me rassure de pouvoir compter sur toi !

Nous raccrochons, et je me demande combien de temps encore je vais pouvoir garder cette personne merveilleuse dans ma vie. Comment réagira-t-elle en apprenant que son frère n'est pas du tout la personne qu'elle imagine ? Et surtout, voudra-t-elle continuer à me parler, une fois qu'il aura tenté de lui retourner le cerveau ?

J'en suis là de mon scénario catastrophe lorsque Matteo apparaît dans mon champ de vision. Il revient des écuries.

– Allez *bella*, mon père nous attend ! me lance-t-il avec un immense sourire. Tu es prête ?

– Comme si j'avais le choix… murmuré-je.

Il sourit et s'approche de mon oreille.

– Je regrette de ne pas avoir pu finir la nuit avec toi hier, mais je compte bien me rattraper ce soir. Si je me souviens bien, je n'ai pas eu l'occasion de te montrer le jacuzzi lorsque je t'ai fait visiter…

Matteo + jacuzzi ? Voilà qui me remet d'aplomb pour affronter la réunion qui m'attend !

Il me lance un regard plein de sous-entendus qui réveille les petits papillons qui dormaient dans mon bas ventre, puis me passe une main dans le dos pour me guider vers le bureau de son père. Oh là là, il faut que je canalise toutes les pensées obscènes qui m'assaillent si je veux avoir l'air un minimum professionnelle !

Lorsque nous arrivons, Gabriele est assis dans un immense fauteuil, qui le rend encore plus imposant qu'à l'accoutumée. Cette pièce respire plus le luxe et le pouvoir que le reste du manoir. J'ignorais que c'était possible ! À sa diagonale, de l'autre côté du bureau, se trouve Lucas.

Qu'est-ce qu'il fiche encore ici, celui-là ?

Matteo m'indique un siège à l'opposé de ce dernier, et je m'y assois.

– Ce week-end, nous avons formé une nouvelle alliance. Un peu inattendue, mais qui à terme, devrait se révéler utile, annonce Gabriele. Le fils de la famille Parisi, renié par son clan à cause de ses mauvais investissements, est prêt à travailler pour nous. Bien sûr, dans la mesure où nous sommes en compétition avec eux depuis un moment, c'est surprenant. Mais il a su me prouver sa bonne volonté en me révélant ce que son père avait en tête concernant l'importation de certains produits venus d'Italie. De quoi leur mettre définitivement des bâtons dans les roues.

– On est certains qu'il n'essaie pas de nous doubler ? intervient Lucas, les sourcils froncés.

– Vu que ses parents lui ont coupé les vivres et qu'il a été condamné à certaines… bassesses pour s'en sortir, le motif de la vengeance est tout à fait légitime.

– D'accord, mais en quoi est-ce qu'il va nous être utile alors ? demande Matteo.

– Il a encore quelques liens au sein de la famille. Deux cousins, notamment, qui en ont assez de se plier à certaines règles. La nouvelle génération semble en pleine révolution chez eux. Il pourrait donc les rallier à notre cause, histoire d'assurer nos arrières contre les Callahan.

À l'entente de ce nom de famille, qui évoque de nouveaux souvenirs douloureux à mes yeux, je ne peux m'empêcher de frissonner. À cet instant, Gabriele me regarde d'un air curieux. À quel point me pense-t-il impliquée dans cette affaire ? Je me demande si Matteo a eu le temps de lui expliquer que je n'avais rien d'un agent infiltré à la solde des Callahan, ou s'il pense toujours que je suis sous couverture chez eux. D'ailleurs, peut-être que cette réunion est factice et que ce Parisi ne leur a rien proposé du tout. Suis-je en train de passer une espèce de test ?

La discussion se poursuit encore plusieurs minutes, on me demande mon avis légal sur une ou deux questions, et je suis enfin libérée. Je remonte dans ma chambre, et j'ai l'impression que la journée va être bien longue, jusqu'à ce soir.

* *

J'ai beau retourner ma valise dans tous les sens, non, je n'ai pas emporté de maillot de bain. Mais qu'est-ce que je suis censée mettre dans le jacuzzi, alors ?!

Matteo m'a envoyé un message il y a une vingtaine de minutes pour me demander de le rejoindre dans le hall d'entrée dès que possible. Finalement, je me décide pour une robe longue. Au pire des cas, je la mettrai à sécher en remontant, et ce sera réglé !

Je sors de ma chambre et entreprends de me rendre au rez-de-chaussée. Il est 23 heures, et contrairement à ce week-end, tout le monde semble déjà couché. Tant mieux !

Lorsque j'arrive au niveau de Matteo, je suis soulagée de le retrouver seul. Je m'en doutais un peu, mais dans le fond, je craignais quand même qu'il ne soit accompagné de son inséparable, l'insupportable Lucas !

– J'espère que tu ne portes rien sous cette robe… chuchote-t-il avant de me prendre la main pour y déposer un baiser. Les vêtements sont interdits dans le jacuzzi !

J'étouffe un rire avant de le suivre, persuadée qu'il plaisante. Enfin, j'espère !

Enfin, nous arrivons de l'autre côté de la maison, et je découvre une immense pool house. Ouais, c'est tellement cliché que j'aurais dû m'en douter ! C'était sûr, la demeure n'était pas encore assez époustouflante comme ça.

Des lumières chaudes nous accueillent, ainsi qu'une petite musique de fond plutôt sensuelle. Deux coupes de champagne se trouvent également à côté du jacuzzi, accompagnées de deux serviettes de bain. Matteo a tout prévu ! D'ailleurs, l'Italien le plus sexy des États-Unis choisit ce moment pour se déshabiller. Euh, sérieux, comme ça, sans préambule ? Son pantalon gris foncé glisse sur ses chevilles, laissant apparaître des fesses musclées à souhait. Je vois qu'il n'a pas pris la peine d'enfiler un sous-vêtement ! Enfin, c'est au tour de son tee-shirt de disparaître pour laisser place à un dos divinement musclé, griffé de part et d'autre. *Oups.*

Il attrape une coupe de champagne au passage et se dirige dans l'eau, avant de se retourner vers moi.

– Alors, tu viens ?

– Je... Je suis très bien, ici !

– Tu préfères que je vienne te chercher ? me demande-t-il en haussant un sourcil.

– Non... Mais... En fait, je... je n'avais pas prévu de maillot de bain, alors...

Il fronce les sourcils en penchant la tête sur le côté, semblant ne pas comprendre. C'est vrai qu'il est totalement nu, et que nous avons déjà couché ensemble – plus d'une fois – mais c'est différent de se retrouver nue sur la pulsion d'un moment torride et de sciemment se déshabiller pour se baigner.

– Bon... J'arrive, mais tu te retournes !

Il rit un moment, pensant certainement que je plaisante, avant de redevenir silencieux.

– Ah, tu étais sérieuse ?

J'acquiesce doucement d'un signe de tête, un peu gênée.

– Mia... T'as un corps absolument incroyable. Franchement ! Et je t'ai déjà vu, tu sais.

Son regard m'envoie un millier d'ondes de sincérité. Alors, je laisse tomber la robe le long de mon corps, sans quitter son expression du regard. Jamais un homme ne m'avait *admirée* comme ça. Je reste quelques instants immobile, emprisonnée par l'aura de désir qu'il m'envoie. Il sort de l'eau, m'offrant une vue incomparable sur son sexe en érection, et me rejoint pour m'embrasser délicatement. C'est la première fois que nous nous laissons aller à un peu de tendresse, et bien que je rêve de le sentir entre mes cuisses d'une seconde à l'autre, je ne peux m'empêcher de savourer pleinement ce moment. Ses mains passent dans mes cheveux, et tout mon corps est parcouru de délicieux frissons.

Matteo me prend par la main et nous pénétrons ensemble dans l'eau chaude. Mh, c'est merveilleux. Il me tend la coupe de champagne qui ne demande qu'à être bue, et nous trinquons ensemble. Me plaquant contre le rebord du jacuzzi, il entreprend de m'embrasser le cou, puis la poitrine. Je tire légèrement sur ses cheveux pour le ramener vers mon visage, et je fonds sur ses lèvres pour un baiser qui serait largement censuré au cinéma. Sa main glisse entre mes jambes, et comme la veille, ses doigts m'amènent rapidement au bord de l'orgasme.

– J'ai envie de m'amuser un peu avec toi… souffle-t-il dans mon oreille.

Il m'attrape par la taille pour me porter et m'asseoir sur le bord du jacuzzi, les jambes écartées, face à lui. Avant même que je ne comprenne quoi que ce soit, sa bouche plonge entre mes jambes, accompagnée de ses doigts magiques. Et encore, si je pensais qu'il était doué avec d'autres parties de son corps… je découvre que sa langue est peut-être la plus talentueuse de tous ! Il joue avec mon clitoris, alternant la douceur et la fermeté, et je me retrouve propulsée vers un orgasme dévastateur. Mes jambes tremblent tandis qu'il embrasse l'intérieur de mes cuisses avant de me ramener dans l'eau avec lui.

– Waouh, c'était…

Mais je n'arrive pas à terminer ma phrase. Il sourit alors, visiblement très fier de lui, et avale une nouvelle gorgée de champagne.

– Des desserts comme ça, j'en prendrais bien tous les jours ! me lance-t-il en se léchant les lèvres.

Merde, c'est pas légal, d'être aussi sexy !

– À mon tour… chuchoté-je sans le lâcher des yeux. Suis-moi.

Je sors de l'eau pour me diriger vers les immenses transats que j'ai repérés en arrivant. J'amène Matteo à s'asseoir sur l'un d'eux et me mets à genoux face à lui. Je prends le temps de m'attacher les cheveux, et je comprends à son regard impatient qu'il sait exactement ce qui l'attend. J'ouvre la bouche pour accueillir sa queue, réalisant à cet instant que c'est la première fois que j'ai autant envie de sucer quelqu'un. Je le lèche de haut en bas, m'amuse quelques instants à tourner la langue autour de son gland, et quand je sens qu'il n'en peut plus, je le prends entièrement, redoublant la cadence. Ses mains, posées de chaque côté de ma tête, m'indiquent le rythme à suivre, et ses râles de plaisir m'emmènent vers un nouveau degré d'excitation.

– Putain, Mia... Depuis le jour où je t'ai rencontrée, j'attendais ça...

Je m'applique encore quelques instants, utilisant également mes mains pour intensifier son plaisir, quand il m'écarte de lui.

– Je vais te baiser si fort, *mi bella*...

En moins de temps qu'il n'en faut pour le dire, il se relève, m'attrape et m'allonge en dessous de lui. Il enfile rapidement un préservatif, j'ai d'ailleurs l'impression qu'il en cache un peu partout dans cette maison, et enfin, il me pénètre entièrement. Un seul coup de reins suffit à me remplir, j'étais déjà tellement excitée. Pourtant, il y va un peu plus doucement que d'habitude. Lui aussi, il a l'air d'avoir besoin de savourer l'instant. Sa nuque, que je tiens d'une main, se remplit de frissons, et ses yeux trouvent les miens pendant quelques secondes. C'est une expérience inédite de sentir à la fois la queue *et* le regard de Matteo DiNatale. Je sens un nouvel orgasme se profiler, et je l'embrasse à en perdre haleine. Il me rejoint bientôt dans la jouissance, et cette fois, aucun de nous deux ne semble pressé de quitter l'autre. Pourtant, je me doute bien que nous ne pouvons pas dormir ici...

Matteo se redresse alors et attrape une serviette avant d'enfiler ses vêtements. J'imagine que cette action marque le départ pour moi aussi. Aussi discrètement que possible, je m'essuie à mon tour et repasse la robe qui ne m'aura finalement pas habillée très longtemps. Je finis ma coupe de champagne d'un trait, n'osant toujours pas regarder l'homme face à moi dans les yeux.

– Bon, je te dis à demain. Passe une bonne nuit, Mia, me lance-t-il en quittant la pièce après avoir éteint les lumières. Ça va aller, pour retrouver ta chambre ?

– Oui, oui… Bonne nuit.

Wow. Le retour à la réalité est brutal. Bien sûr, je sais que lui et moi, on ne fait rien d'autre que baiser. Mais ce soir, je sais pas… c'était différent. Et je suis certaine de ne pas avoir rêvé. Pourtant, les choses sont ce qu'elles sont : Matteo est déjà loin, et je vais m'endormir seule. Et confuse.

⋆ ⋆

Les jours suivants se déroulent sur le même modèle. La matinée est consacrée aux échanges avec la famille, je les tiens également informés des retours de Benjamin par mail sur les progrès que nous faisons avec la police. L'affaire, après avoir été gelée pendant plusieurs semaines, peut enfin reprendre son cours. Ils n'avaient pas assez d'éléments pour nous réduire à l'inaction plus longtemps. Avec une solide défense, le marché des casinos devrait se trouver à notre portée d'ici peu de temps. Enfin, si personne ne vient une nouvelle fois nous mettre des bâtons dans les roues.

Le midi, nous mangeons tous ensemble, alternant entre une ambiance quasi détendue et un silence toujours plus gênant. Parfois, Matteo et son père affichent leurs désaccords, et je comprends mieux d'où le fils tient son caractère. Durant ces échanges plutôt musclés, je ne peux m'empêcher de ressentir beaucoup d'empathie pour lui. C'est vrai, ça doit être super dur d'avoir un père aussi rigide et fermé à la discussion. Ça n'a pas dû être évident tous les jours, de grandir dans cet environnement…

Avec Lucas, les choses n'ont aucunement évolué. C'est peut-être même l'inverse, en fait. J'ai l'impression que chaque matin, il est un peu plus déçu que la veille de me voir. Comme s'il espérait que je finirais par m'en aller, en fait. Et lui, alors, il n'a pas de maison ? Qu'il parte, si ma présence lui est aussi désagréable !

Les préparatifs de l'anniversaire de Gabriele, prévu demain, prennent également beaucoup d'énergie. Apparemment, avoir 60 ans, dans ce milieu, ce n'est pas rien, et il faut vraiment marquer le coup pour envoyer le bon message. Autant aux ennemis qu'aux alliés.

Matteo et moi trouvons systématiquement un moment pour nous retrouver dans la journée, que ce soit aux écuries en début d'après-midi, dans le jacuzzi le soir, ou dans ma chambre le matin, lorsqu'il arrive à s'éclipser. Et chaque fois, le moment me semble encore plus incroyable que la veille. Je suis de plus en plus à l'aise, et mon corps le réclame constamment lorsqu'il n'est pas là. Pourtant, chaque fois que nous avons terminé, il repart aussi rapidement qu'il était arrivé. J'aimerais trouver le courage de lui demander de rester, ne serait-ce que quelques minutes, mais à quoi bon ? Déjà, on n'est même pas censés se voir du tout dans l'intimité, je ferais mieux de ne pas aggraver mon cas en lui demandant un peu plus d'attention… Mais voilà, dans ma tête, une partie de jambes en l'air se termine par un câlin et des fous rires. Pas par la disparition instantanée de l'autre personne.

Cet après-midi, le fils et le père sont une nouvelle fois de sortie. Ce qui signifie que je me retrouve seule ici avec Lucas. D'habitude, j'arrive plutôt bien à l'esquiver. Je profite de mes obligations professionnelles pour m'enfermer la plupart du temps dans ma chambre, et je veille à être seule dans le manoir (enfin, si on ne compte pas les dizaines de domestiques qui travaillent ici) lorsque je descends prendre un café entre deux dossiers.

Pourtant, aujourd'hui, il semblerait que j'aie mal calculé mon coup. Lorsque j'arrive dans la cuisine, il est déjà là, me tournant le dos. Je tente de faire demi-tour discrètement, croisant les doigts pour qu'il ne m'ait pas entendue. Je m'apprête à passer la porte, ni vu ni connu, quand…

– Ah, Mia. Justement, je voulais te voir.

Première nouvelle !

J'imagine qu'il est un peu trop tard pour espérer repartir incognito, alors je me tourne une nouvelle fois pour lui faire face.

– Oui, Lucas ? Qu'est-ce qui me vaut ce plaisir ? lui demandé-je ironiquement.

– Écoute, je sais que je n'ai pas été très « facile » avec toi, admet-il. Mais il y a une explication à tout ça…

– Tu es jaloux parce que Matteo passe du temps avec moi ? le provoqué-je bêtement.

– Si seulement ! lâche-t-il entre deux rires. Oh, crois-moi, ma vie serait bien plus simple si c'était le cas. La tienne aussi, d'ailleurs.

– Qu'est-ce que tu veux dire ?

Il récupère un plateau de gâteaux et nous emmène vers la salle à manger. Je le suis sans dire un mot, impatiente de découvrir ses aveux. Quelle raison tordue pourrait bien le pousser à ne pas pouvoir me saquer ?

– En fait, ce n'est pas vraiment contre toi, commence-t-il alors que nous nous asseyons l'un en face de l'autre. T'as l'air sympa, intelligente, et à quelques détails près, très professionnelle. Mais c'est justement ce détail qui m'embête.

Tant qu'il s'amuse avec toi, Matteo ne remplit pas ses obligations, et ça crée des tensions dans la famille.

– Quelles obligations ? Je n'interfère en rien dans ses affaires, au contraire, je fais tout pour apporter mon aide aux DiNatale ! m'exclamé-je, outrée de passer pour la petite distraction sans cervelle.

– Je ne parle pas de ce genre d'affaires, m'indique Lucas. Tu l'ignores peut-être, mais Matteo est fiancé à Meghan Callahan. Et plus il perd de temps avec toi, plus il retarde l'inévitable, en foutant la merde au passage.

Je reste bouche bée. Et j'ai probablement l'air stupide, mais pour le coup, c'est le dernier de mes soucis. Matteo, fiancé, Callahan, le tout dans une même phrase ? C'est un peu trop d'informations pour une seule discussion. À moins que…

– Mais les DiNatale et les Callahan ne font que se mettre des bâtons dans les roues, depuis toujours…

– Exactement. Réfléchis, Mia, me somme-t-il d'un ton impatient. Un mariage arrangé, ça pourrait améliorer beaucoup de choses, justement. Mais comme d'habitude, Matteo n'en fait qu'à sa tête…

– Peut-être qu'il a envie de choisir lui-même le genre de vie qu'il veut avoir, balancé-je vivement, ne pouvant m'empêcher de le défendre.

– Et peut-être aussi qu'il couche avec toi uniquement pour avoir des infos sur le camp adverse ! me répond Lucas du tac au tac. Sinon, honnêtement, qu'est-ce que tu ferais encore là ?!

Ça, c'est un coup bas.

– Pas du tout… Enfin au début… Mais après non… bégayé-je lamentablement.

– Cela ne sert à rien de continuer à te mentir, Mia. Prends du recul sur la situation et tu verras que j'ai raison. Et si je peux me permettre, prends du recul tout court avant de causer trop de dégâts. Autant pour toi que pour les autres.

Sur ces mots, il se lève et me laisse seule dans cette immense pièce, complètement dévastée par une conversation que j'aurais préféré ne jamais avoir. Non seulement parce que je refuse d'imaginer que l'homme qui m'a procuré tant de plaisir cette semaine, le premier homme à me regarder avec autant d'intensité d'ailleurs, soit déjà engagé à une autre. Et surtout parce que je refuse d'admettre que j'ai été stupide à ce point ! Il m'a bien eue, en me faisant croire qu'il avait entièrement confiance en moi, et que ce que nous faisions n'avait rien à voir avec les affaires… En réalité, son seul objectif est de me travailler au corps jusqu'à ce que je craque ! Quitte à se mettre en péril avec sa future belle-famille. J'ai l'impression que tout ça n'a aucun sens, et comme je commence un peu à comprendre ce nouveau milieu, j'en déduis au contraire que c'est très logique. La manipulation chez ces gens-là ne connaît pas de limite. Je suis bien placée pour le savoir, après avoir passé plusieurs années avec un traître…

Je quitte la pièce avec les larmes aux yeux, montant deux à deux les marches jusqu'à ma chambre, où je m'effondre sur le sol aussitôt la porte refermée. Je n'ai plus une seule personne vers laquelle me tourner, coincée à près de deux heures de route de chez moi, loin de mon petit chat qui m'attend dans un appartement dévasté. Putain, qu'est-ce que j'ai fait pour mériter tout ça ?

18

Matteo

Dans le hall du manoir, ça s'agite dans tous les sens. Dans moins d'une heure, les premiers invités arriveront et il faut que tout soit impeccable. Le nombre de domestiques a triplé pour l'occasion, et je n'ai moi-même pas eu une minute à moi depuis la veille. Je n'ai même pas eu l'occasion de donner rendez-vous à Mia, hier soir. Son corps me manque tellement que j'ai l'impression que mes couilles pèsent déjà trois tonnes. En plus, elle n'est même pas descendue manger avec nous, ni hier, ni ce midi ! Je me demande ce qu'elle a, mais je n'ai pas le temps de chercher la réponse pour le moment. On en discutera tout à l'heure. Au moins, l'anniversaire de mon père, je sais qu'elle ne pourra pas faire l'impasse dessus. Les enjeux sont trop grands.

Je sors de la douche, qui aurait été bien plus sympa si j'avais pu la partager avec une blonde ultra sexy, et passe un costume bleu nuit. Dans le miroir, j'ai l'impression d'avoir pris de nouvelles petites rides. Franchement, la vie de mafieux, c'est pas compatible avec la jeunesse éternelle. Maintenant que mon père sait que Mia n'a rien à voir avec les Callahan, il est revenu à la charge au sujet de Meghan, il estime que notre famille ne peut plus se permettre d'attendre une seule semaine supplémentaire. Ça me saoule de voir mon avenir se profiler à vitesse grand V, alors que clairement, ce présent dans lequel je peux baiser Mia quotidiennement, il me convient tout à fait.

Je descends au rez-de-chaussée dans l'espoir de trouver mon père et faire un dernier point rapide avec lui concernant la soirée à venir, quand je tombe nez à nez avec… Meghan. Tiens donc, ma future femme, on ne peut déjà plus s'éloigner de moi ?

– Qu'est-ce que tu fous ici ? lui demandé-je aussitôt.

– Vraiment charmant, cet accueil, me répond-elle d'un air vexé. « Bonjour Meghan, que tu es belle aujourd'hui, comment vas-tu ? » Oh, très bien Matteo, merci !

– Ça va, désolé… Bonjour, Meghan, tu es très charmante aujourd'hui. Mais qu'est-ce que tu fous ici ?

– Ah ah, je vais me contenter de ça, abandonne-t-elle avec un léger sourire. Ton père m'a contactée il y a deux jours. Il m'a dit que pour le bien de nos deux familles, ça serait vraiment nécessaire que je fasse une apparition ce soir. Et tu sais comme moi que c'est dur de lui dire non alors, me voilà.

Putain, j'en reviens pas ! Il est *toujours* en train de manigancer dans mon dos, comme si ce n'était pas déjà suffisant en termes de pouvoir de me donner des ordres tous les jours. Et comment va réagir Mia en rencontrant Meghan ? Comment je suis censée la lui présenter, d'ailleurs ? « Eh, coucou la fille que je baise, voici la fille que je dois épouser. Une coupe de champagne, peut-être ? » Rien ne va ! En plus, les invités commencent à arriver, je vais devoir aller serrer des mains et plaquer mon sourire de faux-cul sur le visage pour la soirée.

– Bon… On se retrouve tout à l'heure, lancé-je à Meghan en m'éloignant déjà.

Une demi-heure plus tard, alors que j'ai la main moite

de toutes les poignées échangées, et les joues colorées de divers rouges à lèvres, je commence à paniquer. Mia n'est toujours pas descendue, pourtant elle savait exactement à quelle heure commençait la soirée. Quand j'y pense, ça fait plus de vingt-quatre heures que je ne l'ai pas vue… Qu'est-ce qu'elle fout, au juste ?

J'aperçois Lucas un peu plus loin et m'approche de lui.

– Eh, t'as pas vu Mia ? J'ai l'impression qu'elle a disparu…

– C'est peut-être pas une si mauvaise chose ! me répond-il en soupirant.

– Qu'est-ce que tu veux dire ? lui demandé-je, inquiet tout à coup.

– Ouvre les yeux, Matteo. Meghan est là ce soir, c'est l'occasion idéale pour officialiser les choses entre vous. Mia, c'était une distraction, c'est tout. Et au moins, maintenant, vous êtes tous les deux au courant.

Quelque chose dans son regard ne me plaît pas. Putain, je connais cette expression. C'est celle qu'il a chaque fois qu'il fait quelque chose dans mon dos !

– Lucas… Putain, Lucas, me dis pas que t'es allé lui parler ? grincé-je sans prêter attention aux personnes autour de nous.

Il hausse les épaules, l'air de dire qu'il est à peu près désolé, mais que c'était malgré tout la chose à faire. Je vais l'exploser, ce con ! Mais avant, je dois à tout prix retrouver Mia.

Je cours en haut des escaliers jusqu'au deuxième étage, prêt à défoncer la porte de sa chambre s'il le faut. Contre toute attente, ce n'est pas verrouillé. Ce que je trouve à l'intérieur de la pièce me provoque un frisson dans le dos. Elle est partie… Il n'y a plus aucune de ses affaires ici.

Dans mon dos, un domestique arrive.

– Oh, pardon monsieur, s'excuse-t-il en me voyant. Je pensais pouvoir nettoyer la chambre, maintenant que mademoiselle Cooper est partie…

– Vous l'avez vue partir ? Il y a combien de temps ?

– Il y a quelques minutes, à peine…

Cette nouvelle information est suffisante pour me redonner un léger espoir. Je dévale les marches en sens inverse et me précipite dans la cour, espérant la trouver parmi les nombreuses voitures déjà garées. Et effectivement, je la vois, valises aux bras, se dirigeant vers le long chemin qui mène à la sortie. Mais qu'est-ce qu'elle fout ? Elle compte repartir à New York à pied ?!

J'avance vers elle, sans courir cette fois-ci parce que je suis bien conscient de l'attention des invités sur moi. Et surtout celle de mon père, qui me lance un regard sévère qui signifie « ne la suis pas ». *Ah ouais ? Regarde-moi bien !*

– Mia ! Attends !

Je l'appelle quand j'arrive à quelques dizaines de mètres d'elle. Surprise, elle se retourne pour m'offrir un visage terriblement triste. Putain, ce connard de Lucas n'a vraiment pas dû y aller de main morte… Puis, elle me tourne le dos et continue à avancer, choisissant de m'ignorer en toute liberté.

– S'il te plaît ! Il faut qu'on parle !

Elle me fait de nouveau face, enfin décidée à arrêter de faire comme si je n'existais pas.

– Oh, mais tu crois vraiment que j'ai envie de te parler ? crie-t-elle d'une voix cassée. Au cas où, lorsque quelqu'un part sans dire au revoir, c'est bien parce qu'il n'a pas envie d'être suivi !

– Ah, sans blague ? Merci pour cette belle leçon de savoir-vivre, Mlle Cooper ! C'est ça qu'on vous apprend à l'école de droit ? m'énervé-je malgré moi.

– Non, ce qu'on apprend avant tout, c'est à séparer le professionnel du personnel, et c'est précisément ce que j'aurais dû continuer à faire !

Cette dernière phrase sonne comme une accusation, et je sais parfaitement que je suis à blâmer pour ce qu'elle ressent à cet instant. Pour autant, je n'ai pas l'intention de faire comme si j'étais désolé.

– Il est un peu trop tard pour ça, tu crois pas ? Et d'ailleurs, quand on essaie d'être professionnelle, on ne se barre pas d'un événement aussi important que l'anniversaire de son plus gros client !

– Bien sûr, mon plus gros client, celui qui envoie son fils coucher avec moi pour avoir des infos, tu veux dire ?

OK, je ne m'attendais pas à ce qu'elle soit aussi directe. Et elle enchaîne, en plus !

– Ou celui qui veut te contraindre à épouser la fille des Callahan ? Je l'ai aperçue tout à l'heure, d'ailleurs ! Elle est magnifique. Vous aurez de très beaux enfants ! lâche-t-elle avant de se retourner une nouvelle fois.

– Qu'est-ce que ça peut te foutre, qu'on ait des enfants ? la provoqué-je. Eux aussi, tu voudras te les taper ?

Je comprends que je suis allé trop loin au moment où sa main menace de s'abattre sur ma joue. Par réflexe, je l'arrête juste à temps, et réalise qu'elle a des larmes plein les yeux. Merde… Qu'est-ce que j'ai fait, encore ? Ça valait bien le coup de la poursuivre sur la route…

– Pourquoi est-ce que tu me fais ça ? murmure-t-elle d'une voix implorante. J'ai déjà perdu tellement de choses, ces derniers temps, ma dignité y comprise… Pourquoi est-ce que tu ne veux pas me laisser partir, tout simplement ?

Je reste muet. C'est vrai, ça, pourquoi est-ce que je ne la laisse pas partir ? J'ai l'impression d'avoir ce besoin de savoir où elle est, et ce qu'elle fait. Et je ne me l'explique pas.

– Je… Ton appartement. Lawrence. Tu n'es pas en sécurité, balbutié-je.

– Je ne le suis pas moins qu'ici. J'ai besoin de rentrer chez moi, Matteo. Même si pour le moment, chez moi, ça ne ressemble pas à grand-chose. Il faut que je… souffle. Et comme tu l'as dit, vous êtes mes plus gros clients. Je ne veux pas gâcher mon début de carrière en plus du reste. Si tant est qu'il y ait encore quelque chose à sauver…

Son aveu me laisse sans mot une fois de plus. Je n'avais pas réalisé à quel point elle vivait mal la situation. J'aurais pu m'en douter, bien sûr, si j'avais eu un minimum d'empathie, mais ce n'est pas le cas. Putain, qu'est-ce qu'on est censés répondre, dans ces cas-là ? Comment on rassure une nana qui pleure à moitié ?

– Je reste joignable si tu as le moindre souci, lui dis-je simplement. À bientôt, Mia. Prends soin de toi.

Elle hoche discrètement la tête et repart en direction du taxi qui vient de se garer. Ça va lui coûter un bras, cette histoire… Je me promets mentalement de lui rembourser le trajet, quoi qu'elle en dise.

De retour à la réception, j'évite soigneusement le regard de mon père, qui de toute façon semble bien trop occupé à être l'homme de la soirée. Le champagne et le vin coulent à flots, c'est presque indécent, cette quantité d'alcool qu'on se verse dans le gosier. Enfin, je dis ça, mais j'attrape deux verres au passage. Il me faut au moins ça pour aller voir ce traître de Lucas, qui se trouve justement en pleine conversation avec Meghan. Tu m'étonnes. Il doit être en train d'organiser mon mariage dans mon dos, maintenant !

J'avance vers eux en lui lançant un regard noir, qui ne semble pas le perturber plus que ça. Et, alors que j'ouvre la bouche en arrivant à leur niveau, il me devance.

– Je sais ce que tu vas dire, Matteo. Tu m'en veux, je n'avais aucun droit, blablabla. Et dans le fond, t'as peut-être pas tout à fait tort. Et je te laisserais volontiers me mettre une droite si je n'étais pas conscient de ta force. Mais tu dois comprendre que j'ai uniquement agi dans ton intérêt…

– Mon intérêt, ou le tien ? Ou celui de mon père ? Ou de Meghan ? Ou de tout le monde, sauf de moi, finalement, hein ? Depuis quand t'es contre moi, putain ?

– Je ne suis pas contre toi, au contraire ! Je sais bien que tu t'amusais avec cette nana, mais bordel, on ne risque pas l'avenir de cette famille pour une histoire de baise, tu t'en rends bien compte ?

– Mais ce n'était pas…

Je m'interromps avant de pouvoir terminer ma phrase. En réalité, je ne sais pas ce que c'était. Soyons honnêtes, même pour de la baise, et même si la nana est un bon coup, c'est rare que je couche autant de fois d'affilée avec une même personne…

– Ce n'était pas quoi ? reprend Lucas.

– Rien, laisse tomber, soupiré-je. On reparlera de tout ça une autre fois.

Sans demander mon reste, je retourne dans la cour après avoir discuté avec quelques invités, par politesse. J'ai besoin de m'allumer une cigarette, là. Ou quatre, on verra.

– Je crois que je sais ce qui se passe…

Dans mon dos, Meghan avance doucement. J'ai envie de m'énerver sur elle aussi, juste pour le plaisir, mais ça ne serait pas juste. Elle m'a toujours soutenu, dans cette histoire, elle est au pied du mur elle aussi, comme moi.

– Qu'est-ce que tu veux dire ? lui demandé-je.

– Cette fille, Mia… Tu l'aimes bien, pas vrai ?

Par réflexe, j'ai envie de nier de toutes mes forces. Matteo DiNatale n'est pas le genre de gars à « bien aimer » qui que ce soit, non, mais. Et puis quoi encore ? Pourtant, quelque chose m'empêche de me mettre à hurler qu'elle a tort. Quelque chose qui se passe dans mon ventre, et qui semble connaître une vérité qui m'échappe.

– Putain, je suis dans la merde… soufflé-je alors en regardant Meghan droit dans les yeux.

– Je sais, c'est pas génial comme situation, murmure-t-elle en retour.

– Mais ça ne te dérange pas, de savoir que j'ai des… sentim… enfin, des trucs, pour une autre femme ? l'interrogé-je sincèrement.

– Matteo, qu'est-ce que tu crois ? Moi non plus, je ne t'aime pas ! me balance-t-elle en riant légèrement. T'es bel homme, je te l'accorde, mais s'il n'était pas question d'amener un peu de paix entre nos deux familles, jamais je ne t'épouserais… J'ai moi-même rencontré quelqu'un, si tu veux tout savoir. Et comme tu t'en doutes, toute cette pagaille complique grandement les choses entre nous…

Elle soupire, d'un énorme soupir qui vient du cœur, et je ne peux que la comprendre. Franchement, tous ces gens qui nous envient parce qu'on a grandi dans le luxe et qu'on peut se payer tout ce qu'on veut, ils ne savent pas à quel point ils se trompent. Et surtout, ils ne savent pas à quel point je les envie. Si j'étais un gars normal, je trouverais la force d'avouer ce que je ressens à Mia, et on pourrait partir de là, sans pollution extérieure, juste elle et moi. Au lieu de quoi, je dois me marier de force. Et c'est quasiment une question de vie ou de mort.

– Il faut que j'aille la voir, dis-je tout à coup. Elle doit être en train de pleurer dans ce maudit taxi, je ne veux pas qu'elle passe la soirée toute seule, dans cet état.

Oh, donc c'est ça, avoir de l'empathie ?

– Essaie de l'appeler, non ? suggère Meghan.

Je n'y crois pas trop, mais pourquoi pas… Je sors mon

téléphone de ma poche pour pouvoir tapoter son prénom sur mon écran, et je croise les doigts. Messagerie directe. C'était sûr !

– Elle a éteint son portable. Je dois y aller.

– Attends, Matteo. On est chez toi, là, pour l'anniversaire de ton père. Tout le monde se rendra compte de ton absence si tu pars maintenant. Tu ne peux pas y aller.

– Qu'est-ce que je suis censé faire, alors ?

Meghan prend quelques instants pour réfléchir, puis semble avoir trouvé une idée à peu près convenable.

– Laisse-moi y aller à ta place ! me lance-t-elle. Mon chauffeur est encore présent, de toute façon, et il n'a aucun problème avec le fait de dépasser les limitations…

– Toi ? Mais elle ne te connaît pas, qu'est-ce qui te fait croire qu'elle va t'écouter ?

– Déjà, parce que je suis une femme. Ensuite, parce que je suis une femme.

Je secoue la tête en souriant légèrement. Elle marque un point. La solidarité féminine, c'est un concept que je n'ai jamais vraiment saisi, mais qui peut faire des merveilles, en temps de crise.

– Allez, dis-moi oui, me supplie Meghan. J'en ai déjà marre d'être ici !

– À qui le dis-tu, plaisanté-je. Bon, très bien. Mais à une condition : tu dois convaincre Lucas que c'est une bonne idée pour qu'il puisse t'accompagner. Je ne sais pas ce qui vous attend, à New York, je préfère que tu y ailles avec quelqu'un.

– Ah ouais, sacrée condition ! s'exclame-t-elle. Réussir à faire entendre raison à une tête de mule, c'est pas gagné…

– On parle de moi ?

Lucas nous rejoint à ce moment-là sur le perron, l'air curieux. Je n'arrive pas à dire ce qu'il a entendu de notre discussion ni ce qu'il en pense.

– Écoute, je suis peut-être prêt à te pardonner, commencé-je, mais pour ça il faut que…

– Que j'aille chez Mia avec Meghan pour lui apprendre que t'as un cœur de guimauve, je sais, me coupe-t-il. Je suis là depuis le début.

Je le regarde sous tous les angles, ne sachant pas s'il me fait marcher ou non. Dans quel monde c'est possible qu'il soit d'accord avec ce plan tordu ?

– Tu te fous de moi ? lui demandé-je.

– Même pas ! Je pensais que ton délire avec Mia c'était un énième signe de ton immaturité, mais puisque tu as décidé de t'humaniser un peu… Je veux bien prendre le risque de voir ce que ça va donner. Et avec un peu de chance, avec Meghan, on réussira à la convaincre d'être demoiselle d'honneur à ton mariage !

Quel con… Il rit de sa connerie, en plus. Mais dans le fond, je ne suis pas certain qu'il plaisante. C'est vrai que l'objectif principal, dans tout ça, c'est le business. Mais au moins, Mia aura toutes les cartes en main.

– Allez, en route ! lance Meghan. Matteo, tu m'envoies l'adresse par SMS ?

– Je fais ça tout de suite. Merci infiniment, tous les deux, je vous revaudrai ça !

– Oh ça, c'est certain ! confirme Lucas en me donnant un léger coup dans l'épaule. À plus, mauviette !

C'était certain que je n'allais pas y échapper… Même moi, je suis tenté de rire de la situation et de me foutre de ma gueule. Pour la première fois de ma vie, je réalise que j'ai envie d'aller plus loin avec une femme, et il faut que ce soit avec mon avocate, à quelques semaines de mon supposé mariage avec une autre. En termes de mauvais timing, on n'est plutôt pas mal !

Je retourne à la soirée pile au moment où mon père entame son discours. Ouf ! J'en aurais encore pris plein la tête, si j'avais raté ce moment. Pendant près de dix minutes, nous l'écoutons parler de l'importance de la famille, des valeurs traditionnelles et du travail bien fait. Parfois, il se laisse aller à une petite touche d'humour dont je le croyais incapable et qui fait sourire de nombreux invités. Bah dis donc ! Quelques coupes de champagne, c'est vrai que ça vous change un homme !

Quand vient l'heure de passer à table, une éternité plus tard selon moi, je reçois un message de Lucas.

* **Lucas :**
Elle n'est pas chez elle.
Une idée de l'endroit
où elle a pu aller ?

Merde. Je réfléchis un instant, et lui envoie l'adresse de sa meilleure amie, Erin. Avec un peu de chance, elle est allée se réfugier chez elle, bien qu'elle soit la sœur de son connard d'ex !

19

Mia

Le retour à New York n'est pas exactement tel que je l'avais imaginé. Dans ma tête, je partageais une limousine avec Matteo, sa main sur ma cuisse, le regard rempli de désir. Évidemment, je rêvais un peu trop grand. Mais quand même, le contraste avec ce taxi minable et froid me retourne le cœur.

Lorsque le chauffeur m'a demandé l'adresse, je n'ai pas pu me résoudre à donner celle de chez moi. Il est encore trop tôt pour que je me retrouve complètement seule, j'ai besoin de prendre un peu d'énergie avant. Alors, bien que je doive lui livrer une version censurée de toute cette histoire, je décide de me rendre chez ma meilleure amie. J'ai grand besoin de lui faire un énorme câlin !

Je monte les escaliers jusque chez elle avec mon immense valise et quelques sacs, et elle m'ouvre la porte avant même que je n'aie eu à frapper.

– Oh, tu m'as tellement manqué ! m'exclamé-je en lui tombant dans les bras, lâchant tout ce que je trimballais.

– Toi aussi, ma belle. Je t'ai préparé une marmite de café, tu vas pouvoir tout me raconter !

– Tu me connais si bien ! plaisanté-je en l'embrassant sur

les deux joues. Il va au moins nous falloir ça, c'est vrai !

Je la suis dans l'appartement, ne pouvant m'empêcher de serrer les dents en tombant sur un cadre d'elle et Lawrence. Il a l'air si gentil, dessus, tellement sincère. *Tu parles !*

– Oh, pardon, s'excuse-t-elle en remarquant mon trouble, j'ai complètement oublié de l'enlever ! Il te manque… ?

J'éclate d'un rire sinistre, me demandant par où je suis censée commencer.

– Pas du tout… lui réponds-je doucement. Erin, il s'est passé des choses vraiment bizarres avec ton frère, mais je ne sais pas si je suis prête à tout te raconter. Je ne veux pas te monter contre lui, et je ne veux pas que tu m'en veuilles.

– Tu m'inquiètes, là… me dit-elle en fronçant les sourcils. Qu'est-ce que Lawrence a bien pu faire de si terrible ? Non… Ne me dis pas qu'il t'a trompée ? Je vais l'encastrer dans un mur, si c'est ça !

– Non, non, personne ne sera blessé, rassure-toi. Bon, et si on allait plutôt se servir un café dans la cuisine, en attendant ?

Cette tentative désespérée de faire diversion ne durera qu'un temps, je le sais très bien. Mais ça me permet au moins de souffler quelques secondes avant de lâcher une bombe qu'elle n'est peut-être pas prête à entendre. « Eh, ton frère est un connard, et pas le genre de connard qui ne laisse pas de pourboire au restaurant. »

Erin nous sert chacune dans un mug Disney, ce qui me fait sourire, et s'apprête à s'asseoir face à moi pour me cuisiner dans les règles de l'art. Au même moment, quelqu'un frappe à la porte.

– Oh, tu attendais quelqu'un ? lui demandé-je, réalisant soudainement que j'ai peut-être ruiné ses plans avec ce SMS lui disant que j'arrivais il y a vingt minutes.

– Non, du tout ! C'est peut-être le voisin du dessous, qui oublie toujours quelque chose lorsqu'il va en courses, soupire-t-elle. La plupart du temps, il lui manque des œufs !

Je reste assise tandis qu'elle va ouvrir la porte.

– Euh… Je peux vous aider ?

Le ton surpris de ma meilleure amie m'indique qu'elle ne connaît pas la personne qui se trouve face à elle. Je me lève alors rapidement, craignant pour sa sécurité tout à coup, pour me retrouver face à…

– Lucas ?! Qu'est-ce que tu fabriques ici ? Je te manquais déjà ?

– Bien sûr que non, tu penses bien ! me balance-t-il d'un ton sarcastique. C'est Matteo qui m'envoie…

– Pour qui il se prend, celui-là ? ne peut s'empêcher d'intervenir ma meilleure amie.

– Celui-là, comme tu viens de l'apprendre, s'appelle « Lucas », rétorque-t-il. Et toi, j'imagine que c'est Erin, garde du corps officielle de Mia ?

– C'est normal, de défendre son amie quand un crétin débarque ici pour mal lui parler, peste-t-elle. Tu le saurais si t'avais un minimum de savoir-vivre !

– Bon, puisque tout le monde est manifestement très content de se voir, on pourrait passer aux choses sérieuses directement, non ?

Tiens, je ne connais pas cette voix. Dans le couloir, derrière le corps imposant de Lucas, je découvre Meghan, la jeune femme sublime que j'ai aperçue plus tôt au manoir, et surtout… La fiancée de Matteo.

– Je ne comprends pas… Qu'est-ce que tu fais là, toi aussi ? lui demandé-je en essayant de ne pas avoir l'air de l'agresser. Et la réception, alors ?

– Une Callahan chez les DiNatale, même lorsqu'elle est censée épouser l'un des leurs, ça fait toujours un peu tache, plaisante-t-elle. Et Lucas, euh, lui, il n'a pas eu le choix !

– C'est un peu vrai, marmonne le principal intéressé. Enfin, je suis quand même un grand garçon qui prend lui-même ses décisions, hein, ajoute-t-il en regardant Erin en coin.

Cette dernière finit par les inviter à rentrer, un peu malgré elle, et leur sert également du café. Si on m'avait dit un jour que Lucas boirait dans un mug de princesses… Je retiens tant bien que mal le petit rire qui menace de sortir de ma bouche. Quelque chose me dit que ce n'est pas le moment.

– Premièrement, reprend ma meilleure amie, je récupère une Mia complètement déboussolée de la semaine qu'elle a passée dans le New Jersey. Ensuite, elle s'apprête à me dire des choses un peu… bizarres, mais elle n'a pas le temps, parce que *troisièmement*, deux inconnus débarquent chez moi. Franchement, est-ce qu'en tant qu'hôtesse de cette pseudo réunion, on pourrait m'expliquer ce qui se passe ?

– Dis-le, hein, si on te dérange ! s'exclame Lucas en se levant à moitié. On peut tout aussi bien…

– Tout doux, la bête ! le calme Meghan en appuyant sur son bras pour qu'il se rassoie. Je crois que je suis la mieux placée pour tenter de résumer la situation. D'abord, merci de nous recevoir chez toi, enfin, même si tu n'as pas vraiment eu le choix…

– Merci de le reconnaître, souffle Erin.

– Mia, reprend la jeune femme face à moi, tu sais qui je suis. Lucas n'a pas pu s'empêcher de te raconter que j'étais fiancée à Matteo, et… bon, c'est en partie vrai. Enfin, c'est même complètement vrai, mais il faut bien que tu comprennes que ni lui ni moi n'en avons envie.

– Pourtant, vous formez un couple magnifique, remarqué-je avec une pointe de tristesse dans la voix. Désolée d'être venue « retarder » tout ça.

– Oh, ne sois pas désolée ! me rassure-t-elle. En vérité, ça m'arrange bien. J'ai de mon côté rencontré quelqu'un, qui me plaît vraiment, et avec qui j'aimerais *réellement* me marier un jour, si c'est possible. Mais je ne me fais pas trop d'illusions…

– Lucas, ici présent, a tenté de m'expliquer avec toute la délicatesse dont il était capable que ce mariage avait pour but d'apaiser les tensions entre vos familles, c'est ça ? demandé-je alors. Il n'y a aucun autre moyen d'y parvenir… ?

– Apaiser les tensions, c'est le premier enjeu, m'explique-t-elle. En réalité, le vrai objectif derrière tout ça, c'est de pouvoir contrer les Rossi, car s'ils continuent à monter en puissance comme ils le font ces dernières années, les Callahan et les DiNatale seront bientôt hors-jeu…

– C'est magnifique, tout ça, intervient soudain Erin, mais est-ce que vous auriez un décodeur, pour les personnes qui ne parlent pas votre langage couramment ?

– En gros, ce que Meghan essaie de dire, et je te la fais en version accessible aux moins de 8 ans, lui répond Lucas, c'est que trois familles se battent pour le pouvoir. Ces trois familles font partie de la mafia, bien évidemment, et pour elles c'est vital de rester puissantes à New York. Déjà, parce qu'elles n'ont jamais vécu autrement, et surtout, parce qu'au moindre signe de faiblesse, les ennemis viendraient demander leur dû. Et tu te doutes bien qu'à ce moment-là, ça n'a plus rien de civilisé… Il faut rester maître de tous les trafics de drogue, blanchiment d'argent et autres réjouissances à tout prix.

Ma meilleure amie, sous le choc de toutes ces révélations, reste immobile quelques instants. Elle est en train de comprendre que mon nouveau travail n'est pas si génial, et le pétage de plombs de Lawrence, au restaurant, doit devenir un peu plus clair à ses yeux. De mon côté, j'ai l'impression d'avoir été clouée sur ma chaise. Je pensais que ce mariage était une « simple » histoire d'alliance, mais c'est bien plus que ça. C'est une question de survie… Si Meghan et Matteo ne se marient pas, c'est la porte ouverte à des ripostes de tous les côtés.

C'est au beau milieu de ce silence pesant, que personne n'ose briser, que la sonnerie du téléphone d'Erin me fait sursauter. Je regarde par réflexe le prénom qui s'affiche sur son écran, posé à quelques centimètres de moi, et découvre avec horreur qu'il s'agit de Lawrence. On peut dire qu'il choisit bien son moment, celui-là !

– Il me rappellera… murmure-t-elle en décidant d'ignorer son frère.

Et, effectivement, il rappelle une seconde fois. Puis une troisième. Erin décide alors d'aller prendre l'appel dans le couloir pendant que Lucas, Meghan et moi sommes toujours terrés dans notre silence. Heureusement, la voix de ma meilleure amie nous parvient, brisant un peu cette atmosphère pesante.

– Parle moins vite, Lawrence… Je… Quoi ? Mais qu'est-ce que tu racontes ?! Mais n'importe quoi, je ne les connais pas, ces gens-là ! … Et comment est-ce que tu sais que… ? Oui, mais… Attends !

Erin revient dans la cuisine au moment où je me lève pour aller la rejoindre. Elle est livide. Lucas est le premier à réagir.

– Qu'est-ce qui se passe ?

– C'était mon frère… lui indique-t-elle d'une voix éteinte. Il… Il sait que vous êtes ici. Il pense que je suis… impliquée dans vos affaires. Je n'ai pas tout compris, mais il était…

– Oui ? l'encourage Lucas, voyant qu'elle a du mal à trouver ses mots.

– Il était *menaçant*.

À ce moment-là, deux larmes coulent de ses yeux. Je crois qu'elle aussi, elle vient de découvrir que son frère avait un visage caché, et qu'il n'était vraiment pas beau à voir. Je m'approche d'elle pour la prendre dans mes bras.

– Je suis tellement désolée... Je ne voulais pas que tu l'apprennes comme ça. Lawrence nous a tous trompés, chuchoté-je à son oreille. Mais je suis là, ça va aller.

En réalité, je ne sais pas du tout si ça va aller, mais il paraît que c'est ce qu'il faut dire, dans ces moments-là...

– Tu... Tu savais ? me demande-t-elle en me regardant droit dans les yeux.

Je crois que c'est maintenant, le moment où il faut tout lui dire. Et comme ça, Meghan et Lucas auront les informations, eux aussi.

– J'ai eu un doute quand mon appartement a été retourné, il y a deux semaines. Tout avait été sorti des placards, mais rien n'avait disparu. Et surtout, il n'y avait aucune trace d'effraction, et il avait encore les clés. Puis il y a eu le second « cambriolage ». Ensuite, récemment, Matteo m'a avoué que Lawrence était en lien avec les Callahan. Ça explique pourquoi il est entré dans une rage folle, au restaurant... Ce n'était certainement pas le flic « intègre », qui parlait, mais bel et bien le type sous couverture... Je suis désolée que tu l'apprennes comme ça, répété-je. Mais il n'est pas celui qu'on pensait qu'il était...

– On ne reste jamais bien longtemps la personne qu'on était, lorsqu'on intègre ce milieu, intervient doucement Meghan.

– Mais alors, demandé-je alors en regardant la jeune femme dans les yeux, ça veut dire que tu le connais, Lawrence ?

– Oh, je vois tellement de personnes défiler, m'explique-t-il. Certains sont flics, d'autres politiciens. Je les salue, et je mène ma vie. Je l'ai peut-être déjà croisé, oui, mais ça ne veut rien dire.

– En tout cas, une chose est sûre... finit par lancer Lucas.

Nous le regardons toutes les trois avec des points d'interrogation dans les yeux.

– Nous sommes suivis. Nous devons partir d'ici. Tout de suite.

Je lis la panique dans les yeux de ma meilleure amie, et je rêverais de pouvoir remonter le temps pour ne jamais signer cette fichue embauche dans le cabinet Philipps. Tout était si simple, il y a quelques semaines. Je menais une vie classique, mon seul souci était le fait que mon petit-ami ne soit pas assez présent à cause de son travail. Je pouvais sortir boire un verre tous les week-ends, si je le souhaitais, et à ce moment-là, pour moi, la mafia, ça n'existait qu'à la télé. Et le pire, c'est d'avoir embarqué Erin là-dedans.

– Je te connais, me dit-elle alors très sérieusement, tu es en train de culpabiliser. Mais tu sais aussi bien que moi que mon frère ne t'a pas attendue pour se mettre au service d'une famille de mafieux...

– Et la pire qui soit, en plus ! ajoute Lucas.

– Oh, ça va... le réprimande Meghan. Vous n'êtes pas innocents, vous non plus.

– Je vous en prie, on ne va pas jouer à déterminer laquelle des deux familles est la plus dangereuse, les coupé-je. On va où, maintenant ?

– On retourne au haras, annonce Lucas. Je vais prévenir Matteo tout de suite. Erin, prépare des affaires. Mia, est-ce que tu as besoin de repasser rapidement chez toi ?

– Ben, mon petit chat... bredouillé-je alors, bien consciente qu'il ne constitue pas à ce moment-là une priorité aux yeux de la mafia. Il est tout seul et...

– On va aller le chercher, me rassure Meghan. Lucas, tu restes ici pendant que je l'accompagne ?

– Non, on va y aller tous ensemble. On ne se sépare plus, lâche-t-il fermement en touchant l'intérieur de sa veste, où se trouve son flingue, j'imagine.

Erin et moi abandonnons ce drôle de duo quelques minutes pour aller dans sa chambre et préparer quelques valises. L'adrénaline qui coule dans nos veines nous empêche de parler, mais je sais que nous ressentons exactement la même chose. Peur, incompréhension, injustice, trahison. Et peur, encore.

– Allez, on y va ! nous hèle Lucas depuis l'entrée.

– Je te jure, me lance ma meilleure amie, je vais lui faire bouffer sa chemise, à celui-là !

Une fois dans la limousine – ça fait du bien de retrouver le confort du luxe – je donne mon adresse au chauffeur. Arrivés devant mon immeuble, nous décidons encore une fois de monter tous les quatre. Lucas passe en premier, l'arme en avant, comme je m'en doutais, et vérifie chaque pièce avant de nous inviter à entrer.

C'est un carnage. C'est encore pire que la fois dernière. De la vaisselle cassée, des meubles retournés… Il s'est fait plaisir, là ! Pumpkin, en entendant ma voix, sort tout de suite d'en dessous du lit pour me sauter dans les bras. Il est tout tremblotant, le pauvre ! Je l'arrose de baisers et le serre fort dans mes bras, lui promettant de ne plus jamais le laisser seul.

Cinq minutes plus tard, montre en main, nous quittons mon logement avec de nouvelles affaires, et surtout, mon chat, bien installé dans sa petite cage de transport. Je devrais peut-être prévenir les autres qu'il risque de miauler pendant tout le trajet, mais… Non, ils auront la surprise !

20

Matteo

Putain, mais qu'est-ce qu'ils foutent ? Le trajet me paraît horriblement long. Enfin, l'attente surtout. Depuis que Lucas m'a envoyé un SMS pour me prévenir de la situation, j'ai l'impression d'être comme un lion en cage. Je tourne en rond, je réponds machinalement aux personnes qui me parlent, et surtout, je me demande quand cette satanée soirée va prendre fin. Sérieux, il y avait de la cocaïne, dans le champagne ? Les vieux me paraissent dix fois plus en forme que d'habitude ! Et en même temps, je ne serais pas vraiment surpris…

* Lucas :
On arrive dans dix minutes.

Ah, enfin ! Je n'ouvre pas le message de mon ami, mais je règle le chronomètre sur ma montre. Dix minutes, pas une de plus, sinon je vais directement les chercher.

Je sors sur le perron m'allumer une énième cigarette – c'est déjà le deuxième paquet de la soirée – et, alors que je fais les cent pas, je suis rejoint par mon père.

– Qu'est-ce qui t'arrive, Matteo ? Je ne t'ai pas vu aussi

impatient depuis que tu avais 5 ans et que tu pensais réussir à coincer le père Noël à la sortie de la cheminée.

– Je suis étonné que tu t'en souviennes. Est-ce que tu te souviens aussi que c'est à ce moment-là que tu m'as dit qu'il n'existait pas ? lui demandé-je avec un air de reproche non dissimulé dans la voix.

– J'ai toujours jugé qu'il était préférable de voir l'envers du décor dès le début. Les histoires pour les enfants, ça n'a jamais eu sa place chez nous.

– Sans blague…

Face à nous, les phares d'une limousine se font apercevoir.

– Qui arrive à cette heure-ci ? s'interroge mon père à voix haute.

– C'est Lucas. Et… Meghan. Et Mia.

Inutile de tourner autour du pot plus longtemps, il allait bien finir par la voir, de toute façon !

– J'aurais mieux fait de rester avec Philipps… marmonne l'éternel insatisfait à côté de moi.

– On sait tous les deux qu'il n'est plus aussi compétent qu'avant, remarqué-je. Apparemment, ça grille quelques neurones, la jalousie !

– Mais au moins, il ne m'apporte pas autant d'emmerdes !

Cette dernière phrase a été prononcée bien plus fort que les autres, et je sens qu'il est réellement en colère. Quelque chose me dit que les prochaines minutes ne vont pas être géniales… Il faut dire qu'on ne bâtit pas un empire en étant indulgent, et encore moins compréhensif. Je le sais, j'ai été élevé par un dictateur.

J'allume une nouvelle cigarette, et déjà, la limousine se gare dans la cour. Quatre personnes en sortent. Lucas, Meghan, Mia, et celle que j'imagine être sa meilleure amie, aussi connue sous le nom de « sœur du traître ». Ils avancent vers nous, et ma future fiancée baisse la tête, visiblement mal à l'aise. Elle ne devait pas s'attendre à tomber directement sur nous. Dans leur dos, le chauffeur sort quelques valises du coffre et les dépose au pied des marches. Mon père observe la scène en secouant la tête, furieux.

– Meghan, l'apostrophe-t-il sèchement, ce n'est pas tout à fait ce que j'avais en tête lorsque j'ai décidé de t'inviter ici. À quoi est-ce que tu joues, exactement ?

– Monsieur DiNatale, je…

– Tu n'as rien fait de mal ! la coupé-je. Il est temps de réaliser qu'on ne peut pas toujours jouer avec la vie des gens !

– Pour la énième fois, hurle mon père d'une voix tonitruante, nous ne sommes pas en train de jouer ! Tout le monde se bat pour survivre, ici ! Sauf vous, bien sûr, qui n'en faites qu'à votre tête !

Le malaise de Mia est palpable. J'aimerais pouvoir la prendre dans mes bras et la rassurer, lui dire de tout envoyer balader et l'emmener vers les écuries, la déshabiller et nous débarrasser de toute cette insupportable tension. Mais il va falloir calmer mon père avant, et malheureusement, je n'ai pas de baguette magique. Est-ce que le combat que je mène ces dernières semaines était depuis le début voué à l'échec ? Finalement, quoi que je fasse, il semblerait que l'issue soit la même. Meghan en longue robe blanche, sa famille d'un côté, la mienne de l'autre, un prêtre au milieu, et un « oui » balancé sans émotion aucune. Et Mia, en guise de dommage collatéral, qui cherchera un autre cabinet dans lequel bosser parce qu'elle ne voudra plus jamais avoir affaire à moi…

– Monsieur DiNatale, reprend Meghan d'une voix hésitante, j'ai peut-être une solution.

– Une solution pour qui ? demande sèchement mon père.

– Pour nous tous, le rassure-t-elle. Je n'en ai pas encore parlé à ma famille, parce que la situation est délicate, mais je suis sûre que…

– Si tu es venue ici avec des idées qui n'aboutiront pas, tu peux repartir.

– Tu pourrais au moins la laisser finir, non ? répliqué-je en regardant froidement l'homme face à moi.

– Allons dans mon bureau… soupire-t-il.

Bien sûr, ça ne devait pas être comme ça qu'il avait imaginé passer sa soirée d'anniversaire. Erin, qui a des points d'interrogation dans les yeux, suit le mouvement malgré elle. Je demande à Lucas de l'escorter jusqu'au deuxième étage pour l'installer à côté de la chambre de Mia. Étonnamment, il accède à ma requête sans râler.

– Nous t'écoutons, Meghan, déclare mon père une fois dans son bureau.

Il prend place dans son immense siège, et Meghan s'assoit face à lui. Mia et moi restons debout, sans pour autant oser nous approcher l'un de l'autre, alors que j'en meurs d'envie. Son corps m'a beaucoup trop manqué.

– Depuis quelque temps maintenant, j'ai une liaison avec Enzo Rossi…

– Euh, j'ai bien entendu ? demandé-je en la regardant d'un air surpris. On parle bien du même Enzo… ?

– Oui, Matteo, il s'agit bien de cet homme-là. Et je t'en prie, on sait tous les deux que c'est difficile de taire ses sentiments…

– Qu'est-ce qui te fait croire qu'il ne se moque pas de toi ? l'interrogé-je encore.

– Il n'a aucun intérêt à le faire. Enfin, si… Mais je lui fais confiance. Il n'y a pas d'amour sans risque, mais je le crois sincère. Le regard ne ment pas… C'est pénible, pour lui aussi, de se cacher en permanence.

– Très mignon, ce déballage de romantisme, intervient mon père. En quoi ça m'intéresse de savoir avec qui tu couches, au juste ?

Sans se démonter face à ce manque de respect évident, Meghan poursuit ses explications tandis que Lucas revient dans la pièce, se positionnant à côté de moi.

– Enzo est d'accord avec moi, on en a plus qu'assez de ces guerres de famille. Et franchement, il y a bien assez d'argent et de clients à New York pour nous tous. Il faut être réaliste, c'est votre gourmandise qui cause toutes ces morts. Si nous nous marions, lui et moi, je sais que mon père et le sien ne pourront plus s'attaquer.

– Meghan, intervient Lucas, tu te rends bien compte que si les Rossi et les Callahan s'unissent, ce sera forcément au détriment des DiNatale ?

– Pas nécessairement, lui répond-elle. Enzo est en train de développer un marché intéressant au nord de la ville. Comme je le disais, il y a assez de place pour tout le monde. Je peux convaincre ma famille et la sienne de vous laisser tranquilles, j'en suis persuadée.

– Mais dans quel monde est-ce que tu vis ? la réprimande mon père. Tout n'est pas si rose, enfin !

– Je vis dans le monde de demain, rétorque-t-elle. Un monde dans lequel on se marie par amour et non par obligation, mafia ou pas. D'ailleurs, en parlant de ça, j'ai une condition à poser.

Elle se tourne vers moi pour me lancer un regard malicieux, et j'avoue que je ne sais vraiment pas à quoi m'attendre.

– Matteo doit épouser Mia, annonce-t-elle d'une voix ferme. Tant qu'il n'est pas marié, tout le monde tentera d'en profiter pour asseoir une nouvelle alliance. Ça ne peut plus durer.

Je n'ose même pas me tourner vers Mia, qu'il me semble pourtant avoir entendue pousser un petit cri. Il y a quelques heures, elle s'enfuyait presque en courant d'ici pour ne plus avoir à se retrouver face à moi. Et maintenant, on lui apprend, sans lui demander son avis bien sûr, qu'elle va devoir m'épouser. Un dimanche comme un autre, en somme.

– Tu es certaine de pouvoir convaincre ta famille, ainsi que les Rossi, de nous laisser tranquilles ? demande mon père à Meghan, s'adressant respectueusement à elle pour la première fois.

– Je suis prête à leur faire signer un contrat, s'il le faut. Je suis leur unique fille, et ça représente beaucoup, à leurs yeux, un héritier avec du sang Callahan, quel que soit le nom qu'il porte.

– Bien, lui répond-il. Je suis moi aussi d'accord pour signer ce que tu souhaites.

– C'est via Matteo que tout se fera, explique-t-elle. Il est temps que la nouvelle génération montre de quoi elle est capable.

– Je n'ai pourtant pas souvenir d'avoir demandé une retraite anticipée, plaisante mon père d'un air amer.

– Oh, vous êtes loin d'être tranquille, croyez-moi ! On a encore énormément de choses à apprendre. Mais il faut nous laisser l'occasion de vous prouver de quoi on est capable, de temps en temps.

Cette conversation est lunaire. Gabriele DiNatale, en train de recevoir des leçons de vie de la part de Meghan Callahan ? Vraiment, j'ai l'impression d'avoir atterri dans un univers parallèle. À ma gauche, je vois que Lucas retient tant bien que mal un petit rictus. En même temps, c'est vrai que la situation est plutôt comique. Enfin, à un détail près…

– Il faut que le mariage entre Matteo et Mia ait lieu rapidement, reprend mon père, pour que le tien et celui du fils Rossi puisse avoir lieu. Tout va devoir s'enchaîner très vite, pour éviter un maximum de représailles. Bienvenue dans la famille, Mlle Cooper.

La jeune avocate, qui semble elle aussi se demander où

elle a atterri, ne parvient pas à formuler le moindre mot. Elle se contente de hocher la tête machinalement, comme si son esprit avait quitté son corps. Est-elle en étant de choc post-traumatique ? Que dois-je faire ?

Face à moi, l'homme du jour se lève et nous annonce qu'il retourne à sa soirée. Mia en profite pour le suivre et sortir de la pièce à son tour. J'ai envie de la retenir, ou au moins de la suivre, mais il faut que j'aie une petite discussion avec Meghan avant.

– D'où est-ce que ça sort, tout ça ?! lui demandé-je aussitôt en effectuant quelques pas vers elle. Tu aurais au moins pu me mettre dans la confidence, non ?

– Désolée, Matteo… J'ai pensé à tout ça sur le trajet. Je ne pensais pas que ton père accepterait, mais quand j'ai compris que tu avais de vrais sentiments pour Mia, je me suis dit que c'était l'occasion de nous rendre service à tous les deux. Honnêtement, tu préférerais m'épouser ?

– Non, bien sûr. Enfin, ne le prends pas mal, hein… Mais, cette nana, je viens à peine de la rencontrer, et on veut déjà me demander de l'épouser ? Dans un sens comme dans l'autre, ça reste un mariage forcé…

– Ouais, mais un mariage forcé avec quelqu'un que tu es réellement susceptible d'aimer, intervient Lucas. Ça change la donne, non ? Et tu sais très bien que si elle n'est pas protégée par le clan, cela finira mal pour elle. Lawrence semble lui en vouloir réellement…

Je réfléchis un instant, et je hoche la tête. Mais soudain le vrai problème me saute aux yeux.

– Et sinon, vous comptez la convaincre comment, Mia ?

– Ah, ça, c'est ton problème ! plaisante mon ami. Les discussions difficiles, c'est la base de tous les couples. Amuse-toi bien !

Meghan et lui affichent un sourire en coin, et effectivement, j'admets que c'est *un peu* comique. Le queutard le plus connu de New York doit convaincre une femme de passer sa vie avec lui. Au moins, dans le scénario précédent, la fille était déjà d'accord, puisqu'elle n'avait pas le choix…

Je sors du bureau et me rends rapidement dans la salle de réception. J'analyse chaque invité encore restant, mais ne trouve pas la belle blonde que je cherche. Elle n'est pas non plus dans le jardin ni dans la cour, et ne m'attend pas en petite tenue dans les écuries. Dommage !

Je monte alors les escaliers jusqu'à sa chambre, c'est peut-être là que j'aurais dû commencer finalement, et la trouve assise sur son lit avec Erin.

– Tu ne sais pas frapper ? me demande cette dernière.

– Euh, tu es chez moi, réponds-je froidement, un peu surpris.

– Parce qu'elle n'a pas le choix ! intervient Mia.

– En parlant de ne pas avoir le choix, est-ce qu'on peut discuter un moment, tous les deux ? lui demandé-je.

Les deux jeunes femmes chuchotent rapidement quelques phrases que je ne parviens pas à comprendre, puis l'amie de ma jolie blonde se lève et quitte la pièce, non sans m'avoir jeté un regard menaçant auparavant.

21

Mia

Erin referme la porte derrière elle, après m'avoir rappelé qu'elle était prête à débarquer dans la chambre pour faire partir Matteo à n'importe quel moment. Et je sais qu'elle est on ne peut plus sérieuse. Ma meilleure amie, bien que chamboulée par les dernières nouvelles, n'hésiterait pas à montrer les crocs à quelqu'un d'aussi important que le fils DiNatale. Pour elle, là tout de suite, il ne représente rien d'autre qu'un homme potentiellement sur le point de me blesser. Enfin, un peu plus qu'il ne l'a déjà fait…

Je tourne le regard vers lui, sentant ses yeux posés sur moi avec une telle insistance que j'ai l'impression que ma peau picote par endroits. C'est possible, ça ?

– T'étais vraiment obligé de me suivre ? soufflé-je. Même dans un pareil moment, tu n'acceptes pas de me laisser respirer ?

– Je me suis dit qu'il y avait assez d'oxygène dans cette chambre pour qu'on puisse y respirer tous les deux… tente-t-il de plaisanter.

J'esquisse une moitié de rictus, n'ayant pas la force de sourire réellement. J'ai l'impression que le ciel vient de me tomber sur la tête. Ces dernières semaines, tout ce qui m'a impactée n'avait rien de « définitif » en soi, c'était juste un enchaînement de galères un peu aléatoires. Bon, sauf peut-être pour la fois où j'ai failli mourir… C'est vrai que ça, ça semblait plutôt définitif. Mais cette fois, c'est différent. On parle de *mariage*. L'engagement suprême. Le truc auquel je n'ai jamais pensé avec Lawrence, même quand nous étions, ironiquement, encore en plein dans notre phase lune de miel. Les seules personnes mariées que je connaisse, à part quelques amis ou collègues, sont mes parents. Précisément parce que c'est un truc d'adultes, et que ce n'est absolument pas compatible avec la vie que je mène pour le moment.

Et puis, au-delà de ça, c'est pas censé être une preuve d'amour, d'épouser quelqu'un ? Je n'ai vu aucun film et lu aucun livre dans lequel il était recommandé de s'engager avec un homme juste parce que son père et sa fiancée l'avaient suggéré. Cette dernière phrase n'a d'ailleurs aucun sens… J'ai la tête qui tourne et un profond besoin d'être seule.

– Effectivement, la pièce est assez grande pour deux, confirmé-je. Mais j'ai vraiment besoin d'être seule, Matteo, j'aimerais que tu le comprennes.

– Bien sûr, je le comprends, mais…

– Non, pas de « mais », le coupé-je. Je sais bien que pour toi tout ça ce sont des formalités, mais pour moi, c'est tout mon monde qu'on essaie de chambouler. Je n'ai pas envie de parler, je n'ai même pas envie de réfléchir. Je veux juste dormir…

Alors qu'il s'apprête de nouveau à ouvrir la bouche, pour protester certainement, je me lève et lui tourne le dos pour me diriger dans la salle de bain. Je laisse la porte contre, attendant qu'il s'en aille. Ça lui prend un temps considérable de peser le pour et le contre, mais heureusement, il finit par capituler et je l'entends sortir de la chambre. À ce moment-là, je rejoins le lit, éteins la lumière qui se trouve sur le mur et comme ça, sans avoir pris la peine de me déshabiller, je me blottis sous les couvertures. Sur l'oreiller, ma tête semble peser au moins une tonne. Les paupières me brûlent, j'ai un énorme nœud dans le ventre, et je ne sais par quel miracle je parviens à m'endormir, mais en quelques minutes, je plonge dans un sommeil libérateur.

Lorsque je me réveille, Erin est dans le lit elle aussi. Je n'ai même pas besoin d'ouvrir les yeux, j'ai déjà reconnu son parfum. Je sens aussi la chaleur de Pumpkin, qui respire paisiblement au-dessus de ma tête. Dehors, le soleil semble s'être levé depuis un moment déjà. Je n'arrive pas à croire que ce temps hors de la réalité soit déjà terminé. Je veux me rendormir. Ne plus jamais revenir ici.

Ma meilleure amie commence à gigoter, je pense qu'elle aussi est en train d'émerger. Quelques secondes plus tard, elle se tourne vers moi, les yeux grands ouverts.

– Oh purée… Je n'ai pas rêvé ? me demande-t-elle.

– Non, tu n'as pas rêvé… soupiré-je. On est bien dans le manoir des DiNatale, et bientôt, ça fera partie de mon héritage aussi.

Je tente de lâcher un petit rire pour détendre l'atmosphère, mais personne n'est dupe.

– Mais Mia, il y a forcément une solution. Tu n'es pas une simple bonne femme qu'on peut choisir d'épouser pour le plaisir…

– Ce n'est pas pour le plaisir, et c'est bien ça le problème. Maintenant qu'il est clair que Meghan n'épousera pas Matteo, Gabriele ne me lâchera pas. Je n'ai pas vraiment l'impression d'avoir le choix, murmuré-je péniblement.

– On a toujours le choix ! On peut disparaître. Changer d'identité, tout recommencer, je sais pas… Il y a forcément une solution, répète-t-elle. On ne l'a simplement pas encore trouvée.

C'est sûr, c'est tentant. Lorsqu'elle parle, pleine d'espoir et d'entrain, j'ai moi aussi envie de la croire, et de la suivre à l'autre bout du monde, vers un scénario dans lequel je serai fleuriste et m'appellerai Zoé. Mais…

– Ils savent tout sur moi, réalisé-je avec effroi. Si je disparais, quelqu'un d'autre paiera… Ils ont le nom, l'adresse et le relevé bancaire de mes parents, tu peux en être certaine.

Face à moi, ma meilleure amie commence elle aussi à constater l'ampleur des dégâts. Faute de trouver une nouvelle idée miraculeuse, elle me serre fort dans ses bras. Cela me coûte quelques larmes, mais ça fait du bien.

– Bon, en attendant, on peut quand même aller profiter de tout le luxe qui nous est gracieusement offert pendant quelques jours, dis-je alors. La nourriture est délicieuse ici !

Je saute hors du lit pour me précipiter vers la salle de bain, et après un coup de propre express, je retrouve ma meilleure amie devant la porte de la chambre. Elle en a profité également pour retirer son pyjama, et affiche désormais un jean et un chemisier fleuri.

Lorsque nous arrivons au bas des escaliers, la douleur dans mon ventre devient intenable. J'ai tellement peur de tomber sur l'un des membres de la famille… Et en même temps, soyons réalistes, ça me paraît inévitable.

Nous arrivons dans la grande salle, et l'une des domestiques nous accueille chaleureusement.

– Oh, vous voilà ! Monsieur DiNatale avait dit que vous seriez sans doute en retard… Je vous ai gardé deux plateaux. Asseyez-vous, je vous les apporte tout de suite ! annonce-t-elle en repartant vers la cuisine.

– Bon, ça fait quand même un point pour lui, souffle Erin. Il sait que tu ne peux pas sauter un repas !

Je lui tire la langue et je prends place.

C'est marrant de voir ma meilleure amie ici. Erin semble assez impressionnée, et observe le décor plusieurs secondes avant de finalement s'asseoir.

– On finit par s'y faire... dis-je pour la rassurer. Et puis, quoi qu'il arrive, nous sommes toutes les deux. Je suis heureuse que tu sois ici !

– Je ne te cache pas que je n'avais rien vu venir ! Mais oui, ça fera de sacrées anecdotes à se raconter quand on sera toutes les deux en maison de retraite, plaisante-t-elle.

Notre petit-déjeuner, plus copieux que jamais, est posé devant nous. Et pour les quinze minutes qui suivent, nous ne prononçons plus un seul mot, bien trop occupées à savourer les viennoiseries en tout genre et fruits face à nous.

Alors que la nourriture a pratiquement disparu de la table, la porte de la grande salle s'ouvre sur Lucas. Tiens, toujours un plaisir de le voir, celui-là !

– Oh, ça y est, vous avez décidé de nous faire l'honneur de votre présence, comme c'est aimable ! nous lance-t-il avec un peu trop d'ironie à mon goût.

– Tu te doutes bien que si on pouvait passer la journée entière sans croiser ta tête de prétentieux, on le ferait ! le rembarre aussitôt Erin.

– Ravis qu'on soit au moins d'accord sur une chose, lui répond-il en perdant un peu de son assurance. Mia, ton futur époux est en ville avec ton futur beau-père. Ils seront de retour ce midi.

Heureusement que je viens de manger, parce que cette dernière phrase m'aurait pour de bon coupé l'appétit !

Il nous tourne alors le dos pour repartir dans le couloir, et ma meilleure amie le fusille du regard jusqu'à ce qu'il ait totalement disparu.

– Bon... Qu'est-ce qu'on fait d'ici là ? demande-t-elle en se tournant vers moi.

– Tu aimes les chevaux, il me semble ?

Une lueur d'excitation passe dans ses yeux. Erin a toujours été fascinée par l'univers équestre. C'est d'ailleurs l'un des seuls sports qu'elle regarde à la télé ! Sans perdre de temps, nous sortons de table et nous dirigeons vers les écuries. Nous restons au milieu des chevaux pendant deux bonnes heures, discutant de tout et de rien en les caressant. Ma meilleure amie est aux anges, et je la remercie d'éviter soigneusement d'aborder le sujet qui fâche. J'aurai bien assez l'occasion d'en parler dans les semaines à venir !

Vers 12 h 30, je reçois un SMS de Matteo.

* **Matteo :**
J'espère que tu as bien respiré,
parce qu'il va être temps de
passer à table… Mon père nous
attend tous les deux.

Je montre le message à Erin, et nous rebroussons chemin malgré nous.

– T'as encore faim, toi ? me demande-t-elle lorsque nous arrivons au pied de l'immense demeure.

– Pas vraiment… Mais bon, selon ce qu'on mange, je vais bien réussir à trouver une petite place !

Nous rions légèrement, mais cette légèreté disparaît à l'instant où nous poussons la porte de la grande salle. Nous sommes les dernières. Face à nous, autour de la table, se trouvent déjà Gabriele, Matteo, Lucas et Meghan. Je m'apprête à m'asseoir en bout de table avec Erin, mais…

– Cette chaise est libre.

Dans la famille DiNatale, je demande le père et sa voix autoritaire. *J'ai compris le message !* Sans me faire prier, je pars donc m'installer entre lui et Matteo. Génial… Pour sa part, Erin se retrouve seule de l'autre côté, à droite de Meghan.

Tourné vers moi, Matteo semble désespérément tenter d'établir un contact visuel, que je ne lui accorde pas.

– Je repars tout à l'heure, déclare Meghan face à moi. Je vais annoncer tout ça à ma famille… Je contacterai directement Matteo une fois que ce sera fait.

Je n'ai toujours pas eu mon mot à dire, et pourtant, j'ai le sentiment que l'accord a déjà été conclu. À partir de là, je suis incapable d'avaler quoi que ce soit. Le repas se termine dans un silence pesant, interrompu uniquement par le bruit des couverts et les piques que se lancent Erin et Lucas.

Une demi-heure plus tard, après un café qui n'en finit pas et une tension insoutenable, Gabriele quitte enfin la table. Il lance un regard à Lucas, Meghan et Erin, qui comprennent en un quart de seconde qu'ils doivent disposer, eux aussi. Alors, à contrecœur, je les observe se lever et m'abandonner à mon triste sort.

– Comment tu vas, depuis hier ? m'interroge Matteo une fois que nous sommes seuls.

– Comme tu t'en doutes, c'est la grande forme. J'ai commencé à préparer les faire-part, d'ailleurs. Bon, j'ai oublié de te demander quelle police tu préférais, mais je me suis dit qu'on n'était plus à ça près !

– Je t'en prie, Mia, épargne-moi tes sarcasmes, souffle-t-il d'un air fatigué. Ça m'est tombé dessus aussi, tu sais.

Je décide, pour la première fois depuis la veille, de ne pas me laisser aveugler par la colère qui m'habite. Je réalise finalement qu'à lui non plus, on ne lui a pas demandé son avis. En plus, je sais que l'idée même du mariage le rebute. Ça ne doit pas le réjouir non plus, toute cette histoire… En plus, maintenant que j'ai eu l'occasion d'observer les traits délicats de Meghan pendant tout le repas, je peux affirmer qu'il perd au change ! Cette femme est magnifique, en plus d'être gentille et puissante.

– T'aurais mieux fait d'épouser Meghan dès le début…

– C'est vraiment ce que tu penses ? me demande-t-il, surpris.

– C'est ce que ton père souhaitait, en tout cas. Elle fait déjà partie du milieu, ça arrangeait tout le monde, vous vous connaissez bien, c'est une belle femme…

– Ah bon ? me coupe-t-il. Je n'ai même pas remarqué.

– Oh, je t'en prie…

– C'est vrai ! se défend-il. Je la connais depuis toujours. Je ne l'ai jamais regardée… *comme ça*. Alors que toi, c'est vrai, tu ignorais tout de notre monde il y a encore quelques semaines, mais si je dois être obligé d'épouser une femme, autant qu'elle me fasse bander !

– Le romantisme en prend un coup, là… lâché-je en faisant mine d'être vexée.

– Non, enfin, c'est pas comme ça que ça devait sortir. Mais t'as compris. Je crois que je me suis fait une raison. Je dois me marier. Et franchement, je préfère que ça soit avec toi. Et ainsi, tu seras définitivement protégée. Je ne veux pas que tu serves de vengeance ou je ne sais quoi, et tant que tu te tiens éloignée de nous, de moi, c'est ce qui pourra arriver.

J'imagine que je suis censée prendre tout ça comme un compliment, et pourtant…

– Et mon avis, à moi ? protesté-je alors. Depuis que je vous connais, ma vie n'a plus le moindre sens ! J'ai failli me faire tuer, j'ai perdu mon mec, mes repères, mon appartement a été retourné – *deux fois* – et maintenant, je vais me retrouver mariée pour régler des conflits qui m'étaient encore inconnus il y a deux mois ! Merde ! C'est pas du tout ce que j'avais en tête, quand j'ai choisi de devenir avocate…

Ma voix se brise, et quelques larmes coulent sur mes

joues. Face à moi, Matteo semble sincèrement désolé, et même blessé. C'est la première fois que je vois une telle expression sur son visage. Il s'avance un peu de moi pour essuyer de ses pouces les perles salées qui ne s'arrêtent plus de tomber.

– Je regrette tellement de t'avoir causé tous ces ennuis... Vraiment, Mia, si je pouvais mieux te protéger, je le ferais. Je reviendrais en arrière, je dirais à Philipps de ne pas t'engager, et tout serait réglé ! Et en même temps, ça voudrait dire qu'on n'aurait jamais passé tous ces moments ensemble...

– Il n'y a vraiment aucune solution ? l'imploré-je presque.

– Ta vie est plus en danger que jamais, m'explique-t-il gravement. À l'heure qu'il est, nous pouvons être certains que les Callahan savent parfaitement quel rôle tu as joué dans notre défense. Lawrence a dû leur dire que tu avais contribué à l'annulation du procès – ça a été confirmé ce matin. Et même si nous sommes loin d'avoir gagné, je peux te garantir que c'est un échec cuisant, pour eux. Et ils ne sont pas du genre à pardonner. Au moins, ici, on peut assurer ta protection. Et quand tu seras officiellement... l'une des nôtres, tu deviendras intouchable aux yeux de beaucoup de personnes. C'est pour ça que nous ne devons pas perdre de temps. Je ne dis pas ça pour te mettre la pression, c'est une réalité...

Malgré le nombre incalculable d'heures que j'ai passées sur cette affaire, j'arrive à peine à me réjouir de cette nouvelle. Le procès est annulé, et lorsque j'ai été embauchée, cette information m'aurait fait bondir de joie. D'autant plus quand je sais que mon travail a été déterminant dans ce dénouement. J'aurais appelé Erin, nous aurions fêté ça, et j'aurais eu les louanges de mon chef. Ouais, dans une vie parallèle, et idéale... Pour l'heure, le fait de l'apprendre me laisse de marbre. Car je sais maintenant que c'était la première épreuve d'une longue, très longue série. En fait, c'était la mise en bouche.

– Comment ma vie a-t-elle pu changer à ce point... ? m'entends-je chuchoter.

– Il n'y a quand même pas que du négatif dans cette nouvelle vie... si ? s'enquiert Matteo, un peu soucieux.

– Mh... Les repas ici sont excellents, ma meilleure amie a passé un bon moment avec les chevaux, j'ai eu l'occasion de tester de nouvelles marques de shampoing... Bon, tu as raison, tout n'est pas négatif ! plaisanté-je.

– Ah oui, c'est intéressant... Enfin, ce n'est pas tout à fait ce que j'avais en tête, m'indique-t-il avec un sourire en coin. Tu ne vois pas autre chose de positif ?

– Non, du tout, le taquiné-je, ma bonne humeur revenant peu à peu. À quoi faisais-tu allusion ?

– À ça...

Il approche son visage du mien pour me déposer un doux baiser sur les lèvres. Un baiser tendre, sans impatience. Je crois que c'est la première fois qu'il m'embrasse comme ça, et je dois dire que ce n'est pas désagréable.

Il se recule finalement, m'interrogeant du regard.

– Arf, c'est dur à dire ! m'exclamé-je. Tu peux approfondir ta pensée, s'il te plaît ?

Cette fois, il fond sur moi et me communique tout son désir en quelques secondes. Ses lèvres sont beaucoup plus fermes et pressées, et je le rejoins aussitôt dans ce sentiment d'urgence. En même temps, ça fait un moment qu'on n'a pas eu l'occasion de se faire plaisir, tous les deux...

Nous nous levons d'un même geste, et traversons le manoir main dans la main, jusqu'à ma chambre. Une fois au pied de mon lit, haletants tous les deux, réalisant l'absurdité de la situation, nous rions de bon cœur. Et bordel, ce que ça fait du bien !

Un air malicieux sur le visage, Matteo me dit alors :

– Prête à consommer cette union, madame Di...

– Euh, il est trop tôt pour ce genre de blague ! le coupé-je. Beaucoup trop tôt.

– Oups, je note ! Pas de blague matrimoniale.

– Déshabille-moi plutôt...

Redevenant sérieux en une fraction de seconde, Matteo entreprend de retirer mes vêtements dans une lenteur calculée. Bordel, c'est beaucoup moins sensuel, quand je retire toutes ces couches avant d'aller me doucher !

Lorsqu'il ne reste plus que mes sous-vêtements, il se recule un instant et m'observe, semblant se délecter de ce qu'il a sous les yeux.

– Ce corps de rêve m'avait tellement manqué... murmure-t-il, plus pour lui-même que pour moi.

– Je te rassure, tu lui as manqué aussi...

Je m'approche de lui pour le déshabiller à son tour, puis il se baisse pour retirer ma culotte avec les dents. Je ne m'attendais pas à ce que ce genre de scène me procure autant de frissons, et pourtant ! C'est délicieux. Une fois que l'habit se retrouve au niveau de mes chevilles, la bouche de Matteo remonte, et sa langue vient à ma rencontre. Je confirme, ça aussi, ça m'avait manqué !

Ayant de plus en plus de mal à rester debout, mais ne voulant absolument pas l'interrompre dans ce qu'il est en train de faire, je me recule doucement vers le lit et finis par m'y allonger. Alors, il attrape mes cuisses pour me placer au milieu du lit, et continue à me rendre folle, s'agitant langoureusement autour de mon clitoris. Mes gémissements remplissent rapidement la pièce, et s'intensifient lorsqu'il insère un doigt en moi. Putain, j'avais oublié à quel point il savait s'y prendre... En quelques secondes, je me retrouve au bord d'un orgasme bouleversant. Matteo vient nicher sa tête dans mon cou, attendant que mon souffle revienne peu à peu à la normale, et me regarde intensément avant de m'embrasser. Et sans mentir, j'ai l'impression que ce seul baiser pourrait me propulser à nouveau aux portes de la jouissance !

S'écartant un peu de moi, il souffle dans mon oreille :

– Eh, petite tricheuse, tu n'as pas tout enlevé...

Je passe alors une main dans mon dos pour retirer mon soutien-gorge, et enfin, nous nous retrouvons complètement nus l'un contre l'autre.

– Enfin... J'avais peur que ça n'arrive plus jamais, m'avoue-t-il dans un souffle.

Toute la vulnérabilité contenue dans cette confidence me va droit au cœur, et je le serre dans mes bras comme je ne l'avais jamais fait auparavant.

Lorsqu'il me pénètre, quelques minutes plus tard, j'ai l'impression que nous faisons l'amour pour la première fois. Sans précipitation, avec une nouvelle dose de tendresse, laissant à nos corps, ironiquement, le temps de s'épouser parfaitement. Honnêtement, je n'aurais jamais pensé que le sexe, même lorsqu'il est fait lentement, pouvait être si torride. Nous ne nous quittons pas des yeux, savourant pleinement un moment qui aurait tout aussi bien pu ne jamais se reproduire, et tout un tas de pensées romantiques s'emparent de mon esprit. Je nous imagine disparaître tous les deux à dos de cheval au crépuscule, les cheveux dans le vent, une douce odeur d'amour dans notre sillage...

– Tout va bien ?

Face à moi, Matteo, déjà debout et à moitié rhabillé, semble hésiter sur la conduite à suivre.

Je mets quelques instants avant de revenir à moi et de hocher la tête pour le rassurer.

– Tu sais, quand on sera mariés, tu ne pourras plus te sauver dès qu'on aura terminé, chuchoté-je, espiègle.

– Je pensais qu'il était trop tôt pour ce genre de blague ?

répond-il avec un sourire en coin.

– Pas quand c'est moi qui les fais ! m'exclamé-je en riant.

– Bon, je prends un peu d'avance alors…

Sur ces mots, il revient dans le lit, enlève une nouvelle fois son tee-shirt et s'allonge à mes côtés. Blottie contre lui, après avoir embrassé son torse musclé et chaud une bonne dizaine de fois, je succombe à l'appel de la sieste.

22

Matteo

C'est fou, tout ce qui a changé ces derniers temps. Déjà, j'ai cessé de me disputer avec mon père. Enfin, maintenant, quand ça arrive, c'est pour savoir si j'ai réellement envie que tel oncle éloigné ou telle tante folle soit là au mariage. Même Lucas, mon ami de toujours, a cessé de me faire la morale. Mais surtout, je couche avec la même femme depuis au moins… trois semaines. Et ça, chez Matteo DiNatale, c'est complètement inédit ! Une femme que je ne paie pas, que je trouve intelligente, et dont le corps ne me lasse jamais. C'est ça, alors, être adulte ? Si on me l'avait dit avant, je n'y aurais pas cru !

Dans mes bras, une petite tête blonde est encore endormie. Depuis que nous avons tous les deux digéré la nouvelle du mariage à venir, tout va beaucoup mieux, entre nous. Déjà, nous n'avons plus à nous cacher. Pour autant, nous n'avons pas arrêté les escapades nocturnes dans le jacuzzi… Il ne faut pas déconner, non plus ! Mais au moins, si on me surprend en train de lui mettre une main aux fesses, elle ne risque plus de perdre son job ! En plus, comme cet engagement plane au-dessus de nos têtes, nous ne sommes plus obligés de faire comme si on se fichait l'un de l'autre. Enfin, en tout cas, je sais que je peux afficher ce que je ressens pour elle un peu plus librement. Bien sûr, je ne me suis toujours pas mis à genoux pour lui dire que sa chatte était la plus douce qu'il m'ait été donné de lécher, mais je n'ai plus peur de la câliner dès que j'en ai l'occasion. Et franchement, je ne pensais pas qu'un contact physique non sexuel pouvait faire autant de bien. C'est magique !

Notre union officielle doit avoir lieu dans quelques jours, et vu la rapidité du truc, heureusement qu'on a une bonne équipe de domestiques pour nous épauler ! Nous avons également engagé de nombreuses personnes qualifiées en mariage, des organisateurs, traiteurs, photographes, musiciens… Mon père veut faire les choses en grand, et tant que Mia est d'accord, ça me va ! J'échange régulièrement avec Meghan depuis une dizaine de jours, elle me confirme que le plan est en train de fonctionner comme prévu. Bien sûr, ça n'a pas été facile de faire entendre raison à sa famille. Les Callahan y ont vu là un réel affront, une volonté de notre part, aux DiNatale, de les humilier, mais elle a fini par les convaincre que c'était autant sa décision que la mienne. Heureusement qu'elle est fille unique, ça pèse dans la balance. C'est du côté des Rossi, que ça coince encore… Meghan fait ce qu'elle peut pour convaincre son amoureux secret d'accélérer la mise en place d'un traité de paix entre nos trois familles, mais c'est un peu laborieux. En attendant, nous avons fait augmenter la sécurité au haras, puisqu'il a été convenu que nous n'en repartirions qu'après la cérémonie. Nous comptons aussi un peu sur le soutien d'une partie des Parisi, en raison de notre récente alliance avec l'un d'entre eux, si les choses devaient virer au drame, mais dans la mesure où ils sont beaucoup moins puissants que nous, c'est un soutien presque négligeable.

– Bonjour, bel Italien…

Dans mes bras, Mia s'est réveillée. Elle tourne le visage vers moi et m'embrasse doucement le menton.

– À quoi est-ce que tu pensais ? me demande-t-elle.

– À notre voyage de noces... On n'en a même pas encore parlé ! Qu'est-ce qui te ferait plaisir ?

– J'allais dire « beaucoup de sexe », mais il paraît que les couples mariés arrêtent rapidement de faire l'amour ! Tu penses qu'on fera exception à la règle ?

– Oh, ne dis pas des horreurs pareilles, m'exclamé-je, faussement indigné. Bien sûr, qu'on fera exception à la règle ! Déjà, parce que je suis un étalon, et ensuite, parce que t'es terriblement sexy. Viens là...

Je fais passer son corps en dessous du mien et, en appui sur un coude, lui caresse la poitrine et le ventre d'une main.

– Tu crois vraiment que je pourrais arrêter de désirer ces seins qui me rendent dingue ? soufflé-je avant de mordiller l'un de ses tétons. Ou que je pourrais me passer de...

Je descends une main vers son entrejambe, et déjà, je sens qu'elle en meurt d'envie. Ses doigts se referment autour de mon sexe et se mettent à glisser de haut en bas. J'en connais une qui est bien réveillée, tout à coup ! J'entreprends de lui rendre la pareille, mais sa main bloque la mienne.

– Laisse-moi m'amuser un peu... souffle-t-elle.

Son corps repasse au-dessus du mien, et elle descend au niveau de mon bas ventre, le cul en l'air, tourné vers moi. Lorsqu'elle me prend entièrement dans sa bouche, pressant sa langue contre ma queue, je sais que je suis l'homme le plus chanceux de la terre. Au-dessus de moi, sa chatte remue d'avant en arrière au rythme de ses mouvements, et je sens que je ne vais pas tenir longtemps... J'agrippe ses hanches pour la ramener au niveau de ma bouche, et enfin, nous sommes deux à nous amuser. Mes râles de plaisir font écho à ses gémissements, et bientôt, nous sommes trempés d'excitation tous les deux. Putain, des réveils comme ça, j'en veux clairement tous les jours !

Quelques minutes plus tard, alors que nous sommes toujours nus l'un contre l'autre, elle répond enfin à ma question.

– Je rêverais d'aller en Italie avec toi…

– Adjugé vendu ! Prépare-toi à être éblouie, je vais te montrer tous mes coins préférés.

Sur ce, je me lève rapidement et je file sous la douche. Je règle le robinet sur « froid », histoire de me remettre un peu les idées en place avant d'affronter tout le monde pour le petit-déjeuner. Plus la date de notre mariage approche, plus je sens le manoir en effervescence. Même les domestiques semblent un peu plus gais ! Pourtant, leur charge de travail va considérablement augmenter. Avec les fleuristes et traiteurs qui font sans cesse des allers-retours pour nous montrer une nouvelle composition ou nous faire goûter leur dernière recette… ça n'arrête pas !

Lorsque je sors de la salle de bain, Mia est toujours dans le lit, sur le côté, et semble songeuse.

– *Mi bella*, à quoi tu penses ? demandé-je ne finissant de m'habiller.

– Ho… Un peu à tout…

Je me penche vers elle et dépose un baiser sur son front.

– Tout va bien se passer.

Elle lève son regard envoûtant vers moi et je me perds un instant dedans.

– Oui, tant que je suis avec toi, tout se passera bien, ajouté-je d'une voix rauque, soudain pris par l'émotion.

Puis je m'ébroue, conscient de tomber dans le sentimentalisme, et je lui lance un rapide « à tout de suite ! » avant de disparaître de la chambre.

À l'étage inférieur, celui où dorment sa meilleure amie et

le mien – pas au même endroit, heureusement – je retrouve justement Lucas.

– Ça va, mec ? Tu profites de ta fiancée ? ironise-t-il.

– Plutôt deux fois qu'une, ouais !

Mais il me connaît suffisamment pour savoir que quelque chose cloche.

– Vas-y, balance, m'encourage-t-il.

Je soupire, résigné.

– Je crois que je suis en train de… de…

– De ? De tomber amoureux ? finit-il pour moi.

J'opine, mal à l'aise.

– Matteo, c'est pas la fin du monde. Surtout que t'es censé l'épouser.

– Ouais… Mais… Enfin, c'est nouveau pour moi.

– Et quoi, tu flippes ?

Je grogne pour toute réponse. Tout à coup, il ricane de plus belle.

– Je peux savoir ce qui t'arrive, encore ? lui demandé-je, faussement agacé.

– T'es pas fichu de lui avouer tes sentiments, mais t'es censé lui écrire des vœux de mariage. Tu sais que ça sera tout comme, et en plus devant un large public. Et ça a pas intérêt à sonner faux !

Oh putain !

– Mais attends, je pensais que c'était seulement dans les films ça !

– Ta vie est un film, mec. Il va falloir t'y habituer ! Chez les DiNatale, arrangement ou pas, il faut faire les choses bien, tu le sais !

Merde… Je vais devoir écrire quelque chose de potentiellement romantique ? Pour le lire devant tout le monde, en plus ? Impossible !

– Oh ça va, fais pas cette tête ! reprend Lucas en me mettant une tape dans le dos. T'es pas le premier ni le dernier à avoir le syndrome de la page blanche ! T'écris un truc bidon, genre « Mia, dès que je t'ai prise pour une prostituée, j'ai su que j'allais t'épouser », et c'est réglé.

– Putain, mais t'es vraiment con ! Je pourrais peut-être demander à Erin…

– Tu veux engager un dialogue avec cette cinglée ? pouffe-t-il. Bon courage !

Dans notre dos, un bruit de talons se fait entendre. Lucas devient rouge, et n'ose se retourner.

– La cinglée vous passe le bonjour ! nous salue la meilleure amie de Mia. Ravie de constater qu'on est toujours dans la bienveillance, par ici !

– Excuse-le, dis-je alors. Il a dû grandir au milieu d'une meute de loups, on l'a recueilli quand il était adolescent, il n'a pas eu le temps d'intégrer les codes sociaux basiques…

Lucas me fusille du regard et entre dans la salle à manger, nous plantant tous les deux. Tiens, je l'ai connu moins susceptible !

– En fait, j'ai quelque chose à te demander… reprends-je en redevenant sérieux. Tu connais bien Mia ? Bah oui, évidemment que tu la connais bien, c'est ta meilleure amie. Bon. Euh… Alors… Comment…

– Tu craches le morceau, oui ou non ? s'impatiente la grande brune face à moi. J'ai la dalle !

– Est-ce qu'elle est… fleur bleue ? Je dois apparemment écrire des vœux de mariage. Je suis paumé !

Elle éclate de rire pendant au moins deux minutes, ce qui ne me rend pas réellement service. À tout moment, ma belle blonde arrive et je suis foutu !

– Désolée, Matteo, s'excuse-t-elle, encore toute rouge. C'est juste que… Tu fais partie d'une des familles les plus puissantes de New York, et tu flippes pour un truc aussi *ba-*

teau !

– Mais c'est pas du tout bateau ! J'ai pas passé mon adolescence à regarder des films d'amour, moi... protesté-je, un peu vexé.

– Eh bien tu as raté ta vie ! me balance-t-elle alors. Non, pardon... Écoute, pour une raison qui m'échappe, Mia a l'air de plutôt bien t'apprécier. Alors quoique tu écrives, à partir du moment où c'est sincère, je pense que ça fera l'affaire.

Ça me fait une belle jambe, dis donc !

Ce sont maintenant les pas de la plus sexy des avocates qui se font entendre derrière nous. Je décide de rejoindre Lucas dans la salle à manger. Je ne veux pas qu'on me trouve en train de conspirer avec la meilleure amie !

⋆ ⋆

Chère Mia...

Non, c'est nul ! « Chère Mia », alors que j'avais encore sa tête entre mes cuisses, il y a moins d'une heure... N'importe quoi, trop solennel !

Ma Mia...

Mouais, un peu présomptueux, je trouve...

Mia...

Ah, voilà, ça c'est parfait !

Dix minutes pour trouver un mot, c'est un bon ratio ! Maintenant, il s'agit de trouver la suite...

Mia, nous sommes réunis ici aujourd'hui pour célébrer...

Putain, Matteo fais un effort merde ! C'est le texte du prêtre, ça...

– Ah, tu es là ! Je te cherchais justement. Le tailleur vient d'appeler, ton costume est prêt.

Pris de panique, je cache rapidement toutes les feuilles qui se trouvent sur la table en entendant la voix de Mia.

Cette même table sur laquelle nous avons couché ensemble pour la première fois il y a moins d'un mois.

– Bah, qu'est-ce qui t'arrive ?!

Pourquoi tout le monde me pose cette question, aujourd'hui ?

– Rien, je... Je devais régler quelques affaires, dis-je précipitamment, ce qui n'est qu'à moitié faux.

– Mh, d'accord, me répond-elle simplement. Tu as besoin de moi ? Jusqu'à preuve du contraire, je suis toujours l'une des avocates de la famille !

– Oh, c'est gentil, mais je crois que je vais devoir me débrouiller seul, cette fois-ci... D'ailleurs, Philipps a répondu, il va venir ? demandé-je pour faire diversion.

– Oui, il a renvoyé son carton d'invitation ! N'empêche, j'aurais donné très cher pour voir sa tête au moment où il a reçu le faire-part...

– Il a certainement dû s'étouffer, puis jurer pendant de très longues minutes, avec son petit visage tout rouge ! me moqué-je allègrement.

Elle rigole également, et je réalise à quel point je suis devenu accro à ce son. Je ne m'en étais pas encore rendu compte. Peut-être que je devrais démarrer mon discours de cette manière...

– Tu sais quoi ? lui dis-je soudain. Tu m'as inspiré ! Je crois que je viens d'avoir une idée !

– Eh bien, j'en suis ravie ! m'assure-t-elle en souriant. Je te laisse alors, à tout à l'heure !

Elle m'embrasse plusieurs fois avant de s'éloigner, et je dois lutter de toutes mes forces pour ne pas la retenir pour la déshabiller.

J'attends de nombreuses secondes avant de ressortir ma pile de feuilles blanches.

Mia,

Notre première rencontre n'a pas été un franc succès. Je t'ai prise pour quelqu'un que tu n'étais pas, et toi, à l'inverse, tu as tout de suite compris que j'étais un beau gosse prétentieux. Même si la première partie, tu as mis un peu de temps à l'avouer…

Parfois, il m'arrive de sourire en y repensant. J'étais loin de me douter que quelques semaines plus tard, j'allais devenir complètement accro à ton rire. Peut-être que tu ne le savais pas, d'ailleurs j'ignore comment tu aurais pu t'en douter, étant donné que je ne parle pas beaucoup de ce que je ressens… Mais le fait est que ta bonne humeur illumine ma vie. Tu as su remettre des couleurs sur un paysage en noir en blanc. Et pour ça, je ne te remercierai jamais assez.

Devant nos proches, aujourd'hui, je te prends pour épouse, et tu me prends pour époux. Et je n'ai pas suffisamment de mots en stock pour t'exprimer toute ma gratitude. Je sais, dans le fond, que je ne suis pas un cadeau, mais à tes côtés, je tâcherai chaque jour d'en valoir un peu plus la peine. Merci de me montrer l'exemple à suivre, sans jamais te décourager. Et merci d'être aussi sexy !

Bah voilà, c'était pas si compliqué ! Maintenant, je ne sais pas si c'est digne d'un Oscar, ou même si ça va arracher quelques larmes à Mia, mais j'ai suivi le conseil de sa meilleure amie, j'ai parlé avec mon cœur, et c'est le principal !

J'ai beau avoir terminé ma principale mission de la journée, je n'arrive pas à lever le cul de ma chaise. J'ai rédigé des vœux. Matteo DiNatale, le tombeur de ces dames, a rédigé des vœux sincères. Tout à coup, j'ai un flash de mon avenir, et ça ne m'effraie même pas. Je m'imagine me réveiller aux côtés de Mia pendant encore de longues années, faire des balades à cheval, lui faire tester toutes les spécialités culinaires de mon pays, l'emmener avec moi à la salle de sport parce que d'une manière ou d'une autre, je crois qu'on sera toujours en sueur ensemble, bosser main dans la main avec elle pour faire fructifier le business et la richesse de la famille. Et même quand je pense à l'alliance qui sera en permanence autour de mon doigt, je n'ai ni envie de gerber ni de partir à l'autre bout du monde en courant. J'en reviens pas. Et quelque part, je me demande si c'est ce que mon père a ressenti pour ma mère, dans une autre vie…

Je finis par retourner vers le manoir, après avoir contourné Lucas et Erin qui se chamaillaient à l'entrée. Ils ne peuvent vraiment pas se voir, ces deux-là, vivement qu'on puisse retourner à New York et que chacun soit libre de reprendre ses habitudes !

Je décide alors de passer un coup de téléphone à Meghan. Ça fait deux jours que j'attends de ses nouvelles, je commence à m'inquiéter.

– Salut, Matteo ! dit-elle en décrochant. Désolée de ne pas t'avoir appelé plus tôt, c'est la course aussi de mon côté…

– Comment ça, toi aussi tu te maries ?

– Non, enfin si, mais pas tout de suite ! Je réfléchis encore à un moyen de me faire accepter des Rossi… m'explique-t-elle d'une voix inquiète.

– Attends, tu veux dire que ce n'est *toujours* pas réglé ? l'interrogé-je en haussant le ton.

– C'est pas si simple ! Ils commencent à se faire à l'idée, mais, tu sais comme les Italiens peuvent être bornés…

– Oh, effectivement, je le sais. Ce que je sais surtout, c'est que mon mariage a lieu dans quelques jours, et que j'ai besoin d'être certain que tout va bien se passer !

– Mais oui, ne t'en fais pas, me rassure-t-elle. J'ai la situation en main. Profite de ton début de bonheur conjugal ! À plus tard, ex-potentiel-époux !

Et sur cette blague de merde, elle raccroche.

Putain, est-ce que je dois m'inquiéter ?

Maintenant que notre union avec les Callahan a été avortée, est-ce que les Rossi vont en profiter pour nous attaquer ?

23

Mia

– Oh non, je ne vais pas y arriver…

Dans mon dos, ma meilleure amie a des larmes plein les yeux.

– Erin, non ! Quelle est la *seule* chose que je t'ai demandée ?

– De ne pas pleurer…

Ces deux dernières semaines sont passées à une vitesse incroyable. Depuis la demande de Matteo, qui n'en était pas vraiment une d'ailleurs, tout s'est enchaîné très rapidement. J'avais toujours entendu parler de mariages qui se planifient un an, voire deux, à l'avance. Histoire d'avoir le temps de gérer correctement le traiteur, de réserver la salle idéale, réfléchir au thème, etc. Je crois que j'ai battu un record ! Bien sûr, quand on a un budget illimité, ça simplifie beaucoup les choses, mais quand même !

Et quel bonheur, d'avoir eu ma meilleure amie à mes côtés à chaque étape de ce périple. Elle a été d'un soutien sans faille, bien plus efficace que le fiancé, d'ailleurs. Pour sa part, il se fichait bien des fleurs qui allaient décorer notre table ou de la couleur des nappes. Au moins, on n'a pas été en désaccord ! Erin, du début à la fin, a su trouver les mots pour me rassurer, et m'aider à me sortir de dilemmes impossibles concernant les choix à faire. Les circonstances dans lesquelles elle m'a rejointe ici sont malheureuses, mais cela m'a permis de pleinement comprendre l'expression « un mal pour un bien ». Je ne sais pas comment j'aurais fait sans elle !

Toutefois, connaissant sa grande sensibilité – et la mienne – il avait été convenu il y a quelques jours qu'elle n'avait pas le droit de pleurer le jour J. C'est vrai, le maquillage est waterproof, mais quand même, les yeux rouges sur les photos, on a connu plus glamour ! Je dis ça, mais en réalité, j'ai surtout peur de ne pas pouvoir m'arrêter, si les larmes commencent à couler… Ces dernières semaines, j'ai l'impression d'avoir dû tout contenir. Chaque peur, angoisse, émotion, j'ai dû la garder en moi, au risque qu'elle fasse tout exploser. La seule chose que je me sois largement autorisée à ressentir, c'est le désir que me procure Matteo. Et enfin, quand je dis « désir », le mot est très faible… C'est bien plus que ça, aujourd'hui. De profonds sentiments nous lient, j'en suis certaine, même si aucun de nous n'a osé l'avouer à l'autre.

– Alors, tu as fini d'écrire tes vœux ? m'interroge Erin.

– Oui… J'ai terminé ça il y a une heure ! avoué-je en riant. C'est pas facile, de devoir jouer avec les mots pour ne pas trop en dire !

– C'est le mal de notre génération, ça ! Pouvoir se voir nus tous les jours, mais ne pas être fichus de se dire qu'on s'…

– Chut ! l'interromps-je. Pas à voix haute !

Ma meilleure amie me regarde en secouant la tête, l'air de dire « j'avais raison ».

Ce matin, j'ai passé deux heures à me faire coiffer et maquiller. J'ignorais que ça pouvait prendre autant de temps, de se faire pomponner ! Et j'avoue, le résultat est bluffant. Je me reconnais à peine. Mon teint est plus lumineux que jamais, mes pores ont disparu, mes yeux sont mis en valeur comme si le soleil les éclairait, et mes lèvres ont été repulpées avec soin.

En ce qui concerne la robe, j'ai opté pour un bustier champagne bordeaux, avec une coupe très évasée sur le bas du corps, qui descend jusqu'à mes pieds. Heureusement que j'ai de hauts talons en dessous, sinon, je marcherais dessus !

– T'es tellement belle… murmure Erin en m'observant une nouvelle fois à travers le reflet du miroir. C'est incroyable, de te voir en mariée ! Tu ne stresses pas trop… ?

– Je crois qu'on a dépassé le stade du stress il y a très, très longtemps ! Je ne saurais même pas te dire ce que je ressens, j'essaie de ne pas y penser… Dans les grandes lignes, j'épouse un homme qui m'attire comme aucun homme ne m'a attirée avant, et je gagne énormément d'argent au passage. C'est le rêve de beaucoup de femmes, non ? tenté-je de me rassurer.

– C'est sûr, confirme mon amie, mais tu n'as jamais été comme les autres…

Elle s'approche de la fenêtre, qui donne sur la cour.

– Il y a suffisamment de voitures chères ici pour nourrir je ne sais combien de villages, souffle-t-elle, émerveillée.

La cérémonie étant prévue dans moins d'une heure, la plupart des invités sont déjà arrivés.

– Si un jour on m'avait dit que je me marierais sans aucun membre de ma famille… murmuré-je un peu tristement.

– C'est vrai que les conditions ne sont pas idéales… Mais je suis là, et tu te rattraperas ! m'assure-t-elle en me prenant la main quelques secondes. Il va être temps d'y aller…

Nous sommes toutes les deux dans une salle au rez-de-chaussée, dont j'ignorais l'existence avant ce jour. En même temps, il y en a tellement !

– Je crois que… J'ai besoin de me retrouver seule quelques secondes, avoué-je à Erin. Ça t'embête de m'attendre dans la grande salle ?

– Pas du tout, c'est normal ! Prends le temps qu'il te faut, je suis là, me rassure-t-elle avant de me déposer un baiser sur le front.

Une fois seule, j'ai envie de prendre mes jambes à mon cou et de m'enfuir pour ne plus jamais revenir. Un grand sentiment de panique m'envahit, je peine à respirer, le bustier me semble trop serré. Qu'est-ce qui m'arrive ? C'est maintenant que je réalise l'ampleur de la situation ? Non... C'est simplement l'effet du mot « mariage ». Ça arrive tout le temps dans les films. Ça va aller.

Je me regarde une dernière fois dans le miroir, tentant de trouver les mots pour me détendre et faire redescendre ma fréquence cardiaque. Je me concentre sur tous les bons souvenirs que j'ai déjà avec Matteo, persuadée qu'il saura toujours me tirer de n'importe quelle difficulté.

Soudain, dans mon dos, je vois la porte s'ouvrir à la volée. Une silhouette qui m'est familière, mais que pourtant je ne reconnais pas, entre rapidement avant de refermer derrière elle.

C'est un homme. Il verrouille la porte. Il est tout en noir. Suis-je en train de rêver ? Il n'a pas l'attitude des autres gardes, qui sont habituellement très discrets, au point qu'on en oublierait presque leur présence. Enfin, son visage se tourne vers moi. J'ai envie de hurler, mais aucun son ne sort. La scène me paraît trop irréelle. Instinctivement, je recule vers le mur, tentant désespérément de disparaître.

– Mia, n'aie pas peur...

Il avance dans ma direction. J'essaie d'analyser l'expression de ses yeux, mais cela ne correspond pas à l'image inquiétante que je m'en faisais. En réalité, il semble presque... inquiet.

– Qu'est-ce que... qu'est-ce que tu fais là, Lawrence ?!

– Je suis venu te prévenir. Fais-moi confiance, Mia, s'il te plaît. La situation est très grave.

– Te faire confiance ? répété-je en criant presque. Quand est-ce que ça m'a été utile, de te faire confiance ? Durant toutes les années où tu m'as menti ? Quand tu as retourné mon appartement ? Deux fois ?!!

Il tente de mettre une main sur mon épaule pour me calmer, mais je le repousse de toutes mes forces. Bon, clairement, il ne recule pas beaucoup, mais l'intention y était !

– Et comment t'as réussi à rentrer, d'abord ? lui demandé-je. T'es devenu meilleur ami avec les DiNatale, j'imagine ?

– Certainement pas ! lâche-t-il vivement, presque écœuré. Et surtout pas maintenant qu'ils t'ont éloignée de moi…

– C'est ton comportement et ton manque de valeurs, qui m'ont éloignée de toi, le corrigé-je. Pour la dernière fois : qu'est-ce que tu fous ici ?

– Je suis venu te mettre en garde, m'annonce-t-il très sérieusement. Je sais de source sûre que les Rossi en veulent à mort à Gabriele et Matteo. Ils disent que si tout s'était passé comme prévu, leur famille n'aurait jamais été mêlée aux Callahan… Bon, et surtout, il faut dire qu'ils se détestent depuis toujours. Ce mariage, pour eux, c'est un énième affront. Ils n'ont pas l'intention de laisser passer ça…

Je me sens devenir blême, tout à coup. Dans la voix de Lawrence, aucun mensonge ne transparaît. Juste une réelle inquiétude.

– Je viens tout juste de l'apprendre, continue-t-il. J'étais déjà en route pour le manoir, je voulais t'empêcher d'épouser cet abruti, mais les enjeux ont changé. Pour l'heure, tout le monde est en danger ici. Toi aussi.

Soudain, le visage de ma meilleure amie apparaît dans mon esprit.

– Lawrence ! M'écrié-je d'une voix très aiguë. Tu sais qu'Erin est ici, elle aussi ?

– Putain, c'est pas vrai ! Elle m'avait dit qu'elle était partie chez nos parents… Merde ! Dans quoi tu l'as embarquée ?

Je voudrais lui rappeler que je ne suis qu'une victime, dans cette histoire, mais dans le fond, il a bel et bien réveillé ma culpabilité. C'est vrai que sans moi, ma meilleure amie serait tranquillement chez elle, sans aucun risque de…

– Il faut prévenir Matteo ! m'exclamé-je. Renforcer la sécurité ! Alerter tout le monde !

Sans plus attendre, nous sortons en courant de la salle de préparation. Dans le couloir, tout le monde s'agite, et personne ne remarque qu'un intrus s'est glissé dans leurs rangs. En même temps, vu le nombre d'invités qu'on attend pour l'événement…

Je cherche désespérément Matteo. Je rêve de l'apercevoir pour pouvoir lui sauter dans les bras et me dire que cette conversation avec Lawrence n'a jamais eu lieu.

Tout à coup, je l'aperçois. Il me semble terriblement loin. Comme dans un rêve, j'ai l'impression d'avancer au ralenti. Lorsqu'il m'aperçoit enfin, il semble d'abord surpris. Il n'était pas censé me voir avant la cérémonie ! Ensuite, ses yeux se posent sur Lawrence, et son visage change du tout au tout. De surpris, il passe à terrifiant. S'il pouvait lui bondir dessus en un saut et l'attraper à la gorge, je suis certaine qu'il le ferait.

Il avance vers nous à grands pas, et avant qu'il ne puisse tenter quoi que ce soit, je le retiens fermement par les épaules en me plaçant devant Lawrence.

– Les Rossi vont débarquer, lui dis-je, haletante.

– Ils veulent ta peau et celle de ton père, ajoute Lawrence, sans émotion aucune. Il faut mettre tout le monde à l'abri.

Mon futur mari – ou pas ? – nous analyse très rapidement, et comprend que la menace est réelle. Alors, sans un mot, il sort une arme de l'intérieur de son costume. Je sens mon cœur battre à tout rompre quand je le vois faire, me demandant où il veut en venir. Et avant même que je ne puisse poser la question, il tire trois fois en l'air. La détonation est impressionnante, et la réaction des invités ne se fait pas attendre. Tous se ruent à l'extérieur, en direction du jardin, tandis que des gardes apparaissent de toutes parts, armes sorties eux aussi. Matteo attrape rapidement ma main et m'embarque avec lui vers l'étage.

– Où allons-nous ? hurlé-je par-dessus les cris.

– À l'abri !

Lawrence est parti de l'autre côté, j'imagine qu'il cherche Erin. J'aimerais rester pour l'aider, je rêve de faire demi-tour, mais Matteo tient fermement mes doigts entre les siens, ne me laissant pas le choix. Nous dévalons les marches des deux premiers étages, et nous arrivons au troisième, que je ne connais pas encore.

– Il y a une pièce sécurisée ici, tu vas y rester jusqu'à ce que tout soit terminé, m'ordonne Matteo d'une voix de robot.

– Pardon ?! Tu crois que je vais rester seule ici et vous laisser en bas ? protesté-je au moment où de nouveaux coups sont tirés. Je te rappelle que ma meilleure amie est au milieu de ces hommes !

– Et je te rappelle que tu es, à cause de moi, la deuxième principale cible ! Je suis armé, Lawrence aussi, et je sais qu'il cherche sa sœur. On s'entraîne à ça depuis toujours, pas toi. Fais-moi confiance !

Il ouvre la lourde porte devant laquelle nous nous tenons après avoir composé un code et me pousse presque à l'intérieur.

– Reste ici, je t'en supplie, murmure-t-il avant de m'embrasser du bout des lèvres. Ça sera vite terminé !

Il referme la porte derrière lui, et je réalise que je suis à l'intérieur d'une espèce de bunker. Ça aurait été très utile, en temps de guerre !

Mia, vous y êtes un peu, là, en temps de guerre…

Je me sens terriblement seule, et je n'entends pas grand-chose, derrière ces murs capitonnés. En plus, il n'y a quasiment aucune lumière ici. J'ignore combien de minutes défilent, alors que le seul son que j'entends est celui de mon cœur qui bat.

Est-ce que ma meilleure amie est à l'abri ? Est-ce que les hommes des Rossi ont réellement réussi à pénétrer dans le manoir ? Lawrence est-il parvenu à nous à temps ? Et surtout… Est-ce que Matteo est blessé ?

À cette pensée, je n'y tiens plus. Il faut que je sorte de là ! De mémoire, je retape les numéros qu'a composés mon fiancé pour ouvrir la porte. Je tâtonne un peu pendant d'insupportables minutes, comme il fait sombre, mais je finis par y arriver. Le petit « clic » de la serrure m'indique que la liberté est proche.

Je parcours discrètement le couloir qui doit me mener à l'escalier. Je me fais le plus légère possible, au cas où, mais j'ai l'impression de provoquer un bruit d'éléphant. Aucun son ne me parvient d'en bas. Cela m'indique que la menace n'a pas été écartée, sinon, j'entendrais tout le monde parler. Je dois redoubler de vigilance.

Matteo voudrait que tu restes là-haut, me souffle ma conscience. Et en même temps, je sais parfaitement qu'il agirait comme moi, là tout de suite ! De marche en marche, je progresse à une lenteur insoutenable. À quelques pas du rez-de-chaussée, j'aperçois Lawrence de dos. Il tient son arme à hauteur de ses yeux, regardant de tous les côtés. Mais Erin n'est pas avec lui…

Tout à coup, une main se plaque sur ma bouche. J'ai envie de hurler, mais j'en suis bien incapable. Putain, pourquoi ne suis-je pas restée dans cette pièce ? Pourquoi est-ce qu'il a fallu que j'essaie de jouer les héros ?!

– Tais-toi, Mia, c'est moi…

Bien qu'il chuchote, il me semble reconnaître la voix de… Lucas. Il me lâche finalement, et je me tourne vers lui pour l'interroger du regard.

– On a réussi à en abattre deux, mais il reste encore au moins trois hommes des Rossi dans le coin, m'explique-t-il froidement. Gabriele, Matteo et les gardes sont en train de les traquer. Tout le monde s'est réfugié dans le jardin, je vais te conduire là-bas, avec Erin.

– Elle va bien ? Haleté-je sous le coup de l'émotion.

Il hoche la tête rapidement, et j'ai l'impression de respirer à nouveau. Ma meilleure amie est saine et sauve !

Lawrence s'est dirigé vers la cuisine, aussi le champ semble libre. Je ne pense pas qu'il soit une menace pour moi, mais pour l'instant, je ne souhaite pas me fier à lui.

– Prends ça, me souffle Lucas en me calant un revolver dans les mains. C'est pas grave si tu ne sais pas t'en servir, eux ils l'ignorent.

OK, si on s'en sort tous, je promets qu'après le mariage, je prends des cours de tir !

Nous progressons avec beaucoup de précautions de pièce en pièce, jusqu'à arriver dans le jardin. Là, face à moi, tous les invités sont entassés sous le porche. Un éclair de panique a traversé leurs yeux en nous voyant arriver, puis ils nous ont reconnus. Quelques gardes sont debout devant eux, et nous pointent de leur arme, par réflexe. Lucas leur adresse quelques mots en italien, ils hochent la tête et lèvent de nouveau leur arme vers les fenêtres qui nous surplombent.

Enfin, au milieu de tous ceux qui étaient venus pour célébrer mon mariage, je reconnais le visage de ma meilleure amie. Je me précipite vers elle, elle sort de la foule pour pouvoir me serrer dans ses bras. Soudain, plusieurs coups de feu se font entendre à l'intérieur de la maison. À toute vitesse, Lucas revient sur ses pas, suivi par un garde. Les coups de feu retentissent encore, et des bruits de personnes qui courent nous parviennent. Une nouvelle détonation, suivie par le bruit d'un corps qui tombe de toute sa hauteur. Les pas qui se dirigent vers nous me semblent menaçants.

Il n'y aura jamais assez de gardes pour tous nous protéger. Qui est tombé ? Y a-t-il eu de nouveaux morts ? Où est Matteo… ?

– Tout va bien ! dit Lucas en réapparaissant de derrière la porte. On en a eu un autre !

Derrière lui, les traits tirés d'inquiétude et de rage, je reconnais le plus beau des Italiens. Bordel, je ne rêve que d'une chose, c'est de lui sauter dans les bras. J'ai un nœud dans le ventre qui m'empêche de respirer correctement depuis que Lawrence s'est introduit dans la pièce dans laquelle je me préparais. Autour de moi, la tension est plus que palpable. Chacun craint pour sa vie, à juste titre. Est-ce que de nouveaux ennemis ont réussi à pénétrer dans le manoir, depuis tout à l'heure ? Est-ce que tout ça va être réglé avant que le soleil se couche ?

– Mia ! Qu'est-ce que tu fous là ?!

Oups. Matteo semble furieux, il hurle plus fort que jamais. C'est vrai qu'il m'avait dit de rester en haut, à l'abri. Haussant les épaules, je lui montre mon arme, l'air de dire « t'inquiète, je me protège ». Il secoue la tête et avance vers moi, mais de nouvelles détonations, qui semblent encore plus proches de nous, retentissent encore. L'un des gardes tombe au sol, inerte.

– Ça vient d'en haut, baissez-vous !

J'ignore qui vient de donner cet ordre, mais nous nous

jetons au sol comme un seul homme. Matteo et Lucas tirent non-stop vers les fenêtres, et je hurle à m'en casser les cordes vocales. Je lui ordonne de venir se mettre à l'abri, mais je sais qu'il ne m'entend pas. Ou en tout cas, il n'a pas le choix. Une balle est tirée près de moi, et je me cache la tête entre les mains pendant de longues secondes, protégeant mes oreilles des dégâts auditifs qui nous entourent. À côté de moi, sans ouvrir les yeux, je cherche la main d'Erin, mais je ne la trouve pas.

Au bout d'une éternité, le silence revient enfin. Mais je suis complètement engourdie et terrorisée, je n'ose pas bouger, ni ouvrir les yeux. Qu'est-ce qui m'attend, en réalité ?

– Mia, lève-toi... Aide-moi...

La voix de ma meilleure amie s'est transformée en une longue plainte. Je me tourne vers elle, et l'image qu'elle me renvoie me fige sur place. Sa robe est tachée de sang. *De son propre sang !* Son ventre a été touché, je hurle pour qu'on vienne nous aider, sortant enfin de mon état de choc. Mais autour de nous, chacun s'occupe de ses propres blessés. Je cherche Lucas, Matteo ou Lawrence des yeux, en vain. Ils semblent avoir disparu, et les gardes qui devaient nous protéger sont soit partis avec eux, soit étendus sur le sol...

– Il faut que tu... appuies sur mon ventre.

Forcément, ma meilleure amie connaît les gestes de base. C'est moi qui aurais dû être blessée, elle aurait été en mesure de m'aider ! J'utilise le bas de ma robe pour pouvoir estomper un peu le saignement, et j'appuie aussi fort que je suis en mesure de le faire, essayant d'ignorer ses cris de douleur. Son regard est ferme malgré tout, il faut que je continue à maintenir la pression. D'une main, j'attrape mon téléphone dans mon petit sac pour envoyer un SMS à Lawrence en priant pour qu'il le lise.

* Mia :
Erin est blessée. Jardin.

– Ton frère est ici, indiqué-je à ma meilleure amie. Je ne sais pas si tu es au courant, c'est lui qui nous a prévenus...

– Lawrence est ici ? répète-t-elle, surprise. Alors il y a encore du bon en lui, ça me rassure...

Sa voix est de plus en plus faible, et les couleurs quittent doucement son visage. J'essaie de ne pas lui montrer mon angoisse, mais clairement, je suis au bord du malaise, tant je suis inquiète pour elle.

Putain, c'est quoi cette vie de merde ?! Quand est-ce que je me réveille ??

— Erin ?

Dans mon dos, la voix de Lucas se fait entendre. Il accourt vers nous en un rien de temps.

– C'est moi qui avais le téléphone de Lawrence, explique-t-il en voyant nos mines surprises. Je le lui avais piqué... au cas où il essaierait de nous doubler. Viens avec moi !

Comme si mon amie pesait le poids d'une plume, il la soulève et la tient délicatement entre ses bras.

– Le principal danger a été écarté. Mia, tu peux conduire ? Il faut l'emmener à l'hôpital tout de suite !

J'acquiesce rapidement, l'adrénaline coulant à toute vitesse dans mes veines m'empêchant de parler.

Nous traversons le couloir, et je lève les pieds pour marcher au-dessus du cadavre de l'homme que nous avons entendu tomber tout à l'heure.

Alors, c'est toi qui as voulu gâcher mon mariage ?

– Plus un geste !

Sortant de la salle à manger, un homme que je ne connais pas nous tient en joue. Lucas, avec Erin dans les bras, n'est pas en mesure de se défendre. Et moi... J'ai laissé mon arme dans le jardin.

– Tiens tiens, s'exclame de nouveau l'homme qui nous menace, mais c'est la mariée ! Alors, ce jour est aussi spécial que tu l'avais imaginé ? T'es pas tombée dans la bonne famille, ma grande !

Il avance vers nous, l'arme pointée sur nos têtes, et je n'ai jamais senti mon corps trembler aussi fort. J'ai l'impression que mes jambes vont se dérober sous mon poids. Pourtant, je m'entends lui répondre :

– Tu vas regretter d'avoir blessé ma meilleure amie...

– Mia, baisse-toi !

À l'autre bout du couloir, Matteo apparaît comme notre sauveur. Littéralement. Comprenant qu'il va tirer, je me baisse au moment où il vise. Mais je ne suis pas assez rapide, et mes quelques secondes d'hésitation permettent à l'homme de main des Rossi de se retourner pour tirer sur Matteo. Le coup des deux armes part en même temps, et les deux hommes tombent sur le sol. Alors que l'ennemi s'effondre sous mes yeux, je donne un énorme coup de pied dans sa main pour éloigner son arme de lui, et je me penche pour la récupérer.

– Donne-moi ça, m'ordonne Lucas.

Il me tend la main, sans cesser de soutenir Erin, et attrape le revolver. Sans émotion, il tire deux fois dans la tête de l'homme par terre, et poursuit son chemin. Une fois le choc passé, je cours à toute vitesse vers Matteo, qui semble mal en point.

– Mia... Pourquoi tu ne m'écoutes jamais ?

Sa voix est faible, mais il trouve encore le moyen de m'en vouloir. Le haut de sa chemise est taché de sang. Je n'ai pas la force de vivre cette scène deux fois dans la même journée... Je m'en veux terriblement.

– On n'a pas de temps à perdre ! ordonne Lucas. Tu peux te lever ?

Il s'adresse à son ami, que je n'arrive même plus à regarder dans les yeux. Celui-ci hoche doucement la tête, et se relève difficilement en s'appuyant contre le mur. Je lui prête mon bras, auquel il s'agrippe. Nous avançons tous les quatre, Matteo grâce à moi et Erin dans les bras de Lucas, et arrivons au niveau d'une berline appartenant à Lucas. Ce dernier me tend les clés.

– Attends, réagit Matteo avant de s'asseoir côté passager, où est mon père ? Il me suivait tout à l'heure, puis on s'est séparés, j'ai entendu des coups de feu…

– Je vais aller le chercher, répond Lucas. Mia, tu les conduis aux urgences. Tout de suite !

Sans demander mon reste, je m'installe côté conducteur et j'appuie sur l'accélérateur et nous roulons à toute vitesse pour sortir de ce manoir maudit. Nous laissons derrière nous nos invités, Lawrence, Lucas, Gabriele… C'est un enfer.

D'une main tremblotante, je tape l'adresse de l'hôpital le plus proche dans le GPS. Nous y serons dans douze minutes.

— Erin ? Erin, tu m'entends ? Ne t'endors pas, ma belle…

Ma meilleure amie pousse quelques soupirs pour me rassurer, mais ce n'est pas suffisant. Bordel, pourquoi cette voiture n'avance pas plus vite ?! J'ai l'impression d'être un escargot…

– Au fait, murmure mon fiancé d'une voix blessée, mais taquine, j'ai oublié de te dire…

Je me tourne vers lui, intriguée.

– Ta robe est magnifique.

– Ho, Matteo… Je…

J'ai tant de choses à lui dire, mais les mots se bloquent dans ma gorge. Le voir ainsi me déchire et je prends conscience de tout ce que je ressens pour cet homme qui a été littéralement propulsé dans ma vie.

– Je sais, répond-il simplement.

Je lui jette un regard plein de larmes.

– *Mi bella* ? Moi aussi… ajoute-t-il dans un murmure.

Mon cœur bondit, car si cette phrase peut paraître énigmatique, je la comprends mieux que personne. Ho oui…

Il émet un lent soupir, puis ses yeux se ferment.

– Matteo ? Matteo ? MATTEO ? insisté-je. Reste avec moi ! Je t'en supplie !

Mes sanglots redoublent et je me cramponne au volant de la berline. Plus que huit minutes avant d'arriver à l'hôpital.

Si je perds une seule personne dans cette voiture, j'irai moi-même descendre les Rossi un par un. Je le jure.

ÉPILOGUE

Mia

Tout le monde me serre la main et me présente ses plus sincères condoléances en baissant la tête. Mes yeux sont rouges, ma robe noire, et cette journée sera éternellement grise. Une cérémonie d'adieu, à quoi est-ce que ça rime, dans le fond ? Tous les mots que nous n'avons jamais dits ne parviendront pas à l'autre comme par magie, si ? Les regrets accumulés en une vie, s'envolent-ils avec notre âme ?

J'aimerais avoir la force de trouver les bons mots, pour pouvoir me l'expliquer, mais c'est la première fois que la mort me touche de si près, et je suis dévastée.

– Sois forte, me souffle ma meilleure amie dans mon dos. Je suis là.

Malgré sa blessure récente, elle a tenu à être présente et elle a été installée le plus confortablement possible sur un fauteuil roulant pour ne pas devoir forcer. À ses côtés, Lucas me regarde lui aussi d'un air attristé. Nous sommes de nouveau au manoir, mais tout a radicalement changé ces dernières soixante-douze heures.

Les corps de nos ennemis ont été ramassés puis renvoyés aux Rossi. La guerre a été déclarée, et même en cette période de deuil, nous savons déjà que les heures à venir vont être sombres. Dans la mafia, le seul repos auquel on ait droit, c'est le repos éternel.

– J'ai enterré mon père… murmure Matteo à côté de moi comme s'il n'y croyait pas.

Mon fiancé, encore blessé et mal en point lui aussi, a le visage émacié et la voix éteinte. J'aimerais pouvoir récupérer toute sa peine en un simple câlin, mais je sais parfaitement que c'est une douleur qui ne s'efface jamais.

– Je ne me suis jamais fait à l'absence de ma mère, poursuit-il, et maintenant il est parti la rejoindre pour toujours. Je n'étais pas prêt.

– Je crois qu'on n'est jamais prêts… réponds-je doucement. Je suis tellement, tellement désolée…

Lorsque nous sommes rentrés de l'hôpital, le soir de la fusillade, Lucas nous attendait dans l'entrée, l'air complètement dévasté. Le corps de Gabriele avait été retrouvé par l'un des gardes dans son bureau, à côté du fils Rossi, mort lui aussi. L'homme que Meghan devait épouser, mais qui nous a malgré tout trahis au dernier moment. Quant à Lawrence, il a tout simplement disparu, et j'ai compris par le biais d'Erin, qui n'a pas voulu en dire plus, qu'il avait pris conscience d'avoir merdé dans sa vie. Il semblerait qu'il soit parti refaire sa vie loin de New York, et pour l'instant cette simple information me convient.

Je secoue lentement la tête et aperçois Meghan qui s'avance vers nous. Je ne m'attendais pas à la voir aujourd'hui, surtout pas dans des circonstances pareilles…

– Matteo, Mia, nous salue-t-elle. Toutes mes condoléances…

– Qu'est-ce que tu fais là ? Lui demande l'homme à mes côtés. Pas de représailles aujourd'hui, je t'en prie. Aucun de nous n'a la force de…

– Je sais, acquiesce-t-elle. C'est pareil pour moi… Ton père a été tué par l'homme que j'aimais. Et l'homme que j'aimais a été tué par ton père. Ça peut continuer comme ça pendant encore des années, voire des générations… Si on ne fait rien.

– Qu'est-ce que tu veux dire ?

– Matteo, tu ne comprends donc pas ? C'est à nous d'imposer notre propre manière de voir les choses. Nous sommes ceux qui reprendront toute cette merde, et il est temps d'y mettre fin. Je pourrais te faire tuer, là, maintenant. Et je pourrais aussi passer le reste de ma vie à regarder par-dessus mon épaule. Mais je n'ai plus la force d'assister à un énième enterrement. J'ai organisé une rencontre entre nos deux familles dans deux jours, à New York. Le père Rossi sera là aussi. Les armes seront interdites. Il est temps d'en finir une bonne fois pour toutes.

– Tu penses vraiment que c'est possible… ? interviens-je alors, pleine d'un espoir modéré.

– Ils ne peuvent plus jouer si nous abandonnons la partie, si nous, la génération future, décidons de lâcher les armes, affirme-t-elle. Ça prendra le temps qu'il faut, mais nous ne quitterons pas cette pièce avant qu'un accord soit passé. Je ne plaisante pas.

Elle s'éloigne alors, nous laissant réfléchir à ces paroles.

– Tu y crois, toi ? demandé-je à Matteo.

– Je sais que mon père n'approuverait pas… Mais le fait qu'il ne soit plus là aujourd'hui me prouve que cela aurait été une erreur de refuser. Je suis fatigué de tout ça. Dans aucun monde, on ne devrait perdre ses deux parents avant ses 30 ans.

Je pose ma tête contre son torse, le serrant dans mes bras tout en veillant à ne pas réveiller la douleur de sa blessure.

– Je serai toujours là pour toi, tu sais…

Il dépose un baiser sur mon front, et nous nous préparons à serrer encore de nombreuses mains avant d'enfin pouvoir aller nous coucher.

⋆⋆

Un mois plus tard

– Mia, notre première rencontre n'a pas été un franc succès. Je t'ai prise pour quelqu'un que tu n'étais pas, et toi, à l'inverse, tu as tout de suite compris que j'étais un beau gosse prétentieux. Même si la première partie, tu as mis un peu de temps à l'avouer… Quelques fois, il m'arrive de sourire en y repensant. J'étais loin de me douter que quelques semaines plus tard, j'allais devenir complètement accro à ton rire. Peut-être que tu ne le savais pas, d'ailleurs j'ignore comment tu aurais pu t'en douter, étant donné que je ne parle pas beaucoup de ce que je ressens… Mais le fait est que ta bonne humeur illumine ma vie. Tu as su remettre des couleurs sur un paysage en noir en blanc. Et pour ça, je ne te remercierai jamais assez. Devant nos proches, aujourd'hui, je te prends pour épouse, et tu me prends pour époux. Et je n'ai pas suffisamment de mots en stock pour t'exprimer toute ma gratitude. Je sais, dans le fond, que je ne suis pas un cadeau, mais à tes côtés, je tâcherai chaque jour d'en valoir un peu plus la peine. Merci de me montrer l'exemple à suivre, sans jamais te décourager. Et merci d'être aussi sexy !

Les larmes aux yeux, j'écoute les vœux de celui qui va devenir officiellement mon époux dans quelques instants.

Nous sommes au manoir de New York, avec uniquement nos proches pour nous bénir. Mes parents ont fait le trajet il y a deux jours et ont enfin eu l'occasion de rencontrer Matteo. Je ne m'attendais pas à ce qu'ils s'entendent aussi bien, et pourtant, nous passons tous les quatre de merveilleux moments remplis de simplicité, depuis leur arrivée. Bien sûr, mon père a tenu à discuter de longues heures avec Matteo, entre hommes, pour savoir quelles étaient ses intentions envers moi, et aussi pour le connaître un peu mieux. En réalité, je pense qu'il était surtout très curieux de savoir comment un DiNatale pouvait bien occuper ses journées.

– Mademoiselle Cooper, c'est à vous, m'indique le prêtre en face de nous.

– Matteo… Je suis un peu surprise, plaisanté-je, toute tremblante, je ne m'attendais pas à ce que tes vœux fassent plus de trois lignes !

Dans mon dos, j'entends quelques personnes rigoler.

– Je dois t'avouer que je n'ai pas rédigé les miens, continué-je. Enfin, si… cinq fois, pour être exacte, mais ça ne me plaisait jamais vraiment. Parce que j'ai fini par trouver ça ridicule, d'essayer de retranscrire ce que je ressens pour toi, alors que nous savons tous les deux que cet amour va bien au-delà des mots. Ces derniers mois, j'ai appris à découvrir ton univers, et peu à peu il est devenu mon monde. *Tu* es devenu mon monde. Nous avons déjà eu tant d'obstacles à franchir, tant d'injustices à combattre, mais je sais désormais que nous aurons toujours la force de tout surmonter, tant que nous serons ensemble. Et aujourd'hui, je te fais la promesse d'être là pour toi, quoi qu'il arrive, chaque jour, même quand tu seras insupportable ! Et je sais que de là où ils sont, tes deux parents sont fiers de l'homme que tu deviens. En tout cas, je le suis ! Et chanceuse, aussi, ça c'est sûr ! Je n'aurais jamais cru réussir à passer le reste de ma vie avec un homme aussi…

– On a compris, on dérange ! s'esclaffe Lucas dans mon dos. Mais attendez la fin de la cérémonie pour vous sauter dessus, s'il vous plaît.

Je me retourne pour lui adresser un regard noir, et remarque Erin, morte de rire, à ses côtés. Ils ont fini par s'entendre, ces deux-là, et pourtant c'était pas gagné !

Enfin, le prêtre nous déclare officiellement mari et femme

et nous invite à nous embrasser. Le premier baiser du reste de ma vie ! Et si c'est un aperçu fidèle de ce qui m'attend pour les décennies à venir, je dois dire que je suis parfaitement heureuse d'être ici.

Tout le monde nous applaudit, et Meghan, lorsque nous remontons l'allée, nous sourit chaleureusement. Comme promis, elle a réussi à faire en sorte que les trois familles s'entendent, et je ne saurai jamais comment la remercier. Elle a changé le cours de notre existence, et désormais, je suis l'unique avocate des DiNatale – n'en déplaise à Benjamin – une famille qui n'a plus besoin d'en arriver à certaines extrémités pour pouvoir continuer à prospérer. En tout cas, pour le moment.

Alors que nous nous dirigeons vers l'extérieur, Matteo se penche pour chuchoter quelques mots dans mon oreille.

– J'ai une épouse magnifique. Et je t'aime…

Des mots qui me réchauffent le cœur et le corps, et qui ne sont que les prémices d'une vie à deux, trépidante et passionnée.

Edition et correction : Cherry Publishing
Composition et mise en page : Cherry Publishing
Illustrations intérieures : © Shutterstock
Conception graphique de la couverture : Cherry Publishing

Tous droits réservés. Toute reproduction, même partielle, de cet ouvrage est interdite sans l'autorisation écrite de l'éditeur. Une copie ou une reproduction par quelque procédé que ce soit constitue une contrefaçon passible des peines prévues par la loi sur la protection du droit d'auteur.

Printed in France by Amazon
Brétigny-sur-Orge, FR

31060170R00185